中国思想传统中的文学观念

夏静 著

生活·讀書·新知 三联书店

图书在版编目（CIP）数据

中国思想传统中的文学观念/夏静著. —北京：生活·读书·新知三联书店，2017. 9
ISBN 978-7-108-06071-6

Ⅰ. ①中… Ⅱ. ①夏… Ⅲ. ①中国文学—古代文论—研究
Ⅳ. ①I206. 2

中国版本图书馆CIP数据核字（2017）第195463号

责任编辑 成 华 刁俊娅
封面设计 米 兰
责任印制 黄雪明
出版发行 生活·讀書·新知 三联书店
（北京市东城区美术馆东街22号）
邮 编 100010
印 刷 常熟文化印刷有限公司
版 次 2017年9月第1版
2017年9月第1次印刷
开 本 635毫米×965毫米 1/16 印张 19.25
字 数 214千字
定 价 59.00元

序

古人关于文学的种种见解，不管相同或互异，几乎都是围绕思想文化在当时发展过程中所存在的问题而发的，往往并非针对文学本身问题而提出的解答，因而常常具有丰厚的历史经验和理论思辨以外的目的。在中国文学观念的发生期，巨大的思想传统作为先在之知识资源在相当程度上规定了文学思想的视野与方向，我们很难将文论的萌生与渐次成熟从具体历史语境中抽象出来。因此，通过分析中国思想史上具有原初意义的语素，将古代文论中的范畴、命题回溯到其生成的原初历史文化语境中，将其从业已不断被阐释而形成的传统回复到其原生的批评意识中，发现其承流会变之轨迹，梳理其由本及末之源流，寻求以最微观单位诠释思想文化本源之可能性，从而更加充分地呈现出中国古代文学思想的复杂性与丰富性，是本书的目的。

本书研究的“文”“象”“气”“乐”“礼”“和”“参”“诚”“养”九个语素，既有实体性语素，也有功能性、关联性语素，在传统思想文化体系中，上述每一个语素都具有复杂多面的意义关联与价值指向。古人围绕这些语素展开的意义建构，不止在于知识的建立，还在于价值的印证与信仰的确立，范围至广，影响至深，值得我们深入研究。本书所论述内容，若偶有所得，都是建立在继承、借鉴和发展既有研究的基础上。所用资料缺漏之处、借鉴前贤今人不当之处，还请同行专家和读者朋友批评指正。

目 录

文

在中国古代思想文化体系中，“文”处于人文知识系统结构的最基础层面，围绕此一维度敞开的语义关联和意义空间建构了一个宏大的知识谱系和思想场域，古代人文知识的大部分视野都不离其左右。“文”观念所具有的原初性成为文学理论范畴构成的核心语素并生成古人谈文论艺的基本语式，与古代艺术传统尤其是文学思想中诸多范畴的形成有着直接的关联，孕育了古代文学及文论的知识维度、精神气质与价值取向，影响到古人对于文学性质、特征、规律及其功能等根本问题的认识。我们结合文字考辨、考古材料及传世文献，从观念史角度考察“文”之本源意义和衍生意义，以期对“文”之意义脉络所构成的中国古代思想发生期的基本历史文化情景，进行一番知识学意义上的考察。

释“文”

“文”义梳理，近世以来学者多有论述。[①] 根据考古学研究，“文”之渊源可以追溯到距今四千余年的夏禹时代。在发现夏社痕迹的早期陶寺文化的陶背壶上，考古学家发现朱书的“文”字，并认为这个字与大汶口文化陶文、殷墟甲骨文和现在通行

① 近世以来学者常常从“文”之内涵与“文”义演变规律两方面进行研讨，其中具有代表性的论述，譬如［日］青木正儿著，隋树森译：《中国文学概说》，重庆出版社 1982 年版，第 28—29 页；刘永济：《十四朝文学要略》，黑龙江人民出版社 1984 年版，第 2—4 页；于民：《春秋前审美观念的发展》，中华书局 1984 年版，第 133 页；刘若愚著，田守真、饶曙光译：《中国的文学理论》，四川人民出版社 1987 年版，第 30 页；季镇淮：《来之文录》，北京大学出版社 1992 年版，第 31—32 页。

的汉字属于同一个系统[①]。根据早期文献如《史记·夏本纪》《大戴礼记·帝系》的记载，夏代始祖禹的名字为“文命”，两者之间当非偶然巧合，加之新出土西周青铜器豳公盨铭文的印证，我们有理由将夏代朱书“文”与禹名“文命”所体现的原始文德观念联系在一起考虑[②]。从传世文献看，太古无文。如《墨子·辞过》：“古之民未知为衣服时，衣皮带茭，冬则不轻而温，夏则不轻而清……当是之时，坚车良马不知贵也，刻镂文采不知喜也。”[③]《庄子·缮性》：“及唐虞始为天下，兴治化之流，枭淳散朴……然后附之以文，益之以博。文灭质，博溺心，然后民始惑乱，无以反其性情而复其初。”[④] 在古人的文化视野中，“文”的意识是伴随着先民物质生活、精神生活的丰富而逐渐清晰、抽象出来的。传统学者关于“文”的历史考辨与经验归纳，以及近代以来出土的大量考古文字资料，为我们多维度地理解与阐释提供了可能的路径。

“文”之本义，大约汉人就无法确知了。“文”字初始意义大约有两端。在甲骨文中，“文”的写法有两组：“”（乙三六一二）、“”（后二·一四·一三）、“”（前三·二三·一）和“”（甲三九四〇）、“”（乙六八二一反）、“”

① 相关论述，参见李健民：《陶寺遗址出土的朱书“文”字扁壶》，《中国社会科学院古代文明研究中心通讯》第1期（2001年1月）；高炜：《陶寺出土文字二三事》，《中国社会科学院古代文明研究中心通讯》第3期（2002年1月）。

② 冯时：《儒家道德思想源流考》，《中国文化研究》2003年秋之卷。

③ 孙诒让撰，孙启治点校：《墨子间诂》卷一，中华书局2001年版，第31—33页。

④ 郭庆藩撰，王孝鱼点校：《庄子集释》，中华书局1961年版，第551—552页。

（京津二八三七）。[①] 在金文中，“文”有八十多种写法，延续了以上甲骨文两组的差别并更加明显化，两组分别为“”（休盘）、“”（此簋）、“”（虢文公鼎）和“”（文能匋尊）、“”（利鼎）、“”（文公丁簋）、“”（引觥）。[②]

以上甲骨文与金文前后两组字符代表了两组义项，前者是象形字符，显示了许慎“错画”之义，尔后引申出“痕迹”“纹路”“花纹”“文采”“文饰”“修饰”“文字”等义项。“错画”之说，源于《说文解字·文部》：“文，错画也，象交文。”段注：“错画者，交错之画也。《考工记》曰‘青与赤谓之文’……造画者，文之本义，彣彰者，彣之本义，义不同也。……初造书契，依类象形，故谓之文。”[③] 由于“错画”这一路数符合古人对于天文、地文现象的思维习惯，因此可以有效地解释先秦典籍中很多用例，如解释自然现象，《易传·系辞下》“观鸟兽之文，与地之宜”[④]，《尚书·顾命》“西序东向，敷重厎席、缀纯，文贝仍几”[⑤]；又如解释人文现象，《论语·子张》“小人之过也，必文”[⑥]，《孟子·万章上》“不以文害辞，不以辞害志”[⑦]，《周礼·春官宗伯·大师》“凡六乐者，文之以五声，播之以八音”[⑧]，《穀梁传·哀公十三年》“吴，夷狄之国也，祝发

---

① 中国社会科学院考古研究所编辑：《甲骨文编》，中华书局 1965 年版，第 372—373 页。

② 容庚编著，张振林、马国权摹补：《金文编》，中华书局 1985 年版，第 635—637 页。

③ 许慎著，段玉裁注：《说文解字注》，上海古籍出版社 1981 年版，第 425 页。

④ 阮元校刻：《十三经注疏》，中华书局 1980 年版，第 86 页。

⑤ 阮元校刻：《十三经注疏》，第 239 页。

⑥ 阮元校刻：《十三经注疏》，第 2532 页。

⑦ 阮元校刻：《十三经注疏》，第 2735 页。

⑧ 阮元校刻：《十三经注疏》，第 789 页。

文身"[1]，《礼记·表记》"容貌以文之，衣服以移之"[2]，等等，这在春秋以后的文献中屡屡可见。

后者是指事字符，于人的胸口处加以指事性的"心"符，与人的内在品德相关，表示"文德"之义，乃"忞"字的前身，常常用于表示美德、美称的谥号，尔后引申出"文心""文人""文治""礼文""文化""文教""文献""文学"等义项。"文德"之说，历史悠远。卜辞中"文"作为人名，诸铭所见"武丁""康祖丁""武乙""文武丁""文武帝""文武帝乙"等，皆为殷王庙号，故有谥法滥觞于殷商之说[3]。殷人独尊文、武之谥号，其后周人因之，故金文中此一义项极为常见，结构变化也更为复杂。考之东周以前的文献，西周时期称先人为"文""文祖""文考"，广见于西周金文，如善鼎铭："唯用绥福乎前文人，秉德恭纯。"又胡簋铭："其格前文人，其频在帝延陟降。"《尚书·文侯之命》："追孝于前文人。"又《大诰》："天亦惟休于前宁人。"[4] 此"前宁人"即"前文人"[5]，"文"是泛指先祖的美称，并不限于是谁[6]。由此可见，"文德"的观念在西周时候已经深入人心。所谓"文人"，就是文德之人，也就是有礼之人，"古代有德者的一切正当行为的方式汇集了下来便成为后代的礼"[7]。

---

① 阮元校刻：《十三经注疏》，第2451页。

② 阮元校刻：《十三经注疏》，第1640页。

③ 屈万里：《谥法滥觞于殷代论》，《历史语言研究所集刊》第13本，第219页。

④ 阮元校刻：《十三经注疏》，第254、200页。

⑤ 方浚益：《缀遗斋彝器款识考释》卷一，商务印书馆1935年石印本。

⑥ 郭沫若：《金文丛考·周彝中之传统思想考》，人民出版社1954年版，第6页。

⑦ 郭沫若：《先秦天道观之进展》，《青铜时代》，科学出版社1957年版，第22页。

考察“文”之本源意义两端，可以发现：由外在“错画”文饰含义，引申为藻饰、章采、仪式、声容以及《礼》《乐》《诗》《书》等古代文献乃至文化传统中各种具体可感形式；由内在“文德”含义，演绎出德行、礼文、人文、文教、文章、文学、文物、文质等抽象范畴乃至文化传统内在精神品格。经由词义引申和词性转换，“文”之意义空间在内外两个维度不断展开，所指称的文化内涵日渐扩充，由此构成了早期思想文化的一系列核心范畴。

“文”义衍生

文德、文武 “文德”乃“文”字基源意义之一，甲骨文的“文”字中加指事符号以充实之，至西周彝铭中“文”则清楚地加以“心”字成分，多指源于内的个体品德修养。金文中习见的“正德”“懿德”“孔德”“介德”“元德”“明德”“哲德”，都是对品行高尚者的称谓，如《周颂·维天之命》有“於乎不显，文王之德之纯”[①]，《国语·鲁语上》有“文王以文昭”[②]，均指文王有懿德、纯德，故谥“文”，所谓“文王之德”遂被视为古来有德者的最高境界。通过字形的演变，我们还可以看出，作为礼乐政治的核心命题，“文德”思想到西周已经成熟并完善起来，由此构成了传统时代伦理道德思想的源头。《礼

① 阮元校刻：《十三经注疏》，第584页。

② 左丘明著，韦昭注：《国语》卷四，上海古籍出版社1978年版，第166页。

记·大学》谓“古之欲明明德于天下者”[①]，修身、齐家、治国、平天下，“皆以修身为本”“修身在正其心”，内省其心，心正为德，正是发挥了此一思想。

“文德”与“文武”是相对的。古人对于“文”“武”的理解均与具体的德行有关，“文”主内心慈惠，“武”主外力暴戾。如《逸周书·谥法解》：“经纬天地曰文，道德博厚曰文，学勤好问曰文，慈惠爱民曰文，愍民惠礼曰文，锡民爵位曰文。刚强直理曰武，威强睿德曰武，克定祸乱曰武，刑民克服曰武，大志多穷曰武。”[②] 这些记载虽然已经不乏后人的想象，但是亦可以充分说明，古人重“文”“武”之德，尤其重视君王的政治品格。“文德”是三代圣贤政治的核心内容，如《大雅·江汉》有“矢其文德，洽此四国”[③]，《论语·季氏》有“故远人不服，则修文德以来之”[④]。古人提倡兼资文武、华实相符的完美人格，如《大雅·崧高》有“文武是宪”[⑤]，《小雅·六月》有“文武吉甫，万邦为宪”[⑥]，《鲁颂·泮水》有“允文允武”[⑦]。据此，季镇淮先生认为“文”“武”自殷商以来就代表两个观念：“‘武’字表示人的一种事功（征伐），偏于政治的意义；‘文’字表示人的一种行为态度，偏于伦理的意义。”[⑧]

---

① 阮元校刻：《十三经注疏》，第 1673 页。

② 黄怀信、张懋镕、田旭东：《逸周书汇校集注》卷六，上海古籍出版社 1995 年版，第 678—682 页。

③ 阮元校刻：《十三经注疏》，第 574 页。

④ 阮元校刻：《十三经注疏》，第 2520 页。

⑤ 阮元校刻：《十三经注疏》，第 567 页。

⑥ 阮元校刻：《十三经注疏》，第 425 页。

⑦ 阮元校刻：《十三经注疏》，第 611 页。

⑧ 季镇淮：《来之文录》，第 24 页。

春秋时代“文”义已经泛化，“文”之含义，无所不包，凡人生一切德行修养，皆可以统称为“文”，“文”可以相当于“德”“章”“学”等义，所谓“文德”“文章”“文学”的概念，就偏重在“德”“章”“学”之义，最典型的例子是《国语·周语下》记载单襄公告其子顷公，论晋孙谈之子周（即晋悼公）：“其行也文，能文则得天地。天地所胙，小而后国。夫敬，文之恭也；忠，文之实也；信，文之孚也；仁，文之爱也；义，文之制也；智，文之舆也；勇，文之帅也；教，文之施也；孝，文之本也；惠，文之慈也；让，文之材也。”韦昭注：“文者，德之总名也。”① 单襄公看到晋悼公具备敬、忠、信、仁等十一种德行，拿一个“文”来概括他，后来晋悼公果然复国了，证明单襄公没有看错，很有知人之明。对此，饶宗颐先生《孔门修辞学》认为：“所以‘文’字可说是一个典型的道德综合体，实在具有道德文化的全体意义。”② 礼乐教化的目的，就在于培养君子之文德品行、文雅气象，直到汉代人们仍然是这样认为的，如《说苑·修文》：“文德之至也。德不至，则不能文。”③ 又《礼记·乐记》：“礼乐皆得，谓之有德。德者得也。”④ 逮至齐梁时代《文心雕龙·原道》开篇，即大为感叹：“文之为德也大矣，与天地并生者何哉？”⑤ 刘勰秉承的亦是相同的路数。

伴随着“文德”意义内涵的不断扩充，“文德”开始与“文理”结合在一起。在古人看来，“文”不仅是德之总名，而且

---

① 左丘明著，韦昭注：《国语》卷三，第 96 页。

② 饶宗颐：《文辙：文学史论集》上册，台湾学生书局 1991 年版，第 81 页。

③ 刘向著，向宗鲁校证：《说苑校证》，中华书局 1987 年版，第 476 页。

④ 阮元校刻：《十三经注疏》，第 1528 页。

⑤ 刘勰著，詹锳义证：《文心雕龙义证》，上海古籍出版社 1989 年版，第 2 页。

“文”与“理”也是相通的，如《荀子·礼论篇》：“贵本之谓文，亲用之谓理，两者合而成文。”杨倞注：“文，谓修饰。理，谓合宜。”王先谦《集解》注引郝懿行语：“文、理一耳。贵本则溯追上古，礼至备矣，兼备之谓文；亲用则曲尽人情，礼至察矣，密察之谓理。理统于文，故两者通谓之文也。”又王先谦《荀子集解·修身篇》注引王念孙语：“凡荀子书言文理者，皆谓礼也。”[①] 可谓言简意赅。同时，早期的“文德”“文武”开始衍生出“文质”的意思。“文德”重在内心修养，“文武”重在外在武力，“文质”则重在文野之辨。如《论语·雍也》：“质胜文则野，文胜质则史。文质彬彬，然后君子。”何晏《集解》：“野，如野人言鄙略也。史者，文多而质少。彬彬，文质相半之貌。”[②] 又《礼记·表记》：“虞、夏之文不胜其质，殷、周之质不胜其文。”孙希旦《集解》引方悫云：“至矣者，言其质文不可复加也。加乎虞、夏之质，则为上古之洪荒；加乎殷、周之文，则为后世之虚饰。”[③] 过质之野蛮与过文之虚饰，均非儒学所倡导的理想，文与质的结合，才能中庸和谐。“文质”的出现，继承了三代“文德”“文武”的思想，有汉一代，逐渐从历史、政治领域延及文学领域，其历史纵深感与现实感愈加凸显，从历史范畴到哲学范畴再到文论范畴的演变路径清晰可见。

礼文 古人认为“乐贵和而上（按：意即‘尚’）质”[④]，以

---

① 王先谦撰，沈啸寰、王星贤点校：《荀子集解》，中华书局1988年版，第352、36页。

② 阮元校刻：《十三经注疏》，第2479页。

③ 孙希旦撰，沈啸寰、王星贤点校：《礼记集解》卷五十一，中华书局1989年版，第1311页。

④ 刘向：《五经通义》，《北堂书钞》卷一百五引，中国书店1989年版。

此推论，则有“礼主别而上文”的见解，所谓礼主别由外作而尚文、乐贵和由中出而尚质的观念，在《荀子》《礼记》《史记》《春秋繁露》中多有论述。由于“文”之本源意义业已蕴含内德与文饰之义，与礼乐所具的内外属性、特性是相同的，尤其是周文疲敝，繁文缛节发展到极致以后，人们更倾向于取“文”义所蕴含的外在文饰之义，于是，视“文”为礼乐文化的基本特征也就更容易被认同。在此意义上，“文”的意义与礼的意义就基本倾向一致，属于外在形式之附着，表现为文饰美化的言行动作，即所谓“礼文”，如《左传·昭公二十六年》：“文辞以行礼也……无礼甚矣，文辞何为。”① 又《韩诗外传》卷二：“故礼者，因人情为文。”② 又《礼记·乐记》：“礼自外作故文。”③ 从本质上看，“文”与礼，是自在走向自为的人文化成的必由之路，故《郊特牲》：“男女有别，然后父子亲。父子亲，然后义生。义生，然后礼作。礼作，然后万物安。”④ 在礼乐知识背景下考察，不仅礼与“文”是相通的，而且乐与“文”也是相通的。古人论“乐”，首先谈“文”，如《乐记》提出的“声文”“乐文”等，在古人眼里，凡美的、和谐的事物均须依靠“文”来显现，听之“声文”、观之“乐文”，大抵如此。

春秋时代，诸子蜂起，除儒家以外，先秦诸子均大力抨击周礼之文饰特点，所取均为“文”外饰之义。我们知道，春秋时代“文”的使用已经不是本义了。儒家将“文”等同于礼，如《论语·学而》“行有余力，则以学文”，《雍也》“博学于文，

---

① 阮元校刻：《十三经注疏》，第 2115 页。

② 韩婴撰，许维遹校释：《韩诗外传集释》，中华书局 1980 年版，第 77 页。

③ 阮元校刻：《十三经注疏》，第 1529 页。

④ 阮元校刻：《十三经注疏》，第 1456 页。

约之以礼”，《子罕》“天之将丧斯文也”[1]，等等，其中“文”均指三代礼乐传统及《诗》《书》《礼》《乐》等典章文献，学“文”就包括学礼。《左传·僖公二十三年》的一段记载，表述得颇为明晰：“子犯曰：‘吾不如衰之文也。请使衰从。’公子赋《河水》，公赋《六月》。赵衰曰：‘重耳拜赐。’公子降，拜，稽首，公降一级而辞焉。衰曰：‘君称所以佐天子者命重耳，重耳敢不拜。’”[2] 所谓“衰之文”，是指赵衰通于诗、书、礼、乐的运用，同样的记载也见于《国语·晋语》。此一传统在荀学中表现得尤其明显，荀子将礼与“文”等同，如《荀子·礼论篇》：“三年之丧何也？曰：称情而立文，因以饰群别、亲疏、贵贱之节而不可益损也。”[3] 这句话在《礼记·三年问》中也出现，是指制定“三年丧”的根据要与哀情相称，以此表明“尊尊”“亲亲”，亲疏贵贱之义，不能任意增减。荀子主性恶，因而特别强调礼之文饰作用。如《荀子·大略篇》：“人之于文学也，犹玉之于琢磨也。”又《礼论篇》：“凡礼，事生，饰欢也；送死，饰哀也；祭祀，饰敬也；师旅，饰威也。”又云：“事死如事生，事亡如事存，状乎无形影，然而成文。”[4] 荀子所生活的战国时代，诸侯放恣，处士横议，理性昌明，“文”所具有的外在文饰特点已经发挥到极致，业已完全褪去内在的“文德”意蕴了。

文教　“文教”一词是“文”义在春秋时代的一个衍生意义，“文”与德相通，“文教”源于“文德”。最有名的例子是晋文公之所以为“文”，是因为他定霸前曾经实施“文教”，据

① 阮元校刻：《十三经注疏》，第 2458、2479、2490 页。
② 阮元校刻：《十三经注疏》，第 1816 页。
③ 王先谦撰，沈啸寰、王星贤点校：《荀子集解》，第 372 页。
④ 王先谦撰，沈啸寰、王星贤点校：《荀子集解》，第 508、369、378 页。

《左传·僖公二十七年》记载："晋侯始入而教其民，二年欲用之。子犯曰：'民未知义，未安其居。'于是乎出定襄王，入务利民，民怀生矣，将用之。子犯曰：'民未知信，未宣其用。'于是乎伐原以示之信。民易资者，不求丰焉，明征其辞。公曰：'可矣乎？'子犯曰：'民未知礼，未生其共。'于是乎大蒐以示之礼，作执秩以正其官，民听不惑，而后用之。出谷戍，释宋围，一战而霸，文之教也。"[①] 此处"文之教"的内容包括"义""信""礼"等成分，这些意思都不离"文德"的范畴，所以，此"文教"实际上就是德教。

在古人的文化视野中，"文教"的目的亦可以归结为文化。所谓文化，即《周易》谓"观乎天文，以化成天下"之义。西汉刘向最早使用"文化"一词，《说苑·指武》："圣人之治天下也，先文德而后武力。凡武之兴，为不服也，文化不改，然后加诛。"[②] 这里的"文化"是指礼乐之文、文治教化。"文"乃三代之"礼文"，其中尤以周文最为完备，《国语·晋语》谓"周尚文"，是指周代人文化的礼乐制度、礼乐化的生活方式及其政教价值取向，达到了古代文治教化的最高峰，因而周代成为后世追忆的乌托邦，孔子遂有"郁郁乎文哉，吾从周"的感叹。正因为"文"有教化之功，故"文"与"化"能合而为一，谓之"文化"，这是华夷之辨的前提、文野之分的界限：化前为朴，化后成人；化外为野，化内为文。从广义看，礼乐传统乃"文"的产物，礼乐昌盛，"文"必昌盛，古来人文之盛，莫胜于礼乐文明，也正是因为三代礼乐文化达到了有史以来"文"繁盛之

---

① 阮元校刻：《十三经注疏》，第 1823 页。

② 刘向著，向宗鲁校证：《说苑校证》，第 380 页。

顶峰，故而受到反对者墨子、老庄、韩非的猛烈抨击。

自孔子以来的儒家重视礼乐教化，其目的在于使人成为社会的人，文化的意义在于这是个体社会化的一个过程，因而“文教”是人社会化的一个起点。在实施手段上，儒家提倡内在修德之自觉自守，防患于未然，无需外在法治，即《大戴礼记·利察》倡导的“礼者禁于将然之前，而法者禁于已然之后”①，故而尤其重视“文德”“文教”。《论语·述而》中记载的孔门“四教”——文、行、忠、信，多是与西周文化典籍相关的教育，其中的“文教”，涵盖了文学、文字、文章、文献乃至学术等内涵。儒家之于“文教”极为重视，传世典籍中多有关于儒者实施“文教”时所持礼器的记载，如《论语·八佾》：“二三子何患于丧乎？天下之无道也久矣。天将以夫子为木铎。”孔安国注：“木铎，施政教时所振也。”孔疏：“此章明夫子之德，天将命之使其定礼乐也……以号令于天下，如木铎以振文教也。”② 铎是三代礼乐传统中的重要礼器，古人武事用金铎，如《周礼·夏官司马·大司马》“教振旅……两司马执铎”③；文事用木铎，如《礼记·明堂位》“振木铎于朝”④。

文学　“文学”也是“文”义在春秋时期出现的新含义。就“文”的本源意义而言，其本身就蕴含了“学”的意思。“文学”联结成词，最早出现在《论语·先进》：“德行，颜渊、闵子骞、冉伯牛、仲弓。言语，宰我、子贡。政事，冉有、季路。

---

① 王聘珍撰，王文锦点校：《大戴礼记解诂》卷二，中华书局1983年版，第22页。

② 阮元校刻：《十三经注疏》，第2468页。

③ 阮元校刻：《十三经注疏》，第836页。

④ 阮元校刻：《十三经注疏》，第1490页。

文学，子游、子夏。”[①] 这是孔子所列举的四类代表门人，其中第四类是擅长“文学”的子游、子夏。根据《礼记·檀弓》的记载可知，子游是精通礼的。根据《论语·八佾》中孔子与子夏的对话可知，子夏谈诗而悟礼，被孔子认为是够资格谈诗的人，因此也是一个精通礼的人，《礼记·乐记》记载他“为魏文侯师”，与魏文侯谈论古乐，可以看出他擅长诗乐。据此推知，孔门四科的“文学”，本质上是一种“学”，即以“文”为“学”，是指对三代礼乐文化为主体的古典知识有广博的学养。考之其他篇章，如《论语·学而》：“行有余力，则以学文。”《集解》引马融言：“文者，古之遗文也。”[②] 其后荀子也以“文学”为儒者之教，如《荀子·非相篇》：“从者将论志意，比类文学邪？直将差长短，辨美恶，而相欺傲邪？”又《性恶篇》：“今之人，化师法，积文学，道礼义者为君子。”[③] 亦可为印证。

“文”是三代文化昌盛的标志，以继承礼乐传统为己任的儒者素来重“文”，以“文”为学，以“文学”为事业，也是顺理成章的事。这一点从其反对者的言论也可以得到证明，《韩非子》视儒者为文学之士，加以攻击，如《五蠹》中认为儒家“称先王之道以籍仁义，盛容服而饰辩说，以疑当世之法”，故“文学者非所用，用之则乱法”；又《显学》：“藏书策，习谈论，聚徒役，服文学而议说。”[④] 这种观念一直延续下来，汉人谈论“文学”常常与儒者以及礼乐、礼法等古典知识联系在一起，如

---

① 阮元校刻：《十三经注疏》，第 2498 页。

② 何晏集解，皇侃义疏：《论语集解义疏》，商务印书馆 1937 年版，第 6 页。

③ 王先谦撰，沈啸寰、王星贤点校：《荀子集解》，第 75、435 页。

④ 王先慎撰，钟哲点校：《韩非子集解》卷十九，中华书局 1998 年版，第 456、449、459 页。

《史记·张丞相列传》中称张汤："文学律历，为汉明相。"① 又王粲《荆州文学记官志》："夫文学也者，人伦之首，大教之本也。"② 逮至清代顾炎武亦云："君子博学于文，自身而至于家国天下，制之为度数，发之为音容，莫非文也。"③ 由此可见，此一思想传统的影响极为久远。

文章　"章"之本义，《说文》认为"乐竟为一章"④，是指文辞结束、乐曲终结，即一个段落的结束，但这显然是比较晚近的说法了。考之春秋以前典籍中"章"的意思，如《周易·丰·六五》"来章有庆誉，吉"，虞翻注"显也"⑤；《大雅·抑》"维民之章"，传曰"章，表也"⑥；《国语·周语下》"其饰弥章"，韦昭注"著也"⑦。据此推测，"章"字大抵有明、显、昭、著等义，与"文"所具有的"文饰"之义相近。《周礼·冬官考工记》谓"青与赤谓之文，赤与白谓之章，白与黑谓之黼，黑与青谓之黻"⑧，青赤相配为"文"，赤白相配为"章"，可见，"文"与"章"均指颜色的搭配。《左传·襄公三十一年》谓"动作有文，言语有章"⑨，这里的"章"即是"文"，互文见义。在先秦典籍中，还常见"文章黼黻"的说法，如《荀子·非相

---

① 司马迁著，裴骃集解，司马贞索隐，张守节正义：《史记》卷九十六，中华书局1999年版，第2075页。

② 王粲著，俞绍初点校：《王粲集》卷三，中华书局1980年版，第44页。

③ 顾炎武著，黄汝成集释：《日知录集释》卷七，上海古籍出版社1985年版，第539页。

④ 许慎著，段玉裁注：《说文解字注》，第102页。

⑤ 阮元校刻：《十三经注疏》，第68页。

⑥ 阮元校刻：《十三经注疏》，第555页。

⑦ 左丘明著，韦昭注：《国语》卷三，第109—110页。

⑧ 阮元校刻：《十三经注疏》，第918页。

⑨ 阮元校刻：《十三经注疏》，第2016页。

篇》《富国篇》《礼论篇》及《吕氏春秋·节丧》等，在古代思想家看来，“文”与“章”“黼”“黻”具有相同或相似的意义，这一点，大抵是没有问题的。

在古代典籍中，“文章”一词，多指周代礼乐典章制度，对此，《国语·周语中》的记载就非常明了：“夫王公诸侯之有饫也，将以讲事成章……服物昭庸，采饰显明，文章比象，周旋序顺，容貌有崇，威仪有则。”韦昭注：“章，章程也。”又云：“黼黻，绘绣之文章也。比象，比文以象山、龙、华虫之属也。”① 又譬如《论语·泰伯》：“大哉，尧之为君也。巍巍乎，唯天为大，唯尧则之……巍巍乎，其有成功也。焕乎其有文章。”何晏《集解》：“焕，明也。其立文垂制又著明。”② 这里指的仍然是周代礼乐典章制度。又《礼记·大传》：“考文章，改正朔。”郑注：“文章，礼法也。”孔疏：“文章，国之礼法也。”③ 在孔子的时代，“文章”开始有文辞篇章之义，如《论语·公冶长》：“子贡曰：夫子之文章，可得而闻也。夫子之言性与天道，不可得而闻也。”邢昺疏：“夫子之述作威仪礼法有文彩，形质著明，可以耳听目视，依循学习。”④ 子贡所谓“文章”，除了指孔子的著述学问，还兼指言辞仪表之“文彩”，这已经是溢出周礼本义之外的意思了。

文道 “文道”说法，出现较晚，但对于“文”与道关系的探讨，则是三代文化一贯的传统。在传世典籍中，最早见于

---

① 左丘明著，韦昭注：《国语》卷二，第64—66页。

② 阮元校刻：《十三经注疏》，第2487页。

③ 阮元校刻：《十三经注疏》，第1506页。

④ 阮元校刻：《十三经注疏》，第2474页。

《国语·齐语》记载齐桓公“隐武事，行文道，帅诸侯而朝天子”[1] 的举动，其后《管子》有类似的记载，《逸周书》也有“内无文道，外无武迹”[2]，以上“文道”之义，等同于“文德”。“文道”范畴，本质上是三代思想文化中的一个原初范畴，关涉到古人对于天地人三界的理解[3]。在古代的宇宙解释系统中，“文”乃宇宙万物之总体特征，是天、地、人之通性，所谓天文、地文、人文并列，天道、地道、人道同一，“文”与道互为表里，其间关联不证自明，如《论语·子罕》：“文王既没，文不在兹乎？”朱熹《集注》：“道之显者谓之文，盖礼乐制度之谓。不曰道而曰文，亦谦辞也。”[4] 古人对道的理解就限定了对“文”的理解，“文”也就自然具有了道的种种规定与属性。这一特性，不仅决定了古人关于“文”与道关系的理解，也影响到德与艺、道与技等问题。

有关文道与德艺的关系，《论语·述而》认为：“志于道，据于德，依于仁，游于艺。”对于孔子之教终于“艺”，朱熹《集注》：“游者，玩物适情之谓。艺，则礼乐之文，射、御、书、数之法，皆至理所寓，而日用之不可阙者也。”[5] 朱子的解释中规中矩，更有见地的是王夫之，《读四书大全说》：“此游艺之功，不待依仁之后，而与志道、据德、依仁相为终始。”又云：“志道、据德、依仁，有先后而无轻重；志道、据德、依仁

---

① 左丘明著，韦昭注：《国语》卷六，第242页。

② 黄怀信、张懋镕、田旭东：《逸周书汇校集注》卷十，第1167页。

③ 关于“文”在古代知识系统中的价值，朱熹认为“文”之所以“经天纬地”，在于“裁成天地之道，辅相天地之宜”（《朱子语类》卷二十九），这代表了古代学者的一般看法。

④ 朱熹：《四书章句集注》，中华书局1983年版，第110页。

⑤ 朱熹：《四书章句集注》，第94页。

之与游艺，有轻重而无先后。故前分四支，相承立义，而后以先后，轻重分两法。”又云：“若艺，则与道相为表里，而非因依仁而始有。其不先依仁而后游艺，甚著明矣。”① 船山之论，视艺与道“相表里”，“游艺”与前三者“相为终始”，深得三代礼乐教化之精髓。按《周礼》记载，春秋教以礼乐，冬夏诵以诗书，教化的目的在于通过各种“艺”的传授完成内在的道、德、仁的提升。这与《论语》以“仁”贯通礼乐、德言统一、以礼约文的价值立场相同，也与“兴于诗，立于礼，成于乐”的追求是一致的。

儒家关于“文道”的理解，不仅与德艺、道艺的价值取向相同，而且与道家关于道技关系的理解，在运思路数上也是相通的。对于道与技的关系，庄学多有论述，如《庄子·天地》：“故通于天地者，德也；行于万物者，道也；上治人者，事也；能有所艺者，技也。技兼于事，事兼于义，义兼于德，德兼于道，道兼于天。”② 这是庄子道技思想的总论，前五句由“道”推衍到“技”，以“道”治“艺”，后五句由“技”上溯到“道”，以“艺”合“道”，结论是“通于一而万事毕，无心得而鬼神服”，这里“一”就是“道”。庄学常常通过寓言来明此理，如《达生》篇梓庆削木为鐻，“以天合天”，《养生主》篇庖丁解牛，“进乎技”，意即只有超越“技”的层面才能进入“道”的境界，也即所谓“道进乎技”。

---

① 王夫之：《读四书大全说》，中华书局 1975 年版，第 307、308 页。
② 郭庆藩撰，王孝鱼点校：《庄子集释》，第 411 页。

“尚文”与教化

从历史来看，人文教化理念的形成源自周代“尚文”的传统。作为一种思维模式与言说方式，古人不仅习惯于以“文”概括一切自然创生与人文创造，更以“文”为一切历史文化之总括与旨归，由此形成了一个文义斑斓、意蕴丰富的思想文化传统。作为一种有意识的政教运作与信仰建构，中国古代的人文教化，以外在典章制度的实施和道德规范的约束，联系着社会的精神控制与民族的文化整合，是国泰民安、天下大治的必由之径；同时，作为人内在的灵魂安顿与情感慰藉，又联系着宗法伦理与血缘亲情，是古典时代信仰系统的心理本源。“尚文”对于中国文学教化传统的形成有着根源性的影响：在文化理想与价值目标上，形成以政教为核心的中国文论传统，“尚文”成为人文化成理念的价值本源；在文学功能与审美取向上，礼乐之文与文学之文共存，伴随着教化观念的泛化渗透，“尚文”成为古代文学观念复杂化的历史依据。

对于周代“尚文”传统及其所蕴含的政治教化特质，前辈学者多有论述。譬如柳诒徵先生指出周代政治“尚文”，其文教以礼乐为最重，他认为：“三教改易，至周而尚文。盖文王、周公皆尚文德，故周之治以文为主。”① 有关殷周礼乐的实质，金景芳先生认为：“用两个字来概括，即所谓‘亲亲’和‘尊尊’；用一个字来概括，即所谓‘质’和‘文’。”其最早的含义是指

① 柳诒徵：《中国文化史》，上海古籍出版社 2001 年版，第 135 页。

殷周不同的继承制。[①] 牟宗三先生认为，周文的重要内容是“传子不传弟，尊尊多礼文”，而“周之文只是周公之政治运用以及政治形式（礼）之涌现，教化风俗是其余事”，他强调：“即义道之表现，亦即客观精神之出现。凡公私之辨，分位之等，皆义道也……此周文之所以称为吾华族历史发展之一大进步处也。”[②] 春秋末世，礼乐道德流于形式化的文敝，周文泛滥，诸子蜂起，牟氏从政治制度层面，提出周文疲敝的命题，并认为儒、墨、道三家皆发源于此。[③] 上述论断，奠定了近世以来此一领域研究的基础。

周代浓郁的“尚文”风气与礼乐教化传统，自先秦以来便成为古人颂扬的典范。《论语·八佾》：“周监于二代，郁郁乎文哉。”[④]《礼记·表记》：“殷周之文，至矣。”[⑤]《史记·高祖本纪》：“周人承之以文。”《史记·梁孝王世家》索隐：“周人尚文。”[⑥]《礼记·王制》孔疏：“周贵文。”[⑦] 周代“尚文”之风包含多重意蕴，既有对夏商以来传统的继承，也不乏对文王的赞美以及对周公治国理念的认同。在周人的政治文化理念中，“文”所具有的象征意义，一开始便是与礼乐政教联系在一起的，其中包含文王之德、周公“制礼作乐”等多层意蕴。有关

---

① 金景芳：《金景芳晚年自选集》，吉林大学出版社 2000 年版，第 199 页。

② 牟宗三：《历史哲学》，《牟宗三先生全集》第 9 册，台北市联经出版社 2003 年版，第 36、37、38 页。

③ 牟宗三：《中国哲学十九讲》，《牟宗三先生全集》第 29 册，第 60 页。

④ 阮元校刻：《十三经注疏》，第 2467 页。

⑤ 阮元校刻：《十三经注疏》，第 1642 页。

⑥ 司马迁著，裴骃集解，司马贞索隐，张守节正义：《史记》卷五十八，第 227、1665 页。

⑦ 阮元校刻：《十三经注疏》，第 1346 页。

文王以德行、文略而使天下归心的记载，见于《尚书·康诰》《国语·周语下》《礼记·祭法》《大戴礼记·少闲》，也见于墙盘铭文、上博简《容成氏》等文献。周人克商之后修文教，“以文德治之，以文止武”[①]，周人建国后，周公“作礼乐以文之”[②]，从而使“尚文”之风传播开来。这种以人文教化而不是武力征伐治理天下的政治运作，备受后世推崇。春秋以后，“尚文”之风既广见于诸侯争霸斗争，如《左传·襄公八年》记载郑国子产“小国无文德而有武功，祸莫大焉”的议论，《国语·齐语》记载齐桓公以“文事胜”而称霸的事迹；也见于盟会、朝聘等外交活动，如《左传·僖公二十三年》记载子犯“吾不如衰之文”的推辞，《宣公十二年》记载楚少宰“寡君少遭闵凶，不能文”的谦辞；还见于两军对垒的战争场面，如《宣公十二年》记载楚庄王以“夫文，止戈为武”讲“武有七德”，凡此种种，周文所表现的价值取向与精神追求，渗透在上古社会政治生活的各个方面。

周文崇尚礼乐教化的传统，成为尔后人文化成思想阐扬之根基。《论语·学而》：“弟子入则孝，出则悌，谨而信，泛爱众，而亲仁，行有余力，则以学文。”[③] 这里“学文”的主要内容，既包括人文活动中必要的规范与文饰，也包括孝悌、亲亲等内在情性的外在表现。《宪问》：“若臧武仲之知，公绰之不欲，卞庄子之勇，冉求之艺，文之以礼乐，亦可以为成人矣。”[④] 每个人的天性虽然不同，但均须经历“文之”的教化，才能

---

① 阮元校刻：《十三经注疏》，第 1542 页。

② 班固著，颜师古注：《汉书》卷五十六，中华书局 1962 年版，第 2510 页。

③ 阮元校刻：《十三经注疏》，第 2458 页。

④ 阮元校刻：《十三经注疏》，第 2511 页。

“成人”，即人格的完成。《荀子·天论》：“卜筮然后决大事，非以为得求也，以文之也。故君子以为文，而百姓以为神。”① 这里的“文之”，是在礼乐教化的仪式中，注入人文、理性的要素，即易学所谓“圣人以神道设教而天下服矣”。传统的教化思想，既建立在“神道设教”的信仰基础上，又需要以“君子之文”加以点化，方能完成“文”化的自觉与超越。三代以来的“六艺”之教中，礼教和乐教尤其体现出“文之”“成文”的特质，对此，后世儒者表现出极大的阐释兴趣。以报本返始、慎终追远为宗旨的礼教，强调情文的统一，如《荀子·礼论篇》《礼记·三年问》均有“称情而立文”的说法。《大戴礼记·礼三本》：“凡礼始于脱，成于文，终于隆。故至备，情文俱尽；其次，情文佚兴；其下，复情以归太一。”② 从发生的角度看，作为人文化成的产物，礼的发展本身就是一个从质到文、由脱（简）而隆（繁）的过程，因此，情与文的分裂，就如同文与质的分离一样，是历史文化发展的必然，但是，儒家仍然视“情文俱尽”为礼的最完满表现，充分展示出教化传统的人文理想境界。同样，以中正平和、温柔敦厚为宗旨的乐教，亦以“成文”为价值目标，《礼记·乐记》：“故乐者，审一以定和，比物以饰节，节奏合以成文。所以合和父子君臣，附亲万民也。是先王立乐之方也。”③ 发挥教化的社会整合作用，借助礼乐的“成文”特质，展示出一种对民众生活的自觉的人文价值引导与塑造，营造出一派上下和睦、井然有序的盛事景象，应该是教

① 王先谦撰，沈啸寰、王星贤点校：《荀子集解》，第316页。

② 王聘珍撰，王文锦点校：《大戴礼记解诂》卷一，第20页。

③ 阮元校刻：《十三经注疏》，第1545页。

化传统更为重要的价值目标。

“尚文”所显现的上古道德传统与伦理精神，在文化理想与价值目标上，表现在中国古代社会的理想人格塑造、伦理规范与德性培养、日常生活之道等诸多方面。“尚文”的文化意义与政教目的，在于教化。以教化为核心的文化传统作为中国古典时代的思想主流，与西方的教化传统亦不乏相通之处。我们认为，周文教化的根基是一个既超越又内在的本体，兼有个体生命、社会生活、历史传统三方面的意义。

教化的观念落实到个体生命上，就是本体对实存的转化过程，用黑格尔的话讲，就是“自身异化了的精神”；用孔子的话讲，就是“质胜文则野，文胜质则史。文质彬彬，然后君子”（《论语·雍也》）。在《精神现象学》中，黑格尔认为，教化是个体通过异化，借助概念的理解，剔除一切客观化的东西，使自身成为普遍化的本质存在，人不能停留在自在存在的状态，要从中走出来，通过异化，与自身的直接性和本能性保持距离，向普遍性提升，从而转化为自为的存在状态。[①] 黑格尔点出了人类教化的一般本质，就在于个体摆脱个别性、特殊性，从而获得一种精神存在的普遍意义与抽象价值，这与中国传统的教化思想，有异曲同工之妙。理想的人格境界是儒家的终极价值指向，如何经由自在的人走向自为的人，如何将本然提升为应然，是孔门弟子孜孜以求的目标。对儒家而言，从自然的超越到人文世界的建构，从自然的人化到意义世界的建构，社会理想与人生理想的现实，最终统一于人格的完善，文质统一，就体现

① ［德］黑格尔著，贺麟、王玖兴译：《精神现象学》下卷，商务印书馆2009年版，第45—48页。

了儒家对于人格完善的基本理解。源于“尚文”传统，周代所崇尚的德性理想与人格典范，以文质中道、温恭平和为特征，按照《周礼·春官宗伯》的记载，在于培养国子“中、和、祗、庸、孝、友”的道德品质，“兴、道、讽、诵、言、语”的从政能力，以及学会祭祀祖先神灵的乐歌乐舞。对此，荀子说得最明白，《荀子·不苟》：“君子宽而不慢，廉而不刿，辩而不争，察而不激，寡立而不胜，坚强而不暴，柔从而不流，恭敬谨慎而容，夫是之谓至文。《诗》曰：温温恭人，惟德之基。此之谓矣。”[①] 这种不偏于一隅、中正平和的品行，集政治、伦理、宗法、情感于一身，兼顾了道德理性与个体性情，协调了内在欲求与外在规范，正是周代“尚文”所追求的理想人格风范。

就社会生活而言，教化观念特别注重的是“化”“化成”的过程，也即通过经典学习、礼乐传习等方式达致一种既符合人之本性，又能发挥移风易俗之社会功效的状态，这有似于罗蒂的“教化的哲学”。从反本质主义的立场出发，罗蒂区分了两种哲学概念：一种是西方哲学主流的“系统的哲学”，它以认识论为中心，旨在通过认知的建构活动，为社会生活提供一种“普遍的公度性”；一种是非主流的“教化的哲学”，它质疑认识论，旨在通过不断更新的表述和可持续的谈话引发人内在精神生活的转变，从而避免制度化、固化为普遍公度性的标准。[②] 罗蒂倡导一种相对主义的教化观，强调教化所引发的人的精神世界的改变，在于转变的意义与价值，这与中国古代的教化、教育理

① 王先谦撰，沈啸寰、王星贤点校：《荀子集解》，第 40—41 页。

② ［美］理查德·罗蒂著，李幼蒸译：《哲学与自然之镜》，生活·读书·新知三联书店 1987 年版，第 319—326 页。

念颇有相似之处。譬如对“文化”一词的理解，所谓“文化”，即《周易》“观乎人文，以化成天下”之义，《说苑·指武》“文化不改，然后加诛”，此“文化”，是指以周文为文治教化的依据。正因为“尚文”有教化之功，故“文”与“化”合一，谓之“文化”。所谓“文化”是个体社会化的一个起点，“文化”的手段，亦可以借助于“文教”，历史上最有名的例子是晋文公之所以为“文”，是因为定霸前曾实施“文教”。可见，作为周文核心的道德传统与伦理精神，并没有随着制度层面周礼的崩溃而失去立身之所，文化与教化的理念，作为一种政教理想，仍然对古人的精神自觉以及自身价值的体认产生着直接的影响。

就历史文化传统而言，周文教化看重历史脉络的连续性和整体性，重视的是个体生命身处于历史传统之中对文化生命的继往开来，因此，历史的、文化的存在，是人的存在的一个显性特征。在这一方面，20 世纪西学哲学解释学的观念，与中国传统教化思想不乏相似之处。在重建人文主义传统、确立精神科学和哲学解释学合法性的建构中，伽达默尔认为，教化乃是整个人文传统的起点。在他看来人之教化成人，源自人本质上所具有的精神理性的要求，“教化作为向普遍性的提升，乃是人类的一项使命”。他认为教化是一个真正具有历史性的概念，“我们所说的一种普遍的和共同的感觉，实际上就是对教化本质的一种表述，这种表述使得人们联想到某种广阔的历史关系”①。因此，他强调教化概念的传统，就是我们要回顾的人文主义传统，教化的历程，也就是熟悉和拥有人文传统的历史记忆，不

① ［德］伽达默尔著，洪汉鼎译：《真理与方法——哲学诠释学的基本特征》，上海译文出版社 2004 年版，第 14、21 页。

断去除个别性、自然性而进入普遍性、本质性的过程，按照伽达默尔的说法，就是获得“共通感”的过程。通过不断的教化传递与承接，将个体生命融入民族的历史文化传承中，是儒家一以贯之的传统，所谓“述而不作，信而好古”“周监于二代，郁郁乎文哉，吾从周”[①]，乃是源于对文化传承连续性的高度自觉。这种历史文化观，充分体现在孔子对三代文质的理解上。以文质论史，最初兴起于对夏、商、周文化历史特征的整体评价。三代文质，与世推移，有不同的时代特点，《礼记·表记》假孔子之口认为：“虞夏之质，殷周之文，至矣。虞夏之文，不胜其质。殷周之质，不胜其文。”孔疏认为：“此一节总明虞、夏、商、周四代质文之异。”[②] 孔子视周文为一个动态的文明创制过程，三代社会由质而文的演进，是自然到文饰的必然过程，也是人文化成的必然结果。春秋末世，世风浇薄，礼乐废弛，周文逐渐失去其固有的精神道德内涵而蜕变为无质的虚文，相对于周代的“尚文”之风，诸子各家均有针对“文”的反思，在他们眼里，“质”更为根本，伴随着对周文的批评，各种尚质、贵本的风气，也就逐渐兴起了。

在周文崇尚教化的传统影响下，中国古代文学思想史上的“文”呈现出两种形态：礼乐之文与文学之文。这是近世以来各种“纯文学”“泛文学”“杂文学”观念交织的历史渊源与理论依据。自魏文帝曹丕《典论·论文》著文专门论述“文”之“经国”意义以后，取礼乐之文角度进行深入阐释者是齐梁时期的刘勰，在《文心雕龙·原道》中，他明确地断定“文”乃

---

① 阮元校刻：《十三经注疏》，第 2481、2467 页。

② 阮元校刻：《十三经注疏》，第 1642 页。

"三才"之文、礼乐之文，天文、地文和人文因反映"天经地义"之至理而具有同一性，可以此作为"弥纶群言"、观澜索源的基础。参之《征圣》有关"政化贵文""事迹贵文""修身贵文"的说法，可以看出，刘勰对于"文"持一种极普遍、极宽泛的界定。刘勰所处的时代，人们对于"文"的辨析渐趋精细，文学由为人到为己，由重政教讽谏转为重抒情、重形式的发展趋势日趋明显，刘勰虽然也讲"论文叙笔，则囿别区分"，但始终认为"别目两名，自近代耳"，《文心雕龙》虽论及八十余种文体，但在根本的文学观念上，他将文笔都归入礼乐之文的传统中，有韵与无韵是关乎文类的区分而非文学与非文学的区分。对此，章太炎云："自晋以降，初有文笔之分。《文心雕龙》云：'今之常言，有文有笔，有韵者文也，无韵者笔也。'然《雕龙》所论列者，艺文之部，一切并包。是则科分文笔，以存时论，故非以此为经界也。"章氏是近代以来继承礼乐之文的大家，《文学总略》："文学者，以有文字著于竹帛，故谓之文。论其法式，谓之文学。凡文理、文字、文辞，皆称文。"又云："古之言文章者，不专在竹帛讽诵之间。孔子称尧、舜，'焕乎其有文章'。盖君臣朝廷尊卑贵贱之序，车舆衣服宫室饮食嫁娶丧祭之分，谓之文；八风从律，百度得数，谓之章。文章者，礼乐之殊称矣。"① 礼乐之文是中国古代文学思想史上的主流，在"依经论文"意识中形成"尊经""贵文"等正统观念，但"文"并不具有独立地位，常常是因为具有解释经的工具性作用而得到确认的。

与礼乐之文重视思想内容、义理阐发及价值判断不同，文

---

① 章太炎：《国故论衡》，上海古籍出版社 2003 年版，第 49—51 页。

学之文更为重视形式结构、声韵辞藻等外在文饰以及情感运思、审美体验等个性特质。文学之文的缘起在齐梁时期，这是古人在文章体制日益精细的背景下，更为注重辨析文学性质的结果。我们知道，汉语的音韵意识在三国时代就兴起了，孙炎《尔雅音义》初创反切之说，李登《声类》以宫、商、角、徵、羽分韵类。随着用韵意识的增强，人们开始用有韵无韵区分不同的言语类型。沈约以“四声八病”为主旨倡导“永明声律运动”，最早在文学领域明确表述“依韵立文”观念，使“韵”成为区分“文”与“非文”的关键性因素。其后昭明太子萧统《文选序》将“事出于沉思，义归乎翰藻”定为选文标准，明确“不以能文为本”的标准，将经、子、史排除在“文”外，在选本中区分了“文”与“非文”的界限。梁元帝萧绎《金楼子·立言》明言：“吟咏风谣，流连哀思者，谓之文。”[①] 以上诸论，均突破了传统礼乐为文的宽泛界定，更为关注文学内在文学性的一方面，为纯文学观念之滥觞。在中国文学思想史上，文学之文的观点始终处于边缘，自产生伊始就受到来自于正统一脉的礼乐之文的挤压，这一点在刘勰《文心雕龙》的主体思想中就体现得很明显，其后在唐代古文运动中更遭受了根本性的打击，礼乐为文的传统地位终难撼动，“文以明道”的传统愈加稳固，逮至清代阮元、刘师培重提此论，亦不成气候。如阮元深入阐释“韵”，明确将“文”视为不同于经、子、史的“专名”，《文韵说》：“昭明所选不押韵脚之文，本皆奇偶相生有声音者，所谓韵也。”阮氏还假孔子之名，提出“比偶”结构，《文言说》：

① 郁沅、张高明编选：《魏晋南北朝文论选》，人民文学出版社 1996 年版，第 368 页。

“不但多用韵，抑且多用偶……孔子以用韵比偶之法，错综其言，而自名曰‘文’。”[①] 其后刘师培大力为阮氏张目，《论文杂记》：“盖‘文’训为‘饰’，乃英华发外，秩然有章之谓也。故道之发现于外者为文，事之条理秩然者为文，而言词之有缘饰者，亦莫不称之为文。”又《文说·耀采篇第四》：“三代之时，一字数用，凡礼乐法制，威仪言辞，古籍所载，咸谓之文。是则文也者，乃英华发外秩然有章之谓也。”[②] 刘申叔以“章”为“文”之属性，认为只有符合“英华发外秩然有章”的“偶语韵词”才可称为“文”，这与章太炎以文字为“文”属性的理解，是纯然不同的。

周文与文学价值观

周文的含义，大约有二：一是作为礼乐典章形式存在的周代宗法、礼法制度，承夏、商二代而来，至周公“制礼作乐”极盛，春秋以后逐渐衰亡；一是伴随着“礼坏乐崩”，由制度崩溃到思想重建，周文作为古代政教制度典范，成为尔后思想家对于黄金时代追忆的一个部分，是先秦学术产生的历史语境与思想基础。

周文内涵极为丰富，凡人生一切德行修养，均可纳入周文的价值视野。周代“尚文”之风包含多重意蕴，既有对夏商以

---

① 阮元：《揅经室集》，中华书局1993年版，第1065、606页。

② 刘师培：《刘师培全集》第2册，中共中央党校出版社1997年版，第86、78页。

来传统的继承，也不乏对文王之德与周公礼乐治国理念的认同，这种以人文教化而不是武力征伐治理天下的政治运作，备受后世推崇。周文所表现的价值取向与精神追求，渗透在上古社会政治生活的各个方面。作为三代以来统治阶层的生活方式和政教制度，营造一种“郁郁乎文哉”的社会风尚与精神信仰，正是周文的核心所在。春秋末世，礼乐道德流于形式化的“文”，周文疲敝，诸子蜂起，“文”逐渐失去其固有的精神道德内涵而蜕变为无质的虚文，对于周文的反思，遂成为思想家关注的焦点，分析此一问题，韦伯的社会历史视野极具借鉴价值。

在考察宗教起源时，韦伯认为，亚洲所有伟大的宗教性理论皆为知识分子的杰作，中国的儒、道，作为伦理思想或救赎论的担纲者，亦不例外，在一个既存的教育范围内，“他们通常也只是忽视既存的宗教实践，或者予以哲学的再诠释，而非直接与其决裂”①。对于韦伯的这一宏观判断，余英时先生极为推崇，他以“礼乐”替换“宗教”，认为孔子、老子“从哲学角度对现行礼乐实践加以重新阐释，而不是从中抽身而出”②，对中国轴心期的思想家而言，情况确实如此。围绕周文之盛与周文之弊的建构与“解蔽”，成为“轴心突破”时期诸子的一种自觉的历史反省，他们的思想，都建立在对周文而发，也即针对周代的这一套礼乐文制而言的基础上，班固所谓诸子之学“殊途同归”，正复此意。孔子的再阐释，旨在赋予周文“仁”的生命化意蕴，以礼之损益赋予周文与时俱进的品格，通过发挥周文

① ［德］韦伯著，康乐、简惠美译：《宗教社会学》，广西师范大学出版社 2005 年版，第 152—153 页。

② 余英时：《轴心突破和礼乐传统》，《二十一世纪》第 58 期（2000 年 4 月）。

新的价值意义，使之成为尔后儒家道德价值、伦理价值和人生价值的源头。墨子秉持的功利目的和“尚用”“尚质”理念，使其成为周文最早的反对者，墨子力图用夏政、夏礼的原初简洁性改造复杂繁缛的周文，这种改造，囿于人文价值与制度设计上的缺失，自然导致了墨家思想在战国以后的衰微。老庄以近乎决裂的方式划清了与周文的界限，不仅从历史的本源处颠覆了礼乐制度的合理性，而且在“方内”的现实世界之上，开出一个“方外”的“道”的精神世界，道家既不同于儒家对尧舜的追寻，也不同于墨家对夏代的想象，而是彻底否定了文明，构想回到文明之前的“自化”“自正”“自富”“自朴”的自然秩序时代。总体而言，周文疲敝背景下兴起的诸子之学，均热衷于对周文得失的评判，儒家的重新阐释、墨家的激烈攻击、道家的超越突破，构成先秦学术思想的一个重要面向。伴随着这种反思与总结，也就完成了自周公“制礼作乐”以来“神道设教”的过程，实现了周文从西周具体政治制度到思想文化传统的理论总结，成就了中国历史上千古相继的思想传统。

德性优先，是周文重要的价值理想，与人格修养、精神气质乃至社会风尚相关的文德、美善、文质等质素，也就成为儒家文学价值主体的核心要求。周文所显现的上古道德传统与伦理精神，在文化理想与价值目标上，表现在中国古代社会的理想人格塑造、伦理规范与德性培养、日常生活之道等诸多方面，尤为明显地体现在儒家所推崇的文王之德、尽善尽美、文质中道等命题上。

周文明确界定文德、文武之分，构成了传统时代伦理道德思想的源头，对此，儒家有进一步的发挥。在孔子的君子理想中，一个重要的标准就是“尽善尽美”，《论语·八佾》：“子谓

《韶》：‘尽美矣，又尽善也。’谓《武》：‘尽美矣，未尽善也。’”①为什么能“尽美”不能“尽善”呢？孔子面对周文疲敝的现实，看到了春秋美善相分的时代趋势，承认美与善的区别，也承认文德与武功的高下，但他力图调和，主张美善相兼、美善一体。作为不同层面的价值标准，美善指涉范围不尽相同，体现了价值理想之高下。“美”是一种经验性的感知，“善”则寄予了理想的价值判断与理性反思在内。在孔子看来，主体从自在走向自为的人文化成，同时也表现为一个德行尽善尽美的过程，《韶》乐正因为兼有审美体验与道德判断的双重意蕴，负载了深厚的周文政教想象，才符合孔子的审美理想境界。孔子将君子的内在质素“恭、宽、信、敏、惠”（《论语·阳货》）与“君君、臣臣、父父、子子”（《颜渊》）的社会承担统一起来，在他眼里，即便有再好的道德修养而没有政治担当、人生关怀、社会责任，也不能算一个理想的君子。在某种意义上，孔子业已赋予理想人格以内圣外王的规定，尔后孟子“充实之美”，靠反省求诸己，荀子“全粹之美”求诸外、求诸文，从内外两个维度充实了以知情意、真善美统一为内在尺度的理想人格，形成了相当完备的理论形态。

崇尚脉络化的历史叙事，是周文重要的价值理想，与复古、三代、道统相关的“祖述尧舜”“述而不作”“知人论世”“征圣宗经”等命题，构成儒家文学价值理想的历史诉求。中国文化有着浓厚的历史意识，古人不仅重视回顾自己的历史，常常对其进行想象性的发挥，而且善于从中引出未来的发展向度，这不仅仅是一个社会历史观问题，更是中华文化特有的向后看的

---

① 阮元校刻：《十三经注疏》，第2469页。

思维方式，追根溯源，这种浓郁的乌托邦倾向形成的重要思想根源与参照标准，就是周文的历史评价系统。轴心时代的诸子均认为上古存在一个乌托邦的完美社会形态，因此，对于黄金时代的追忆，成为诸子思想建构中的一个共同点。在他们看来，人类起初都有无限美好的黄金时代，尔后便日趋堕落，今不如昔，一代不如一代，这是西周礼乐秩序崩溃后的种种复杂情绪，诸如对现实社会的失望、对黄金时代的追忆以及对理想秩序重建的期待等共同交织而成的。对此，葛瑞汉认为："这肯定是一个令人幻想破灭的时代……对一切有组织政府的失望，对圣贤君主的嘲笑，对黄帝开战以前的时代的怀想，凡此一切，都成为尚古思想的背景。"[①] 情况就是这样，春秋以后复杂的思想状况与社会情绪，正是复古思想兴起的重要历史语境。诸子景仰"上古之世"，在整体思想倾向上复古、崇古，但在价值理想上分野不同，故所"复"之"古"也不尽相同。罗根泽先生《晚周诸子反古考》认为孔子乃复古改制第一人，"孔子以前，各国制度皆纯任其自然演变；孔子而后，则诸子皆托古改制"[②]。自孔子复古改制以后，墨子道夏禹，孟子言必称尧舜，许行则为神农之言，庄子更臆造古圣先王之说，其他托古者，不胜枚举。

这种向后看的历史文化观，充分体现在孔子对三代文质的理解上。以文质论史，最初兴起于对夏、商、周历史文化特征的整体评价。有关殷周礼乐的实质，最早是指殷、周不同的继承制，殷人超现实重原始血缘故尚质，周人重现实尚政治故文。

---

① ［英］葛瑞汉著，杨民译：《鹖冠子：一部被忽略的汉前哲学著作》，《清华汉学研究》第 1 辑，清华大学出版社 1994 年版，第 139 页。

② 罗根泽：《诸子考索》，人民出版社 1958 年版，第 65 页。

三代文质，与世推移，有不同的时代特点。夏代文化的核心是巫祭和鬼神，礼乐文化的特点是愚朴鄙野、朴而不文；殷人尊神信鬼而轻礼，礼乐制度不够完善；周人尊礼重人，礼乐制度完备但繁缛。由夏至商，礼乐文化大体是由野到质、文质相间；由商至周，则是由质到文、文胜于质。孔子视周文为一个动态的文明创制过程，在他看来，三代社会由质而文的演进，既是自然到文饰的必然，也是人文化成的必然。韦政通先生认为："孔子为了追究周文失效的原因，因而奠定了内圣之学的基础，但在孔子，内圣之学不过是恢复周文重建社会秩序的一种手段，目的是要周代的文制，再度发挥社会、政治方面的功能，这一面是孔子的外王之学，也是孔子积极的目标。"① 以文质论历史的传统一经形成，在文化传承上便自然衍生出"贵古"与"趋新"两种相对的史观，在"尚文""尚质"或文质代变中寻求历史与现实、"贵古"与"趋新"之间的平衡与协调，成为尔后儒家文学史观的核心价值取向，文学退化与整个文化乃至文明进化交错之悖论这一中国古代文学思想史特有的书写模式，亦使中国传统文化以及文学观念都呈现出极其浓郁的向后看的乌托邦倾向。

"文"观念自产生伊始便培育了丰富的思想质素，伴随着三代礼乐文化的发展演变，"文"义不断衍生，到春秋战国时期，"文"已经成为思想领域一个被普遍谈论的话题，从具体到抽象，从道德层面到哲学层面，由内在文德到外在文饰，由各种具体德行到一切人文总名，形成脉络相通的意义系统，辐射到

① 韦政通：《儒家与现代中国》，上海人民出版社 1990 年版，第 16 页。

古代思想史发生期的诸多领域。通过“文”之本义与衍生意义的考察，可以发现，中国古代“文”的观点，通过与早期思想文化中一些重要质素的结合，构成了一个文义斑斓、含义广阔的思想谱系，正所谓“会集众彩以成锦绣，会集众字以成辞义，如文绣然也”（《释名·释言语》）[①]。在这个思想谱系中，古人不但以“文”概括一切自然创生，涵盖一切人文创造，更以“文”为一切历史文化之总括，为其存在之大本大源，由此形成了极具民族特质的学术传统。作为古代文学思想所研讨的人文，乃“文”义之一端，所涉及的文学功用、价值取向及批评标准等核心问题，也就自然地纳入了“文”义的整体视野与阐释空间中，因此，对“文”的理解也就成为古代文论的思想前提与基本论域了。

① 刘熙：《释名》卷四，中华书局1985年版，第51页。

象

在古代思想文化体系中，“象”是独具中华民族思维特质的重要范畴，也是中国哲学观念史上出现最早且伴随始终的本源范畴。“象”源自先民“尚象”意识，在夏商巫卜文化和周代宗法文化的熏染下，成为构建古代思想系统的基本文化符号，经过先秦思想家的重新阐释与精神超越，遂演变为蕴含文化观念、思维特征与审美特质的“象喻”思维，辐射到思想史、哲学史、美学史及文学史等诸多领域。从思想史的角度考察，“象”与“三才”、阴阳五行属于同一层面，是具有本体论意义的范畴，它不仅最大范围地概括了人与天地之间的关系，而且衍生出“观象制器”“象其物宜”“以象比德”“名实之辨”等思想史上的重要命题。作为一种重要的致思方式，“象喻”在传统知识系统的形成中占据着主导地位，是古代社会真理产生的思维机制。我们现在所熟知的传世文献，如《周易》《老子》《论语》中所表述的“象”观念，虽然形成于古代思想体系的理论建构阶段，但是通过这些文本与考古文物的印证，我们还是可以追溯“象”之源流，也能考见在这些理论文本形成之前，也即从原始巫卜仪式到宗周政教传统形成过程中“象喻”思维所发挥的重要作用。有鉴于此，本文拟探讨的问题在于：一是从知识学角度梳理“尚象”传统，一是从本体论角度抽绎形上意涵，一是从方法论角度归纳意义关联，一是从价值论角度证立终极指向。以上四个方面，处于同一意义系统，分属不同层级，值得详加考察。

“尚象”传统

中华文化所具有的深厚“尚象”传统，源自远古思想文化观念的凝结与积淀，这不仅可以从出土的原始器具、饰物以及甲骨文、青铜器中窥得，也可以从早期宗教艺术如占卜、诗、乐、舞中体悟，还可以从许慎“依类象形”“文者物象之本”的象形文字理论中考见，更可以从易学之“观象制器”、天文历法之“观象授时”及“四象”说、中医之“藏象”“脉象”“气象”、孙子兵学之“兵形象水”、文学艺术“意象具足”之审美追求等观念形态的表述中领悟一二。

“象”在甲骨文中作（前三・三一・三）、（前四・四四・三）、（乙九六〇）[①]，殷商时期黄河流域产象，近代以来的考古研究业已证明，并与古籍记载多相符合。罗振玉先生根据卜辞“获象”“来象”之文，最早断言殷商时期中原产象。[②]在此基础上，徐中舒先生考证《禹贡》中豫州之“豫”为“象”“邑”两字合文，证明“豫当以产象得名”，又考舜“田于历山，象为之耕”的传说，乃由服象之事附会而成。[③] 今人根据在殷墟发掘的象坑遗址，进一步揭示出殷商时期黄河流域盛产大象，殷王曾以大象为牺牲，公元前 10 世纪气候变冷，是大象南迁的根本原因。[④] 考之古代文献，大象南迁后，在广大的江南地区，也生存了很长时间。秦代设置象郡，就以产象而得名。《淮南子・坠形训》：“南方之美者，有梁山之犀象焉。”高诱注：“梁

---

① 中国社会科学院考古研究所编辑：《甲骨文编》，第 395 页。

② 罗振玉：《殷虚书契考释》，北京图书馆出版社 2000 年版，第 37 页。

③ 徐中舒：《殷人服象及象之南迁》，《历史语言研究所集刊》第 2 本第 1 分册，第 60 页。

④ 王宇信、杨宝成：《殷虚象坑和“殷人服象”的再探讨》，《甲骨探史录》，生活・读书・新知三联书店 1982 年版。

山在会稽长沙湘南，有犀角、象牙，皆物之珍也。”[①] 这是指今日之苏南、浙北和湖南。《说文》称象为“南越大兽”，是指今日之华南地区，《论衡·书虚篇》谓“苍梧多象之地”，可为印证。

殷周时期，古老的“尚象”传统在祭祀的礼仪、乐舞中得以延续。帝舜“服象”的传说，见于《尚书·尧典》《史记·五帝本纪》《孟子·万章》中。殷人秉承“服象”的传统，视象为神圣之物，以象名号，用以牺牲祭祀，并以象尊为祭祀重器，直到周人仍然将象尊和牺象用于禘礼，在宫室中使用，如《左传·定公十年》中，就有孔子“牺象不出门”的说法。值得一提的是，殷周之际出现的古乐舞《象》，是为武王伐纣成功而作的，据《墨子·三辩》载：“武王胜殷杀纣，环天下自立以为王，事成功立，无大后患，因先王之乐，又自作乐，命曰《象》。”[②]《荀子·礼论篇》：“和鸾之声，步中武、象，趋中韶、頀，所以养耳也。”[③] 古人认为《象》又名《大武》，这一点，在郑玄《毛传》笺、《礼记》注中被反复提及，如《周颂·维清》毛序：“维清，奏《象舞》也。”郑注：“《象舞》，象用兵时刺伐之舞，武王制焉。”[④]《礼记·明堂位》载鲁国以禘礼祭周公：“升歌《清庙》，下管《象》。”郑注：“《清庙》，周颂也；《象》谓周颂《武》也，以管播之。”《内则》载国子之教：“舞《勺》，成童舞《象》。”郑注：“先学《勺》后学《象》，文武之次也。”[⑤]

---

① 何宁：《淮南子集释》，中华书局 1998 年版，第 336 页。

② 孙诒让撰，孙启治点校：《墨子间诂》，第 40 页。

③ 王先谦撰，沈啸寰、王星贤点校：《荀子集解》，第 347 页。

④ 阮元校刻：《十三经注疏》，第 584 页。

⑤ 阮元校刻：《十三经注疏》，第 1489、1471 页。

郑玄明确将《象》与《周颂》之《大武》等同，视之为有周一代大舞。我们知道，《大武》乃武王伐纣成功之作，是用形象的表演来展示周人伐纣、建国、分封和安定天下的创业史。根据《吕氏春秋·古乐》的记载，也可以察见《象》与《大武》之间的关系："武王即位，以六师伐殷，六师未至，以锐兵克之于牧野。归，乃荐俘馘于京太室，乃命周公为作《大武》。成王立，殷民反，王命周公践伐之。商人服象，为虐于东夷，周公遂以师逐之，至于江南，乃为《三象》，以嘉其德。故乐之所由来者尚矣，非独为一世之所造也。"① 这里说明的是《三象》之由来，系周公平定殷人叛乱而作的庆功乐舞，性质上与《大武》相同，均在祭祀大典中演出。这已经隐约揭示出两者之间的关系，至于两者是等同，还是有交叉，这还有待于进一步研究。

"尚象"传统与三代物质文化、精神生活有着密切的关联，在春秋以后思想家的阐释中完成了理论层面的超越。易象与龟卜、占筮的结合，确立了"象"作为沟通天地人的中介，统摄一切文化信息的符号载体地位；老学"大象"论，"象"与道的结合，将原有的龟象、易象提升到哲学层面，确立了形而上的意义；儒学"象"论，引入伦理道德一路，形成了"象"通礼乐、"以象比德"的政教传统；医家"阴阳应象"论，关注人在天、地、人三界中内外宇宙的贯通，偏于生理、病理与心理关联的探究。凡此种种，均为原始"尚象"意识到"象喻"思维形成过程中的重要节点。

在三代占卜之法中，古人对"尚象"理念进行了观念形态

---

① 吕不韦著，陈奇猷校释：《吕氏春秋新校释》，上海古籍出版社 2002 年版，第289—290 页。

上的升华。龟卜和占筮是三代最为流行的占卜术，是沟通天、地、人关系，获取宇宙信息的主要方法。所谓龟卜乃“鬼谋”时代的产物，是将龟腹骨或兽骨钻孔火烤，依据自然裂纹的龟象，即卜兆的形状断定人事吉凶；占筮乃“人谋”① 时代的产物，是以蓍草数目变化求得八卦之象，依卦象推测人事吉凶。《左传·僖公十五年》韩简言：“龟，象也。筮，数也。”② 所谓“数”，就是指蓍草排列之数，在本质上仍然是对“象”的一种模拟。古人相信，兆象与卦象代表了宇宙秩序及变化法则，自然的某种变化与天的意志有着神秘的关联，这些变化及其征兆就体现在兆象与卦象中，据此不仅可以判断天意变化、人事吉凶，而且宇宙人事的变化法则也可以根据“象”模拟出来。三代留存下来的占卜之法，按照《周礼·春官宗伯》的记载有连山、归藏、周易三种，即后世所谓三《易》，现在遗存下来的只有《周易》。《周易》是一部关于“象”的著作，它通过一套复杂的占筮之法，即《系辞下》谓“八卦以象告”“《易》者象也”“象者言乎象者也”，用变化多端的卦爻之象来把握流动不居的现实人生，总括了天地万物之法则，易象较之于龟象，人文因素明显增加③，这与周礼的建立同步，与周人重德重人的总体思想倾向一致。由《易经》到《易传》的演变，可以察见殷礼到周礼的蜕变过程，由殷人重龟象到周人重易象，逮至“书不尽

① 王夫之认为龟卜“多寡成于无心不测之神，鬼谋也”，占筮“审七、八、九、六之变以求肖于理，人谋也”。参见《周易内传》卷六上，收入《船山全书》编辑委员会编校：《船山全书》第1册，岳麓书社1996年版，第615页。

② 阮元校刻：《十三经注疏》，第1807页。

③ 李镜池先生最早指出《周易》中卦爻辞的人文事象，如《师》谈军事，《小畜》《大畜》谈农业，《贲》谈婚姻，《复》谈行旅，等等，参见《周易探源》之《序》《周易筮辞考》《周易筮辞续考》等篇，中华书局1978年版。

言，言不尽意”的“言—象—意”互动符号系统的形成，这种从占筮之术到哲理之学的演进，正是“象喻”思维的形成过程，也是中华文化由蒙昧走向理性的过程[①]。

在古代思想家的理论视野中，“象”不仅是贯通形上与形下的中介，而且具有本体论的意义。老学道论，诠释了宇宙的终极存在问题，为三代以来的“尚象”观念确立了形上的依据。老子首倡“非言”，认为凭借语言和概念难以穷尽“道”之精微，表达“道”只能凭借“象”，尤其是“大象”，故云：“有物混成，先天地生……吾不知其名，字之曰道，吾强为之名曰大。”（《老子》第二十五章）又云：“执大象，天下往。”（第三十五章）河上公注：“象，道也。”老学之“象”，具有这样的形上特征：“道之为物，唯恍唯忽。忽恍中有象，恍忽中有物。”（第二十一章）又云：“大音希声，大象无形，道隐无名。”（第四十一章）[②] 老学“大象”，成玄英谓“犹大道之法象也”，用以指称“道”不可把握、不可言状、难以穷尽之特征，这是一种非言语能表达的境域，唯有对“象”之体验达到一定程度方能悟“道”[③]。这种感悟式的思维方式，通过众多物象体悟“大象”，由此达致本原之“道”，旨在揭示“象”不仅具有本体论

---

① 对此，余敦康先生在《从〈易经〉到〈易传〉》中有详细论述，参见《中国哲学》第7辑，生活·读书·新知三联书店1982年版。

② 朱谦之：《老子校释》，中华书局1984年版，第101、140、88、171页。

③ 成中英先生认为《老子》用了一大串意象，如“水”“赤子”“母”“阴”“朴”作为“道”的象征，这些意象均可归为“大象”，老学通过这些意象与“道”形上层面的感应统一来阐释“道”的深刻意义。参见《中国文化的现代化与世界化》，中国和平出版社1988年版，第132—141页；又见《世纪之交的抉择——论中西哲学的会通与融合》，知识出版社1991年版，第238—245页。

的意义，而且具有贯通形上之“道”与形下之“器”的功能，这成为尔后古代学术思想中的一个重要传统。

在以“三才”、阴阳五行为框架建立的内经学理论中，“象”是与天地人、阴阳五行密切联系的一个核心范畴。所谓“天下无象外之道”①，把生老病死归因于阴阳相应之“象”，是古代医学揭示生理、病理的独特方法。对于“象”所表现的天地交感、春秋代序、五行始终、阴阳交易、昼夜推移，《素问·阴阳应象大论篇》提出“阴阳应象”，如云：“积阳为天，积阴为地。阴静阳躁。阳生阴长，阳杀阴藏。阳化气，阴成形。”又云：“故清阳出上窍。浊阴出下窍。清阳发腠理，浊阴走五藏。清阳实四肢，浊阴归六府。”② 在以《内经》为代表的医家看来，无论是天地自然之象，还是人体内外之生理表象，均须借助阴阳五行来揭示其动态特征。《素问·五运行大论》一言蔽之：“天地阴阳者，不可以数推，以象之谓也。”③ 虽然五脏六腑属于“器”层面，但旨在通过“器”来反映功能之“象”。事物正是因为有了种种具象才分阴分阳，离开“象”，也就无所谓阴阳五行了。换言之，正因为阴阳五行统摄了天地万物之“象”，故而人们能够感知、体验到的一切，无不具有阴阳五行之属性。实际上，通过研察表露于物质世界的万象来洞察天地人之动态品性与行为功能，正是传统“象”论之真义，无论是《史记·天官书》中有关天象的种种记载，还是上古典籍中常见的地震、山崩、地裂等地象剧变，以及音律、数术、风水等人间象学，乃至董

---

① 王夫之：《周易外传》卷六，《船山全书》第1册，第1038页。

② 张志聪：《黄帝内经素问集注》，浙江古籍出版社2002年版，第35、36页。

③ 张志聪：《黄帝内经素问集注》，第462页。

仲舒“人附天数”、《内经》“五藏之象”等象学理论，都明确地表述了此一思想。因此，在天象、地象、人象的整体结构中考察，“象”与“三才”、阴阳五行相互渗透，熔铸一体，这成为古代学术思想的重要特点，也成为贯穿儒、道、释的共同基因。

“象喻”思维

作为元范畴的“象”，兼有“象征符号”和“深层结构”的双重含义，其意义展开完整地体现在“象喻”思维方式中。“象喻”思维是以“象”为核心、以“喻”为手段构筑的一套思维机制。所谓“象”是一个特殊中介，在传达可观事物之特征时，既不舍弃思维对象之具象因素，又能保留思维主体之主观旨趣；所谓“喻”，在中国早期思想史的语汇中，与此类似的有“譬”“比”。师从葛瑞汉的汉学家鲍海定认为，“喻”的本义是代表一种论证策略、逻辑现象而非文体风格技巧，表明双方之间存在着逻辑上的统一性。[①] 我们认为，“象喻”贯通于人类的整个思维过程中，人们在“象喻”中进行思考，各种概念的提出，各种名称的确定，均基于此一“深层结构”并借助语言文字呈现出来，正所谓“言之所传者浅，象之所示者深”[②]，就此意义而言，一种文化最本质的价值就附着在这种文化的概念、名称后面的“象喻”结构之中。

① 鲍海定：《隐喻的要素：中西古代哲学的比较分析》，收入艾兰主编：《中国古代思维模式与阴阳五行说探源》，江苏古籍出版社 1998 年版，第 83 页。

② 朱熹撰，廖名春点校：《周易本义》，中华书局 2009 年版，第 242 页。

具有浓郁中华民族特色的“象喻”思维有着相当独特的方式和路径。首先，“象喻”是建立在具体性、直观性和经验性基础上的抽象演绎，借助卦象、卦德的排列、推衍，其范围不断扩展，可以穷尽天地万物之“象”，如《周易·系辞上》：“通其变，遂成天下之文；极其数，遂定天下之象。”在易学传统中，以阴阳二爻为基本元素，按照数的奇偶排列组合推衍出八卦、六十四卦和三百八十四爻，以一套高度象征比拟意义的图式符号组建一个复杂的意象系统，凭借引申、暗示、象征、隐喻、比拟、类推等手段，将情景相关、意义相通的事物联系成互通互感、可以理喻的东西。对此，孔颖达《乾·象传》释云：“或有实象，或有假象。实象者，若‘地上有水，比’也，‘地中生木，升’也，皆非虚，故言实也。假象者，若‘天在山中’‘风自火出’，如此之类，实无此象，假而为义，故谓之假也。虽有实象、假象，皆以义示人，总谓之‘象’也。”[①] 经过归纳、概括和整饬的易象，具有极强的统摄能力，既有实象，又有虚象，包括具象、物象、心象等，“皆以义示人”，凡已然、应然、未然，均能在卦象中表现，这正是易象的含义具有普遍包容性的内在生成机制之所在。

“象喻”思维不仅通过卦象及其变化推衍，来象征、模拟天下万物及其联系，而且通过卦象、卦德的引申、比附，形成了《孟子·尽心下》所谓“言近而指远”，《系辞下》所谓“以类万物之情”的推导模式，丰富、拓展了“象喻”言说的范围，即“从自然界扩大到社会现象，从具体事物发展到抽象观念”[②]，涵

---

① 阮元校刻：《十三经注疏》，第 14 页。

② 李镜池：《周易探源》，第 172 页。

盖了自然存在之天象、地变、山川、物候、植被，社会存在之祭祀、农耕、渔猎、畜牧、征战、商旅、婚娶、养生、服饰等。在易学知识系统中，存在两大类知识：一为宇宙序列，一为人文序列。前者以天地、阴阳解释宇宙经验，后者以尊卑、贵贱解释人间经验，两序列之间，互为能指与所指，构成所谓“象征指涉”关系。周礼的各种表象符号，均建立在对自然与人伦两大知识序列的对应比附与转换理解之上。卦法推衍之目的，在于《贲·彖传》所谓“观乎天文，以察时变；观乎人文，以化成天下”[①]，即通过对可观宇宙万物及其规律性的把握，体悟社会人事变迁之规律，论证政治伦理之准则以及表达情感意蕴。对于卦法推衍之特点，韩康伯《系辞下》释云：“托象以明义，因小以喻大。”孔颖达《小畜·象传》释云：“凡大象，君子所取之义，或取二卦之象而法之者，若‘地中有水，师，君子以容民畜众’，取卦象包容之义；若履卦象云‘上天下泽，履，君子以辨上下’，取上下尊卑之义。如此之类，皆取二象，君子法以为行也。”[②] 对此，冯友兰先生在《新原道》中是这样评价的：“六十四卦，三百八十四爻都是象。象如符号逻辑中所谓变项。一变项可以代入一类或许多类事物，不论什么类事物，只要合乎某种条件，都可以代入某一变项……这一卦的卦辞或这一爻的爻辞，都是公式，表示这类事物，在这种情形下，所应该遵行底道。这一类底事物，遵行道则吉，不遵行道则凶。”[③] 这种说法是平实可信的。

---

① 阮元校刻：《十三经注疏》，第 37 页。

② 阮元校刻：《十三经注疏》，第 27 页。

③ 冯友兰：《三松堂全集》第 5 册，河南人民出版社 1986 年版，第 61—62 页。

其次，“象喻”思维形成了一个自足的唯象致思的理论架构。一方面，“象喻”预设了人们思维的全过程，即由具体物象到观念之象乃“观物取象”，由观念之象到万物具象乃“观象制器”，由已知之象推未知之象乃“取象比类”，由固有之象到应然之象乃“立象尽意”；另一方面，“象喻”限定了人们思维的出发点，即“观物取象”、以“象”定名，指引了思维的向度，即“观象制器”“立象尽意”，由此培育了古代思想体系中“近取诸身，远取诸物”的直观经验特质与“取象比类”、触类旁通的逻辑品格。同时，“象喻”是双向互动的，贯通“三才”，是天、地、人三界互感互通的中间环节。在“象喻”思维框架中，存在一个前提的理论预设，那就是“三才”同源共生、同构一体，如《管子·君臣上》：“天有常象，地有常刑，人有常礼。”① 人间秩序与天地之象乃宇宙的两端，贯通其间的是阴阳五行，融通其间的运思机制便是“象喻”思维。它在“天意”与“人心”之间互动、沟通，既有天象到心象到具象的心理转化过程，即人间礼乐政教制度的产生，又有人们借助象征性的礼乐仪式进行天地神人之间的互通，如人间礼乐制度的缺失引起阴阳五行之变，从而引起天象之变，即所谓天之“谴告”。

在易学解释系统中，有“象”“数”“辞”三个互动互涉的方面。“数”是“象”的规定，源于天意；“辞”是对“象”的解读，受制于“象”；吉凶的判断，源于“象辞”。简言之，因“数”定“象”，观“象”以“辞”，以“象辞”定吉凶。三者之中，“象”居于核心地位，“象”将“易”“数”“辞”“占”等具有高度象征比拟意义的图式符号串联起来，建构了一套复杂的

① 黎翔凤撰，梁运华整理：《管子校注》，中华书局2004年版，第550页。

全息意向系统。由“象”出发，形成了易学阐释系统的三个核心命题：“观物取象”“观象制器”“立象尽意”。所谓“观物取象”“观象制器”，是《易传》中最关键的命题，是指易象体现了“圣人之意”，由“象”产生人类各种器物、仪式和制度，其间蕴含了人类文化创造的普遍意向；所谓“立象尽意”，阐明了“象”是思维过程的中介，是构成“象喻”思维的关键环节。这三个命题，完成了思维发展的一个连续性过程，系统地表述了我们的世界是取法于“象”，从物质现象到精神现象，从器物制作到典章制度，均由“象”的意义世界构成，这既是对文明起源的经验性描述，也是对人类文化创造过程的理性回溯。这就突破了天地人感应的表层比附与推衍，赋予其更为深厚的历史底蕴，而这正是“象喻”思维特质的核心价值所在。

兴起于“礼坏乐崩”背景下的先秦学术，在知识建构和思想阐发时，常常借助“象”义之阐发。譬如在源于商人的“正名”之学①中，“名”至为重要，乃是体验、感知“象”的一种特殊方式。《左传·桓公六年》记载了五种命名之法，“名有五，有信，有义，有象，有假，有类”②，大抵不离取象类比的视野，所谓“古之制名，必由象类，远取诸物，近取诸身”③，正复此意。“名”与“器”乃国脉所在，是周礼建立的基础，“正名”之学的价值取向不离周礼的文化立场，孔子要恢复周礼，首先要“正名”，老子怀疑周礼，首先要破“名”，故《老子》首章

① “正名”之学，渊源甚早，饶宗颐先生《中国古代文学之比较研究》认为“正名”是殷人之旧学。参见《文辙：文学史论集》上册，第10页。

② 阮元校刻：《十三经注疏》，第1751页。

③ 司马光：《资治通鉴》卷二十七。“汉纪十九·中宗孝宣皇帝下”引班固赞语。

就提出“无名”论。在古代思想家的理论视野中，圣王依“象”制名，始有文化、制度的产生，《正蒙·乐器篇》：“志至诗至，有象必可名，有名斯有体，故礼亦至焉。”① 因而“正名”是道德重建与政治改革的首要条件，也是儒家政教思想的逻辑起点。

萌生于三代文化的易学传统，在发挥“象”之义理时，常常将礼乐文化作为主要参照系统，以“象”推衍人文缘起和制度成因，强调仁、义、礼、正、忠、孝、节、谦等观念，将其价值指向导引到社会秩序、政治事务乃至人的自我完善方面。以“大壮”卦为例，该卦乾下震上，《周易·象传》：“雷在天上，大壮，君子以非礼弗履。”② 其“象”上为雷，声势浩大，为壮；下为天，纯阳动健，所以亨道，无往不利。君子实践礼义，正大光明，非礼勿动，以德服众，这是以物象推衍人生法则的典型例子。其实，不独《易传》有把“象”与人事密切联系的倾向，这一点，在先秦其他典籍中也很常见，如《左传·僖公三十年》：“国君文足昭也。武可畏也。则有备物之飨。以象其德。”又《宣公三年》：“铸鼎象物，百物而为之备，使民知神奸。”③ 由此可见，从三代礼乐的角度阐发“象”之义理是这一个时代思想文化的普遍倾向，这一特点，在儒学一系的思维中体现得更为鲜明。

在阐释诗教主张时，孔子提出“可以兴”的原则。这种取譬引申的方法，在《论语》中运用得很熟练，如《为政》：“为政以德，譬如北辰，居其所而众星共之。”又《子罕》：“子在川

---

① 张载：《张载集》，中华书局1978年版，第55页。

② 阮元校刻：《十三经注疏》，第48页。

③ 阮元校刻：《十三经注疏》，第1831、1868页。

上曰：逝者如斯夫！不舍昼夜。”① 儒者言“象”，总是自觉地与礼乐政教、伦理道德联系在一起，“象”之于人，多为“取譬”，“象”之于物，多为“比德”，由此形成了“感物言志”“以象比德”的政教推衍模式。在儒学的思维逻辑里，以外在、可观的自然之物及特征与人的内在、不可知的品格相比，通过主体对自然现象或人文现象的价值投射，引发出感情经验、意志趋向、观念思维等精神性心理活动，并借助于物象与心象在生成模式上的相同、思维路径上的相通，赋予这种主观德行以具体可感的外在形式，由此阐明自然之物与人之品格在精神实质上的互通共感，故而北辰之“象”②、水之“象”也就成为心物相契的符号载体，在儒者的价值视野中，北辰与水遂成为证立君子道德人格的一种典型象征了。

“乐象”是“象喻”思维在礼乐知识系统中一个重要的衍生意义。“乐象”理念，在荀子思想中已显端倪，《荀子·乐论篇》中列举种种“乐象”：“声乐之象：鼓大丽，钟统实，磬廉制，竽笙箫和，筦籥发猛，埙篪翁博。”他认为乐有君子与小人、“正声”与“逆声”之分，并进一步断言：“凡奸声感人而逆气应之，逆气成象而乱生焉；正声感人而顺气应之，顺气成象而治生焉。唱和有应，善恶相象，故君子慎其所去就也。君子以钟鼓道志，以琴瑟乐心，动以干戚，饰以羽旄，从以磬管。”③ 这

---

① 阮元校刻：《十三经注疏》，第 2491 页。

②《尔雅·释天》：“北极谓之北辰。”郭璞注：“北极，天之中，以正四时。”《新论·离事》：“北斗极，天枢……斗极常在，知为天之中也。”在古人的宇宙意识中，北极星是天之中心，是宇宙万物的本源与准则。儒学以北辰之“象”释德政，取中正之义。

③ 王先谦撰，沈啸寰、王星贤点校：《荀子集解》，第 383、381 页。

一思想在《礼记》中得到全面发挥，《乐记》设立《乐象》一节，明确拈出“乐象”范畴，具有广泛的指涉意义。在《乐记》《乡饮酒义》诸篇中，凡论及“象天”“象地”“象德”“象四时”“象风雨”“象日月”，与“五色成文”“八风成律”“百度得数”等说法类似，为“古之制礼”“政教之本”，均指人文化成之种种表征，意义十分重大。在儒学传统中，由于对乐教的重视，对“声乐之象”也极为注重，《孟子·万章下》有对孔子“金声”“玉振”而“集大成”的赞誉，“金声玉振”本指“金石之乐”，为宗周雅乐体系中最具艺术性和表演性的部分，孟子以此对孔子的道德人生进行概括，表明在儒学一系所推崇的“声乐之象”中，“金声玉振”作为夫子德行的表征，居于最高的境界①。

以上我们追溯了“尚象”意识的缘起，考察了“象”元范畴在上古思想传统演进与知识系统生成中的原初意义，辨析了作为理论形态的“象喻”思维所涵盖的多重意蕴，旨在说明，作为中国传统思维的重要方式方法，“象喻”以整体、综合和情感的方式来理解和表述已知或未知的世界，兼具原始具象、认知中介及本体意义等多重内蕴，古人的思维之网，正是以“象喻”的方式结成的一个既有自然物象，又有超自然、超实体观念之象的意义世界。

---

① 关于这一点，郭店楚简《五行》：“君子之为善也，有与始，有与终也。君子之为德也，有与始，有与终也。金声而玉振之，有德者也。”这就与孟子的说法相印证了。参见李零：《郭店楚简校读记》，北京大学出版社 2002 年版，第 79 页。

“文源于象”

“象喻”思维是中国传统艺术发端的根本运思之法，据此不仅可以追溯文学艺术的起源，而且可以从根本上说明人文创造中形象思维与审美观照的一般特征。文学创作离不开“象喻”思维，文论传统的形成也离不开“象喻”思维。“象喻”统摄了文学审美意象产生的全过程，包括艺术创作逻辑起点之“观物取象”、艺术创作心理机制之“立象见意”、艺术审美鉴赏之“象外之象”等。“象喻”思维所具有的理论普适性与逻辑品格，为文学艺术理论的形成提供了一种阐释方法，并以思维路径上的相同与精神实质上的互通，衍生出或关联到“以象比德”“取象比类”“感物言志”“比兴”“得意忘象”“缘情托物”“借景言情”“托物起兴”等艺术传统，所以钱锺书说：“诗也者，有象之言，依象以成言。舍象忘言，是无诗矣。”[①] 有鉴于此，下文拟从三个方面分析“象喻”对于文论传统形成的影响：作为广义人文起源说的文源于象；“以象比德”及比兴、言志等政教传统；以意象为元范畴的审美传统。由此，旨在将文学观念的发生在“象喻”思维框架下贯通，揭示出中国文论传统自肇始期以来蕴含的逻辑思维的原初意义。

“文”在本质上是可感知的“象”。文象同源的思想传统历史悠久，在三代文化中已经具有稳定的含义，至迟在春秋战国时期，作为一种普遍性的知识话语，此一思想已经定型。先秦

① 钱锺书：《管锥编》第1册，中华书局1979年版，第12页。

时期的"文"，主要是指礼乐之文。孔子所谓"文"，如"天之将丧斯文也"（《论语·子罕》），"周监于二代，郁郁乎文哉，吾从周"（《八佾》），"君子博学于文，约之以礼"（《雍也》），"文之以礼乐，亦可以为成人矣"（《宪问》）①，等等，指的均为礼乐刑政。对此，后世学者常常心通意会，如司马光《答孔文仲司户书》："古之所谓文者，乃所谓礼乐之文，升降进退之容，弦歌雅颂之声。"② 以今人的眼光看，"文"之含义，小到可见的纹样、记号、文字符号，大到可感的社会文化制度乃至人的生存样态，涵盖了广义人文创造的各个领域，至大至广。

以礼乐为代表的人文制度是"观象制器"的产物。所谓"观象制器"是易学最核心的命题之一，源于人们对"象"本质的认识。古人认为易象集中体现了圣人之意，圣人受先验卦象启发，生出种种关于天之象、地之象与人之象的看法来，由"象"产生人类各种器物、仪式和制度，所以荀悦认为："立象成器以为天下利，立制度之谓也。"③ 对于易学"观象制器"的说法，胡适就认为"本来只是一种文化起源的学说"④，更准确地讲，表达了一种人文起源的总体思想意识，代表人类文化创造的普遍意向。朱自清认为《周易》之所以能够由占筮之作提升为哲学论著，主要就取决于其融合儒道的理路与"观象制器"思想的拈出⑤。

---

① 阮元校刻：《十三经注疏》，第2511页。

② 司马光：《温国文正公文集》卷六十，《四部丛刊》本。

③ 荀悦：《前汉纪·孝文皇帝纪》卷七，《四库全书》本。

④ 胡适：《论观象制器的学说书》，《古史辨》第3册上编，上海古籍出版社1981年版，第86页。

⑤ 朱自清：《朱自清古典文学论文集》下册，上海古籍出版社1980年版，第612页。

从本质上看，人类生活在一个“象”组成的世界里，一切思想文化形态的产生都不过是“象”的复制再生与繁衍增殖。所谓文明的进程、政治的进步、理想的回归，“就是把‘意象’或完美的上天理想变为人类器物、习俗和制度的一系列连续不断的尝试”[①]。礼乐的世界就是把“尊尊”“亲亲”等抽象概念物化为可观的外部形式，把观念上的等级意识通过不同的物质形式隐晦地表现出来，见之祭祀对象、祭品、服饰、丧葬等社会生活的各个环节乃至最细微之处，使人与人之间的高低贵贱、亲疏远近通过外在形式一望而知。在古人的思想世界中，一切制度的合理性皆源于人们对于宇宙万象的体验、感悟与想象，“象喻”思维也正是借助“象”的解释和推衍所形成的符号系统来表现世界的本质与意义。譬如中国早期的象形字就是通过一套特有的象征意义传达出古人对于天、地、人的体认。在古人的造字理论中，汉字以“象”为先，《汉书·艺文志》的“六书”，按照戴震“四体二用”的分法，四“象”（象形、象事、象意、象声）为经，转注、假借是派生的，这就突出了“象”在造字中的作用。“六书”中，象形居首，这是汉字最大的特点，所谓象形，就是有形可象，即以一种最简省、最鲜明的符号表达对自然万物的概括，既符合人们想象中的宇宙自然秩序，也契合人类自然情感的合理延伸。人们通过“象喻”的方式认识、把握世界，创造出人类的一切思想文化制度，并以这一套想象出来的制度统治、代替原有的真实世界，秩序制度一经形成，人们往往忘却其本象，而存心于外化之具象，并以“象”

---

① 胡适著，《先秦名学史》翻译组译，李匡武校：《先秦名学史》，学林出版社1983年版，第38页。

的世界代替了真实的世界。葛兆光先生认为："这种'象征'久而久之在人们心中却取代了事实世界，成了事实世界本身，它的地位越发地崇高，它的形式越发地隆重，它的作用也越发地巨大，而主持典礼的人，如巫、祝、史、宗等，他们掌握了这一套象征，拥有了沟通仪式两端（人/神、人/鬼、人/天）的权力，于是，'思想'就成了通过'象征世界'对'事实世界'的使用、说明与解释。"① 可以说，"象喻"思维是古代人文知识形成的基本运思方式与心理认同基础，是古代社会真理产生的思维机制。

在古人的文化视野中，礼乐之文本身就是"象喻"思维的产物，无论是器物之文、人身之文或文字之文、绘画之文，乃圣人据"天下之赜"符号化活动的产物。所谓圣人仰观于天，俯观于地，近取于身，远取于物，对此，《周易·系辞上》的说法最为经典，"参伍以变，错综其数。通其变，遂成天下之文；极其数，遂定天下之象。非天下之至变，其孰能与于此"。在此，《易传》作者流露出厚重的历史感和深刻的现实意义，当"三才"、阴阳的平衡被打破，即不成文、不成象时，圣人通过"相杂""变"的方式，顺应阴阳之变，使"三才"达到新的平衡与和谐，有天地阴阳之和，方有钟鸣鼎食之政与人文之和。关于"参伍以变"的说法，考古学者结合殷代文物考察，认为"文"是用三、五片棕交错而织出不同的斜纹文样，是古人在长期的纺织实践中总结而来的②。实际上，任何物象的形成，都不

① 葛兆光：《七世纪前中国的知识、思想与信仰世界》，复旦大学出版社 1998 年版，第 138 页。

② 参见于民：《春秋前审美观念的发展》，第 131 页。

免经历观念之象到心象再到具象等一系列心理转化过程，其思维逻辑的成熟，正是以对自然万象的认知为起点，并逐渐上升为社会人生价值层面的理论建构。对于文象之种种表征，古人已经有了初步的认识，譬如《国语》有“言，身之文”（《晋语五》），“服，心之文”（《鲁语下》）[①]；《左传》有“言之无文，行而不远”（《襄公二十五年》），“动作有文，言语有章”（《襄公三十一年》），“九文，六采，五章”（《昭公二十五年》）[②]；《墨子》有“锦绣文采靡曼之衣”（《辞过》）[③]；《荀子》有“文章致繁”（《王霸篇》），“故君子以为文，而百姓以为神”（《天论篇》）[④]；《礼记》有“声成文，谓之音”（《乐记》），“文以君子之容”“文以君子之辞”（《表记》）[⑤]，等等。从以上关于言文、服文、容文、行文、辞文、礼文、德文的论述中，可以看到，“文”是汉语中含义最丰富的语素之一，所统摄的意义系统极为宽泛，在不同的文化情景中代表了不同的意义，其指向涵盖了古代思想文化系统的诸多方面。“文”是由不同的线条、色彩、言行组成的体验感受，涵盖了自然界和社会生活中一切色彩斑斓、变化有章、富有文饰的事物。从具象到抽象，从物质层面到精神层面，从自然之象到社会人生之象，其多义性与歧义性构成了一个庞大的语义系统与思想空间，古人正是基于这种广义的、整体的文化理念来看待种种文象。换言之，“文”源于“象”，并为“象喻”思维的文化视野所统摄、规范和整合。

---

① 左丘明著，韦昭注：《国语》卷十一，第129页。

② 阮元校刻：《十三经注疏》，第2107—2108页。

③ 孙诒让撰，孙启治点校：《墨子间诂》，第34页。

④ 王先谦撰，沈啸寰、王星贤点校：《荀子集解》，第316页。

⑤ 阮元校刻：《十三经注疏》，第1640页。

“以象比德”

对于“象”的理解，先秦时期思想家本着不同的资治救世目的，进行了创造性的阐释与精神上的超越。老学“大象”论，将“象”与道结合，把龟象、易象提升到哲学层面，确立了形上的意义。与老学一派本体论路数不同，孔子及其后学通过对易学的阐发，为“象”论注入了更多人间化色彩，引入伦理道德一路，形成了“象”通礼乐、“以象比德”的政教传统。在“象喻”思维的发展向度上，儒家通过对“象喻”思维的有效发挥，来诠释表层意象后面所潜藏的深刻而复杂的政教传统与人事伦理内涵，由此也影响到古代思想文化观念所关注的重点，使之由外在客观物象转至内在人伦道德，客观世界因此也被附会了诸多“合情饰貌”的人文内涵，这一点尤其明显地体现在“以象比德”传统上。

“象喻”思维方式广泛地存在于孔子的思想中。在诗教主张中，孔子提出“可以兴”的原则。所谓“兴”，是一种带有很大主观思想倾向与情感态度的思维方式，它通过引譬连类、联想感悟、推衍引申来达到“举一隅不以三隅反”“闻一以知十”的借题发挥的目的。最典型的例子是《八佾》篇，子夏与孔子论诗，子夏由“巧笑倩兮，美目盼兮，素以为绚兮”而联想到“礼后乎”的道理，从而得到孔子的赞赏。由此可知，“兴”的方式实质上是“象喻”思维之一种，故郑玄注《周礼·天官冢宰·司裘》：“若《诗》之兴，谓象饰而作之。”[1] 又《文心雕

① 阮元校刻：《十三经注疏》，第684页。

龙·比兴》："观夫兴之托喻，婉而成章；称名也小，取类也大。"[①] 这大约也是后世"兴""象"二字结合为一词的学理基础。孔子取譬连类的方法，也明显带有"象喻"思维的痕迹，《雍也》篇里，孔子在解释"仁"时认为："夫仁者，己欲立而立人，己欲达而达人。能近取譬，可谓仁之方也已。"[②] 这里所点出的"近取譬"方法论范式，在《论语》中有广泛的运用。孔门言"象"，总是自觉地与礼乐政教、人伦道德等价值意义而非知识联系在一起，"象"之于人，多为"取譬"，"象"之于物，多为"比德"，由此形成了"感物言志""以象比德"的政教话语模式。可以说，"象喻"思维既是孔子思想的逻辑起点，也是解释儒家文学思维方式形成的缘由之一，逮至刘勰所谓"毛公述传，独标兴体"，大抵亦为此一思维方式的延续。

究其根源，易学中业已蕴含了丰富的"以象比德"思想因素，《周易》六十四卦中直接提到"德"的地方颇多，提及具体德行的地方就更多了。按照儒家的诠释，君子所精习的易象，乃"得失之象""忧患之象""进退之象"，之所以存在不同的体悟，就在于主体道德情感、审美心胸的差异，即《系辞》所谓"仁者见之谓之仁，知者见之谓之知"，唯有体悟"象"，方能"体天地之撰""通神明之德""类万物之情"。"以象比德"思想在《韩诗外传》《荀子》《春秋繁露》和《说苑》中有不少阐释与发挥，以荀学所载孔子谈水之"象"、玉之"象"为例，《荀子·宥坐篇》："夫水，大遍与诸生而无为也，似德。其流也埤下，裾拘必循其理，似义。其洸洸乎不淈尽，似道。若有决行

① 刘勰著，詹锳义证：《文心雕龙义证》，第1344页。
② 阮元校刻：《十三经注疏》，第2479页。

之，其应佚若声响，其赴百仞之谷不惧，似勇。主量必平，似法。盈不求概，似正。淖约微达，似察。以出以入，以就鲜絜，似善化。其万折也必东，似志。是故君子见大水必观焉。”《法行篇》：“夫玉者，君子比德焉。温润而泽，仁也；栗而理，知也；坚刚而不屈，义也；廉而不刿，行也；折而不桡，勇也；瑕适并见，情也；扣之，其声清扬而远闻，其止辍然，辞也。故虽有珉之雕雕，不若玉之章章。”[①] 在儒家的思维逻辑里，以外在、可观的自然之物及特征与人内在、不可知的品格相比，通过主体对自然现象或人文现象的价值投射，引发出感情经验、意志趋向、观念思维等心灵活动，并借助于物象与心象在生成模式上的相同、思维路径上的相通，赋予主观德行以具体可感的外在形式，由此阐明自然之物与人之品格在精神实质上的互通共感，水之“象”、玉之“象”也就成为心物相契的符号载体，水和玉遂成为儒家德行君子的典型象征。

儒家“以象比德”传统在后世得到进一步的继承与发挥。荀子不仅沿袭了孔子以德代占的传统，而且进一步发挥了“象喻”思维对于社会政治的意义，如《荀子·大略篇》：“易之咸，见夫妇，夫妇之道，不可不正也，君臣父子之本也。咸，感也，以高下下，以男下女，柔上而刚下。聘士之义，亲迎之道，重始也。”荀子明确地以人伦道德释“象”，深受“观物取象”“取象比类”“以象比德”“感物言志”的影响，其《云赋》《蚕赋》《箴赋》大体也是这种思维的产物。此一思想在汉人那里得到继承，汉儒关于屈原的评价，就是“以象比德”的典型运用。如王逸《离骚经序》：“《离骚》之文，依《诗》取兴，引类譬谕。

① 王先谦撰，沈啸寰、王星贤点校：《荀子集解》，第524—526、535—536页。

故善鸟香草，以配忠贞……虬龙鸾凤，以托君子；飘风云霓，以为小人。”① 他将“扈江离与辟芷兮，纫秋兰以为佩”注解为：“佩，饰也，所以象德。故行清洁者佩芳，德仁明者佩玉，能解结者佩觿，能决疑者佩玦，故孔子无所不佩也。”所沿袭的仍然是孔门阐释路数，是其在社会政教、人伦道德领域的自然推衍，这对后世文学创作与批评鉴赏中正统一脉的影响极为深远。晋人挚虞在《文章流别论》中，从为文的角度全面发挥了“以象比德”思想，如云：“文章者，所以宣上下之象，明人伦之叙，穷理尽性，以究万物之宜者也。”又云：“情之发，因辞以形之，礼义之旨，须事以明之，故有赋焉。所以假象尽辞，敷陈其志。”② 在此，挚虞以“象”为理论架构的节点，将“人伦”“礼义”与“理”“性”“物”“情”“辞”“意”“志”等要素有机地串联在一起，明确地点出“象喻”思维在礼乐知识系统中所具有的重要价值，构建了一个完整的意义世界。

从“象喻”思维的“观物取象”“以象比德”，到艺术创造中的比兴、言志，均以“象”为思维之中介，通过暗示、象征、比拟、类推等手法，使情景相关、意义相通的事物互通互感，从而建构了“情”与“志”、“艺”与“德”、“礼”与“乐”之间的关系，以自然状态之于精神品格的类比与通感，以小见大，以迩见远，乘一总万，由此开启了中国古典美学和文学理论中极其重要的思想传统，即比兴与言志。对于《易》之“象”与《诗》之比兴，自唐开始，就有学者进行比较研究，如唐人孔颖

① 张少康、卢永璘编：《先秦两汉文论选》，人民文学出版社 1996 年版，第 614—615 页。

② 郁沅、张明高编：《魏晋南北朝文论选》，第 179 页。

达《正义》释："凡易者象也，以物象而明人事，若《诗》之比喻也。或取天地阴阳之象以明义者，若《乾》之'潜龙''见龙'，《坤》之'履霜坚冰''龙战'之属是也。或取万物杂象以明义者，若《屯》之六三'即鹿无虞'，六四'乘马班如'之属是也。如此之类，《易》中多矣。"① 清人章学诚《文史通义·易教下》："《易》象虽包六艺，与《诗》之比兴，尤为表里。"又云："战国之文，深于比兴，即其深于取象者也。"② 他们均发现《易》之卦爻辞与《诗》之比兴在表现手法上所具有的一致性，在思维方式与精神实质上的相似性，这是在《易传》基础上对"象"的深入一步研究，党圣元认为这实际上是中国古代的比较文学研究之一③。

对于"象"与比兴互通的缘由，闻一多分析民歌中以鱼为"象"的隐语，认为"象"与兴实际上都是隐，是有话不能明说的隐，"隐在六艺中相当于《易》之象和《诗》之兴"④，可备一说。对于两者之差异，钱锺书曾经以"貌同心异""义理"与"文情"区别辨之："是'象'也者，大似维果所谓以想象体示概念。盖与诗歌之托物寓旨，理有相通……然二者貌同心异，不可不辨也……是故《易》之象，义理寄宿之蘧庐也，乐饵以止过客之旅亭也；《诗》之喻，文情归宿之菟裘也，哭斯歌斯，聚骨肉之家室也。"⑤ 钱氏此言，道出了易象与诗之想象在本质

① 阮元校刻：《十三经注疏》，第 18 页。

② 章学诚撰，叶瑛校注：《文史通义校注》，中华书局 1994 年版，第 19 页。

③ 党圣元：《谈"易象"》，《思想战线》1986 年第 3 期。

④ 闻一多：《神话与诗·说鱼》，《闻一多全集》第 1 卷，上海开明书店 1948 年版，第 118 页。

⑤ 钱锺书：《管锥编》第 1 册，第 11—12 页。

上的不同。易学之“象”与诗学之赋比兴，均须借助特定的物象来表达情感，两者互为表里，都受到“象喻”思维模式的深刻浸淫，加之两者均存在由物象到心象再到具象的一系列心理转化，既类似于郑板桥《题画》中“眼中竹”“胸中竹”“手中竹”的心理创造全过程，亦有似于叶燮《原诗·内篇》中“呈于象”“感于目”“会于心”，从而遇之于“默会意象之表”的审美鉴赏活动。这是一种能够体验感知却无法用理性知识予以分析，无法用语言文字表述的意识，是一种切近古人生活经验、情感体验的学问与精神智慧，其中包含了对传统文化生命精神的体悟，以及对古代文论深层价值的心领神会，因此从“象喻”思维角度分析“象”与比兴在精神上的共通之处，不仅可以察见“象喻”思维影响下，古代文论运思方式中举一反三、触类旁通的逻辑品格，而且能够揭示出中国古代文学传统形成过程中所蕴含的逻辑原初意义，故不失为一条有效的研究路径。

作为元范畴的意象

“象喻”不仅为人们仿效事物的外在形象提供范式，还能用以揭示背后的情感、思想和意义。诚如胡明所言，形上之“象”有两方面的认识价值，一为外在的、可感的形象本身，一为内涵的、只可心会的象征意义①。“象喻”思维重视经验感悟，尤其善于把捉社会人生表象中某些不可言喻的深层意蕴，因此对

① 胡明：《司空图〈诗品〉是如何品诗的——兼论“象”与“象外之象”》，《古典文学纵论》，辽海出版社2003年版，第429页。

于重视形象性、审美性的文学艺术影响内在而深刻，这尤其明显地体现在意象范畴上。

从观念史的角度看，“意”有创生、行为之义，不仅为心之所存，亦为象之所用，有意故有象，知识的生成须由意经象而明，因而意象范畴的形成，实则为“象喻”运思方式在逻辑层面的自然延伸，以此为中心，衍生了众多次生范畴与命题，构建了一个成熟而系统的诗学话语体系。从思想史的角度看，作为“象喻”家族系列中的重要元范畴，意象的形成经历了漫长的发展演化过程，其滥觞于原始“尚象”意识，春秋战国时期始有“物象”“法象”出现，到汉魏六朝“形象”“意象”的提出以及“得意忘象”“忘象求意”等命题在文学领域渐次展开，逮至唐人“兴象”“象外”“超象”的演绎并在此基础上引发意境说，直至清代最后成形。从历史来看，意象范畴的形成，其中几个重要节点是汉代王充、齐梁刘勰及唐人的理论创建。当然，外部的历史文化语境也是极为重要的，从《诗经》、楚辞到汉魏时期丰富的诗赋创作以及赋比兴表现手法的广泛运用，这些创作以实绩为意象范畴在文学创作与批评领域的展开及其理论升华奠定了基础。

“象喻”思维的传统，到汉人那里得到进一步的拓展。《淮南子·要略》论及全书写作方法云：“假象取耦，以相譬喻。”又云：“假譬取象，异类殊形，以领理人之意。”① 司马迁《史记·屈原贾生列传》评论屈原云：“其称文小而其指极大，举类

---

① 何宁：《淮南子集释》，第1446、1450页。

迩而见义远。”[①] 均在一定程度上发挥了“象喻”传统的精义。王充《论衡》中全面继承了儒家“象”通礼乐、“以象比德”的传统，以意与“象”的关系诠释易学，并首次将“意象”一词引入阐释礼仪节文的礼乐话语系统中。在《乱龙篇》中，他先引用《乾卦·九五》“云从龙，风从虎”，接着列举古代祭祀中土龙、木主及熊、麋、虎豹、鹿豕等具象的意义。如云：“礼，宗庙之主，以木为之，长尺二寸，以象先祖。孝子入庙，主心事之，虽知木主非亲，亦当尽敬。有所主事，土龙与木主同。虽知非真，示当感动，立意于象。”[②] 他认为，孝子祭祀时虽然只是面对“长尺二寸”的木牌，但“木主”作为“象”，已经灌注“意”在其中，此一心理转化过程在“象喻”思维所先在的暗示、类比、联想中业已完成，因此，在孝子心中感觉是面对先祖了。王充接着指出：“夫画布为熊麋之象，名布为侯，礼贵意象，示义取名也。”[③] 意思是说君臣上下的礼仪，通过画布上的兽象含义体现出来，“象”遂成为尊卑、贵贱、高低不同的表征，人们看到不同的兽象就可以领会不同的含义。王充在这里举出了一个“象喻”思维的典型例子，虽然他所谓的“立意于象”，重在意而非“象”，但他业已融会贯通并纯熟地阐释由观念之象到符号之象乃至主观心象这一心理过程了。

魏晋以后，随着“象喻”思维在佛学思想领域的展开，以及玄学“寻言观象”“寻象观意”“得象忘言”“得意忘象”等命题的出现，“象”的问题成为思想界关注的热点，也正因为凸显

① 司马迁撰，裴骃集解，司马贞索隐，张守节正义：《史记》卷八十四，中华书局1982年版，第2482页。

② 黄晖：《论衡校释》，中华书局1990年版，第703—704页。

③ 黄晖：《论衡校释》，第705页。

了“象”这一维度，魏晋玄学才最终得以解决易学“言不尽意”与庄学“得意忘言”的难题。在言、象、意三者关系之间，由于对言所具表达功能的怀疑，遂使“象”成为尽意的重要手段，也因此消解了“象”之本体论意义，由此带来“象”地位、作用的下移与意之地位的凸显，由此也引导古人对于“象”的认识进入了一个新阶段，并促使意象范畴在艺术审美领域的意义逐渐生发开来。从文艺理论角度谈论“象”问题的，陆机有“虽离方而遁员，期穷形而尽相”，同时代的挚虞有“文章者，所以宣上下之象”，均突出了艺术形象在文学创作中的重要意义，在此基础上，始有刘勰对意象范畴含义的转换。

刘勰全面继承了《易传》“取象”传统，第一次将意象作为艺术本体范畴提出，《文心雕龙·神思》云：“独照之匠，窥意象而运斤。”① 作为理论上的烘托，他大量采用“象喻”知识系统的话语，如“神用象通”（《神思》），“象其物宜”（《诠赋》），“流连万象”（《物色》），“敷写器象”（《情采》），“圆照之象”（《知音》），等等。在《隐秀》篇中，他将文之“隐”与易之“象”联系起来：“夫隐之为体，义生文外，秘响傍通，伏采潜发。譬爻象之变互体，川渎之韫珠玉也。故互体变爻，而化成四象；珠玉潜水，而澜表方圆。”② 在他看来，文之秘在于“隐”，“隐”之体在于文外之象。他把意象的阐释与追求“隐”的审美旨趣关联起来，将意象与艺术形象、创作想象和审美情感联系在一起，化“四象”为文外之象，以“傍通”“互体”比况爻象之万变，勾连出物象到心象到语象到意象的创作过程，

① 刘勰著，詹锳义证：《文心雕龙义证》，第980页。

② 刘勰著，詹锳义证：《文心雕龙义证》，第1487—1490页。

发唐人司空图“象外之象”先声。唐宋以后，随着诗词、书画艺术创作的高度繁荣以及人们对于文艺审美特征的深入认识，意象成为人们理解把握审美活动的一个常见范畴，遂成为历代文学思想研究中的一个重镇，代有论述，逐渐形成了追求“象外之象”“文外之旨”“境生象外”的审美传统，并最终萌生了意境说。

意象范畴的研究，历来是文论家关注的焦点。20 世纪 80 年代以来，此一范畴又成为比较文学研究中的一个热点。对于诗文中的意象问题，钱锺书认为：“诗文不必一定有‘象’，而至少应该有‘意’。例如‘盈盈一水间，脉脉不得语’，是有‘象’有‘意’的好诗；‘良时不再至，离别在须臾’‘人生无百岁，长怀千岁忧’‘前不见古人，后不见来者’等，都是好诗，但‘象’似乎没有，而‘意’却无穷。文字语言基本功能是达‘意’，造‘象’是加工的结果，即本来是状物色物象的具体字，经千百年亿万人的惯用，也发挥‘象’的作用，作者必须施起死回生、翻旧为新的手段。”① 值得关注的是敏泽在 20 世纪 80 年代初的一系列见解，如以美国诗人庞德为代表的意象派受到中国传统诗歌的影响，中国意象论的源头是《周易》和《庄子》等②。时至今日，这些结论业已被学界普遍认同并深入阐发。

总的来看，“象”兼具原始具象、认知中介及本体意义等多重内蕴。它是物象世界与观念世界相互交合的产物，由此构成

---

① 引自敏泽：《关于钱钟书先生二三事——与钱先生交往回忆之一》，《文化·审美·艺术——论文三辑》，山西人民出版社 2002 年版，第 540—541 页。
② 敏泽：《中国古典意象论》，《文艺研究》1983 年第 3 期。

了一个既有自然之物象，又有超自然、超实体的观念之象的意义世界。“象喻”是中国传统思维的固有品格，它通过主体的感受，以整体、综合和情感的方式来理解和表述已知或未知的世界，古人思维之网正是以“象喻”思维的方式编织起来的。运用于文学艺术领域的意象范畴，是指艺术创造之时的一种运思悬想，它形成于由物象到心象到语象乃至文学意象的心理转化过程中，是融入主体审美情趣、道德品格、理想预设等内在质素，而创造出的一种物与我、意与境、形与神、虚与实、情与景合一的有机整体。质言之，文学意象是客观之物象与主体之志、气、情、神、理、趣相契合而形成的一种审美观念形态。

气

始编于清光绪年间的《辞源》，是百科全书式的辞书，其中收罗了古今以来与气学相关的词条，关于“气”字，是这样解释的：“云气。见《说文》。清段玉裁谓‘气’‘氣’古今字。自以‘气’为云气字，乃又作‘饩’为廪氣字。气本云气，引申为凡气之称。见《说文解字注》。参见‘氣’。”而对“氣”的释义有七条：云氣、氣息、氣味、嗅（闻）、氣候（氣色）、氣势（氣质）、古代哲学概念（常指构成万物的物质）。在“氣”目录下列举了四十一种词条：氣力、氣户、氣分、氣化、氣母、氣字、氣色、氣序、氣性、氣拍、氣味、氣度、氣骨、氣海、氣索、氣息、氣候、氣习、氣球、氣窗、氣运、氣闷、氣量、氣象、氣结、氣势、氣干、氣尽、氣调、氣节、氣楼、氣概、氣数、氣魄、氣质、氣焰、氣类、氣韵、氣食牛、氣急败坏、氣涌如山。

从知识谱系的角度检视以上词条，值得注意的解释有以下几种。

气化：阴阳之气的变化。（1）《大戴礼记·曾子天圆》：“阳之专气为雹，阴之专气为霰，霰雹者，一气之化也。”张载《太和》：“由太虚，有天之名；由气化，有道之名；合虚与气，有性之名；合性与知觉，有心之名。”王夫之注：“气化者，气之化也……气化者，一阴一阳，动静之几，品汇之节具焉。”（2）中医指人体气机的运行变化，《素问·至真要大论》：“不司气化。”又：“从中者，以中气为化也。”注：“化，谓气化之元主也。有病以元主气，用寒热治之。”

气类：（1）生物之同类，易乾：“同声相应，同气相求……则各从其类也。”孔疏：“言天地之间，共相感应，各从其气类。”《三国志·蜀蒋琬传·与蒋斌书》：“巴蜀贤智文武之士多矣，至于足下，诸葛思远，譬诸草木，吾气类也。”斌，琬子；思远，诸葛亮子瞻字。（2）意气相投者，《文选》三国魏曹子建《求通亲亲表》：“至于臣者，人道绝绪，禁固明时，臣窃自伤也，不敢乃望交气类，修人事，叙人伦。”

气韵：风格和意境。多用于书画、文章。南齐谢赫《古画品录》：“画有六法……一气韵生动是也，二骨法用笔是也，三应物象形是也，四随类赋彩是也，五经营位置是也，六传移模写是也。”宋陈善《扪虱新话》上一：“文章以气韵为主，气韵不足，虽有辞藻，要非佳作也。”①

我们知道，《辞源》收词近十万条，解说近一千二百万字，凝聚几代学者的心血，是目前国内最具权威性的辞典之一。其编写以旧有字书、韵书、类书为基础，兼收并蓄，并参之现代词书的体例，熔词汇与百科于一炉，除大量的字词释义外，也收罗艺文、故实、曲章、制度、人名、地名、书名乃至天文、星象、医术、技术、花鸟虫鱼等内容。从以上关于“气”“氣”的训释，可以看到，《辞源》的编撰者将“气”“氣”视为古今字，并将其置于“天人感应”、阴阳互生的话语系统中言说，这是将气的解释置于秦汉以来宇宙生成论的路数中，基本上沿袭了汉学的知识系统。对此，我们还可以参之《汉语大字典》，这是目前收集汉字单字最多的字典，凡列有甲骨文、金文、小篆、隶书等形体以及上古韵部和中古反切，对于“气”字的释义，仅列举《说文》和段注，以及近人于省吾先生《卜辞求义》的说法，并将“气”字释为两义：一为“云气”，一通“饩”，乞求

---

① 凡引《辞源》部分，参见《辞源》第2册，商务印书馆1998年修订本，第1704—1709页。

之义。虽然相当省略，但汉学的解释路径仍然清晰可见。

从以上这些具有代表性的字书、辞典的解释中，我们可以看到，古代的气学知识系统，暨乎汉人，运用已经相当熟练自如，逮至唐宋以后，业已扩展到艺术创作和审美鉴赏领域。因此，要对气学解释系统的知识根底沿波讨源、追根溯源，应该将我们的目光投向更加遥远的上古，看一看作为前知识状态存在的气学知识，在先民的物质生活和精神生活中占据了何种地位，看一看在百家争鸣、百川汇流的战国，气学知识系统的泛化扩展，以及在汉人的经典诠释传统中，气学的训诂传统是如何形成的。以上这三个方面的内容，基本上可以囊括早期气学知识谱系的面貌。

释“气”

就目前的文献资料来看，要寻觅前知识状态存在的气学思想的踪迹，大抵有两种路径：一是依据对甲骨文、金文中所载“气”字用法和意义的考察，同时紧扣后世气学知识系统中的核心要素，在甲骨文、金文资料中寻绎与之相适合的原型或轮廓；一是参照西学视野和研究范式，尤其是人类文化学的路数，以期还原先民物质生产和精神生活中有关气的知识、观念与信仰。

将甲骨文中“三”的字样解释为“气”字，始于于省吾先生（1896—1984）。根据《殷契骈枝·释气》的说法，甲骨文中的“三”字有三种意义。一是“庚申卜·今日气雨”（《殷契粹篇》七七一），这里是作“乞求”的意义使用，这条卜辞的意思是说：“卜于庚申，今日，能求到雨吗?”二是“气至五日丁酉，允有来𡆥”（《殷墟书契菁华》一），这里是作“迄至”的意义使用，这条卜辞的意思是说：“王占曰：有灾祟，它会降临吗？迄至五日丁酉，确实会降临灾难吗？”三是“之日气有来𡆥”（《殷墟书契前编》七·三一·三），这里是作“讫终”的意义使用，这条卜辞的意思是说：“这一天终于降临灾难。”① 于氏此说之后，陈梦家先生（1911—1966）在《殷虚（按：今作“墟”）卜辞综述》中，提出作为“乞取”意义使用的说法，饶宗颐先生在《殷墟贞卜人物通考》中，提出作为“刉”“汔”意义使用的说法。那么，甲骨文中的“气”字究竟是什么意思，还有待于通过一个个用例的考察才能得以确认。

虽然问题重重，但也有一些基本的共识，那就是甲骨文中的“三”即是今之“气”字，这与数字“三”在记载上不同，前者中间一画短，后者上中下三画的长度相等；甲骨文中“气”不是名词，而是作为动词或副词来使用，并没有后来《说文》中所谓“云气”的意思。于省吾先生认为：“总之，甲骨文气字作三，自东周以来，为了易于辨别，故一变作三，再变作⺄。但其横画皆平，中画皆短，其嬗演之迹，固相衔也。气训气求、迄至、讫终，验之于文义词例，无不吻合。”② 见于金文的“气”字，譬如“洹子孟姜用气嘉命”（《三代吉金文存》一二·三三），就是作“乞求”意思使用的。又譬如拓片保存于《三代吉金文存》中的“行气玉柲铭”（《三代吉金文存》二十·四九），陈梦家先生根据五行起源的考证，认为此铭器乃是战国初年齐国器物，其文“行氣立则⿺辶盍，⿺辶盍则神”，陈氏引用孟子

① 于省吾：《甲骨文字诂林》，中华书局 1996 年版，第 3372—3373 页。

② 于省吾：《甲骨文字释林》，中华书局 1979 年版，第 83 页。

"养气"、老子"专气致柔"、荀子"治气养身之术"等文字，认定铭文的"行氣"就是"行气"，与"养气""专气""治气"的意思相同。[①] 这种解释路数，虽不乏臆断的成分，但就现存的甲骨文、金文资料来看，考辨包含"氣"字在内的铭文字义，仍然不失为一条具有可操作性的研究途径，遂成为尔后学者寻觅早期"气"概念生成的一条重要线索。

总体来看，从甲骨文、金文中寻觅"气"的字形、字义，并以此推测气学的前知识状态，就目前的研究进展而言，由于缺乏关键性的考古证据，因而还无法呈现出一条完整而清晰的脉络来，正如日本学者业已指出的那样，先秦时期气学思想呈现出一个"很大的断层"，也就是说，在殷商甲骨文和西周、春秋时期的铭文，以及《尚书》一部分和《诗经》等典籍中，未见有意味的"大气""气息"文字。后来写作"气"的字，是"乞取"以及"迄至""讫终"的意思，"氣"字须待到战国初期的青铜器上才出现，这种情形与春秋以后"气"的文化特性，形成了一个大的知识断层与思想断裂[②]。这应该是目前气学早期形态研究中面临的最大难题。

对于此一难题的探索，中外学者从不同的角度进行了卓有成效的研究，大体上有这样几种路径。

从字源学的角度追根溯源，是行之有效且易于被学者接受的传统方法之一。作为汉字研究的基础文献，东汉许慎（约

---

① 陈梦家：《五行之起源》，《燕京学报》第 24 期，燕京大学、哈佛燕京学社北平办公处、燕京学报编辑委员会 1938 年 12 月出版，第 35—53 页。

② ［日］小野泽精一、福永光司、山井涌编，张传有等译，邓晓芒等校：《气的思想——中国自然观和人的观念的发展》，江苏教育出版社 2002 年版，第 3 页。

58—约 147)《说文解字》的训释常常启发后世学者，并成为对汉字的字形、字义进行本源性研究的重要依据。关于“氣”，《说文》释云：

> 氣，馈客刍米也。从米，气声。《春秋传》曰：“齐人来氣诸侯。”⿱既米，氣或从既。饩，氣或从食。（《说文》七上）[①]

这里所列举的“气”“⿱既米”“饩”三个通行字，以小篆的“气”为正体，“⿱既米”“饩”为别体，按照许氏的说法，“氣”是表示与之同音的“馈”字意义的文字，所谓“馈客”，就是把粮食给予不同客人之义。对于“氣”构成要素之一的“气”，许氏是这样解说的：“气，云气也。象形。”（《说文》一上）段注：“象云起之貌，三之者，列多不过三之意也。”这里所谓的“云气”，就是形成云的气体，其篆文“气”就如同由下而上升腾流动的气体，三横乃谓气多。我们知道，《说文》是根据汉字的字形来探求本义，辨识声读，但是问题在于，在许慎的时代所能看到的最早文字是金文，而金文已经是甲骨文的衍变形式了，倘若某个字的甲骨文字形、义符与金文不同，那么，《说文》所训释的本义也就未必可靠了。

同时，更可加以注意的是，许慎的观点已经相当晚近了。我们知道，许氏乃东汉经学大师，是时天地人、阴阳五行所构成的世界阐释模式早已定型，经师完全可以用之熟练地解释宇宙万物生成的原理以及天地人之间的联系与秩序，这种先在的知识体

---

① 许慎：《说文解字》，中华书局 1963 年版，第 148 页。

系与解释模式，在许氏的文字训释中留有深刻的印记。譬如：

勇，气也。（《说文》十三下）

痵，气不定也。（《说文》七下）

融，炊气上出也。（《说文》三下）

烟，火气也。（《说文》十上）

山，宣也。宣气散生万物，有石而高。象形。（《说文》九下）

雺，地气发，天不应。（《说文》十一下）

云，山川气也。从雨云，象云回转形。（《说文》十一下）

魂，阳气也。（《说文》九上）

魄，阴神也。（《说文》九上）

情，人之阴气有欲者。（《说文》十下）

性，人之阳气，性善者也。（《说文》十下）

甲，东方之孟，阳气萌动。（《说文》十四下）

乙，象春草木冤曲而出，阴气尚强。（《说文》十四下）

戊，灭也。九月阳气微，万物毕成，阳下入地也，五行土生于戊，盛于戊。（《说文》十四下）

地，元气初分，轻清阳为天，重浊阴为地。万物所陈列也。（《说文》十三下）①

在许氏的解释系统中，有关“气”字的语义关联以及气学家族

① 许慎：《说文解字》，第292、155、62、209、190、242、242、188、188、217、217、308、308、314、286页。

系列的各个层面均有涉及，无论是山川的自然气息以及气候、律历、干支，乃至人的生老病死等表征，还是作为万物的基质和动力，气、元气及阴阳二气业已成为体现宇宙时空秩序的象征符号，应该说，许氏的天地人解释系统已经相当成熟完善了。

对于“气”字原始含义的考察，有一种较为普遍的做法，就是从甲骨文中所见的“风”“云”“雨”“土”等概念中寻觅蛛丝马迹，发现与之相匹配的内容，以期寻求两者融合、离分的脉络。这种思想的萌芽也许来自许慎的解释，许氏在《说文》中，把“气”训释为“云气”，而“云”字又训释为“山川气也”，这种互训式的循环解释很容易使人联想到“气”与“云”之间有着某种内在的关联，与此相关的“风”“雨”“地”等，也就自然进入了学者的研究视野。更深一步看，根据殷商甲骨文的考辨，可以发现，古人对于“气”“云”“风”等的理解，并不仅仅局限于单纯的农业生产活动，还往往与精神信仰联系在一起的，因此，在这种研究视野中，对于西学范式的借鉴，尤其是人类文化学研究方法的参照，也就成为颇为常见的路数了。

在古人看来，风、云、雨并不是自然现象，而是上帝之物，是与原始宗教信仰联系在一起的。首先来看雨。在五帝及夏、商、周时期，天上的神被称为“帝”或“皇”，如“上帝”“天帝”“上皇”“东皇”等，而作为人间君主的天子，乃“天”或“皇”之子，天子受命于天，常常伴随在上帝左右。殷商时期的人们相信，上帝拥有降雨的权力与能力，在中国古代以农业生产为主导的自然经济中，雨水的多少直接决定了年成的好坏，故而各种祭神降雨仪式就显得非常重要了，这不仅滋润谷物，带来丰收，关乎现实的生活，而且与上帝信仰联系在一起。在祈雨的甲骨卜辞中，常见的是取积柴焚烧人牲，以烟气祈雨的方式，譬如：

烄，㞢从雨；烄，亡其从雨。（前，五·三三·二）

今日烄，从雨。（续，四·一八·一）

烄，雨？不雨。（甲，六三七）

又尞于六云，五豕，卯五羊。（后上，二三·三一四）①

所谓"尞"，是焚牲祭天的一种仪式，《说文》释"尞，祡祭天也""祡，烧柴焚燎以祭天神"。焚燎求祈是古人常用的祭天仪式，如《礼记·祭法》："燔柴于泰坛，祭天也。"孔疏："谓积薪于坛上，而取玉及牲置柴上燔之，使气达于天也。"祭祀的步骤，就是通过燔柴，以烟气感神灵，从而攘祸致福。在先民们看来，天神是高高在上的，非燔柴不足以使烟气达之。故而有研究者认为，"气"的原始本义是指烟气、蒸气，按照汉字"动静相因"② 的原理，动词"气"字由名词"气"字演变而来，"气"早期指称的是某些具体物体，譬如烟气、蒸气等，尔后转化出"以气求之"等动词意义，其中亦包含了"体用一源"的哲理③。

与降雨息息相关的自然现象，有云、风、雷、电等。在古人看来，云、雨同源，乃天地之气的交感，如《素问·阴阳应

---

① 转引自李存山：《中国气论探源与发微》，中国社会科学出版社 1990 年版，第 19 页。

② 汉字以象形为先，许多字的名词性意义要先于动词性意义，古文字学家把这种现象称为"动静相因"。参见黄侃：《声韵通例》，《黄侃论学杂著——〈说文略说〉〈音略〉〈尔雅略说〉等十七种》，上海古籍出版社 1980 年版，第 165 页。

③ 参见李存山：《中国气论探源与发微》，第 19 页。

象大论篇》:“地气上为云，天气下为雨。雨出地气，云出天气。”① 在长期的天象观察中，古人业已发现云气有很多类型，如《周礼·春官宗伯》:“视祲掌十辉之法，以观妖祥，辨吉凶。一曰祲，二曰象，三曰鑴，四曰监，五曰暗，六曰瞢，七曰弥，八曰叙，九曰隮，十曰想。”郑注:“祲，阴阳气相侵也。象者，如赤乌也。鑴，谓日旁气四面反向如辉状也。监，云气临日也。暗，日月也。瞢，日月瞢瞢无光也。弥者，白虹弥天也。叙者，云有次序也，如山在日上也。隮者，升气也。想者，辉光也。”由此可以看到，汉人对于云气的类型、形貌已经有了详细的分类，不然郑玄也不会有如此细致的描述。不仅仅是云气的问题，在天地人解释系统中，凡自然现象大抵为阴阳二气交感的产物，如《大戴礼记·曾子天圆》:“阴阳之气各静其所，则静矣，偏则风，俱则雷，交则电，乱则雾，和则雨。”② 以阴阳二气的存在状况来解释各种自然现象的生成，偏阴或偏阳为风，阴阳俱发为雷，阴阳相交为电，阴阳失序为雾，阴阳相和为雨，这基本上代表了上古气学知识的一般认知状况。

在知识与信仰交织的气学解释系统中，类似的仪式还有祭云、祭风等。先看祭云。如云:“王占曰……有各云自东。”(《殷墟书契菁华》四)又云:“乙丑卜，争贞，亦，雀云燎豕?”(《殷墟文字乙编》五三一七)又云:“癸酉卜，又燎于六云、六豕，卯六羊(俏)?”③ 这里燎祭的对象均为云，所谓“云，山川气也”，云为山川之气的凝聚，是降雨的主要来源。次看祭风。

---

① 张志聪:《黄帝内经素问集注》，第35页。

② 王聘珍撰，王文锦点校:《大戴礼记解诂》卷五，第99页。

③ 转引自［日］小野泽精一、福永光司、山井涌编，张传有等译，邓晓芒等校:《气的思想——中国自然观和人的观念的发展》，第17、18页。

自春秋战国以来，风就被视为天上“六气”之一，乃天地之气的产物，如《管子·侈靡》：“视之亦（按：俞樾《诸子平议·管子三》认为“亦”乃“天”字之误）变，观之风气。”《吕氏春秋·音律》：“天地之气，合而生风。”[①] 考之甲骨文，有“四方”和“四方风”的记载，《尚书·尧典》和《山海经》中亦有相似的记载。胡厚宣先生（1911—1995）从20世纪40年代开始发表了一系列文章，通过与《国语》和《夏小正》诸书的印证，指出商代已有“四方”观念，这是原始“五行说”的滥觞[②]。日本学者平冈祯吉先生据《吕氏春秋》《淮南子》以春、夏、秋、冬为寒、暑、风、雨表示的用例，提出把寒、暑、风、雨四项，归纳为风这一项，他认为：“以风来作为抽象的气，因为风最易体验得知气的变化，而且风有南风、北风等等的称呼，与人们的生活有着重大的关系。”并认为：“风是气的异名。”赤冢忠先生据甲骨卜辞的资料，详细论述了风的信仰及特性，认为气是“在与给予生物，尤其是农作物的生成以变化的风类比中诱导出的概念”，并以此断定“风和季节变化的关系，产生出了气的概念”。[③] 在人们看来，风从四方远隔之地而来，到处流动，对自然界的生命现象起着重要的作用，若要在天地之间寻

---

① 吕不韦著，陈奇猷校释：《吕氏春秋新校释》，第328页。

② 胡厚宣：《甲骨文四方风名考证》《论殷代五方观念及中国称谓之起源》，《甲骨学商史论丛初集（外一种）》上册，河北教育出版社2002年版，第265、277页。

③ 关于风与气学之间的关联，近代以来已经有相当多的学者进行了卓有成效的研究，其中尤其值得注意的是日本学者的努力。《气的思想——中国自然观和人的观念的发展》一书较多地介绍了日本学者平冈祯吉、赤冢忠等人的研究成果。他们以甲骨卜辞为主要资料，详细地论述了风的信仰及其特性，认为气概念的原型可以在殷代甲骨卜辞中所见的“风”和“土”中求得，“风”和“气”在某种程度上同源，可以代替气而有气的诸种内涵。

找与生命现象有关的“气”概念的原型，那就非风莫属了。

从上古气学思想研究的整体性和完整性来看，研究与气相关的其他概念，譬如云、风、山川，也是我们认识气学在上古思想领域中存在状况的一种有效途径。考察这种关联性的研究路径，不妨以山川为例。在古人看来，具体可感的天地之气，包括天上可见的云、雨、风，其中一个重要的来源就是地上的山川河流，尤其是对于生活在河谷地区的人们而言，首先感受到的是天地之气及其云蒸霞蔚、烟雨弥漫的气化交感景象。由于长期的生产生活实践，人们认为山川河流能兴风云，聚雨水，滋养万物，繁衍生命。在古人眼里，高山大川与天地阴阳浑然一体，风雨闪电雷鸣，日月云雾升腾，总能令人产生无限的遐想与崇拜，其他文献的记载如：

> 积土成山，风雨兴焉。（《荀子·劝学》）
>
> 夫山……出云风以通乎天地之间，阴阳和合，雨露之泽，万物以成，百姓以飨。（《尚书大传·略说》，《四部丛刊》本）
>
> 山林、川谷、丘陵能出云，为风雨，见怪物，皆曰神。（《礼记·祭法》）

天地之气聚于高山、归于渊薮，山川河流便成为气之聚散、疏导所在，因而以山川云雨宣导天地之气来解释气之所由也就理所当然，在古代祭祀天地的宗教信仰乃至大一统的政治神话中，山川河流也就常常被赋予重要的象征意义。

在上古的乐官文化传统中，盲瞽乐官的一项重要职责是“省风—辨音—知气”，也即察节气，协农事，成万物，在古人

“听风知政”的政教逻辑中，“知气”是重要的一环，这是与民众安居乐业，乃至王朝兴衰、政治气数密切相关的。关于气与乐的关系，在古代典籍中也屡有所见。譬如《国语·周语下》记载伶州鸠反对周景王铸大钟“无射”的事迹。身为乐官的伶州鸠认为，只有乐之平和，才能带来阴阳协调，政治昌盛，人民富裕。古人相信通过金、石、丝、竹、匏、瓦等乐器可以疏散“滞阴”之气，达到“气无滞阴，亦无散阳”，也即阴气、阳气平衡中和的理想状况。《吕氏春秋·古乐篇》：“昔古朱襄氏之治天下也，多风而阳气畜积，万物散解，果实不成，故士达作为五弦瑟，以来阴气，以定群生。”① 在古人看来，风和气均为生命之本源，当风太盛，气蓄积太多，则对万物生长不利，就需要用五弦瑟来驱散蓄积太多的风和气。虽然这一段话，本意是讲古乐的起源，但同时也表明，在古人的思想观念中，乐的发生与具有疏导功能的风、气相伴随，它们处于同一知识话语系统中。

在上古帝王创制乐舞的种种传说中，特别强调乐舞所具有的“宣导”功能在“理气”“形气”中的作用。譬如《吕氏春秋·古乐篇》：“昔陶唐氏之始，阴多滞伏而湛积，水道壅塞，不行其原，民气郁阏而滞着，筋骨瑟缩不达，故作为舞以宣导之。”② 乐舞之所以能够使“郁阏而滞着”的人体之气恢复正常，关键在于其具有的“宣导”功效。“宣导”的过程，实际上就是“理气”“形气”，也即调理气机使之畅通，而此一目的的实现，有赖于乐舞过程中所激发的生命能量与所获得的精神满足。从

---

① 吕不韦著，陈奇猷校释：《吕氏春秋新校释》，第 287 页。

② 吕不韦著，陈奇猷校释：《吕氏春秋新校释》，第 288 页。

医家的角度看，乐舞所具有的“宣导”作用与传统医疗中的“导引之术”作用相当，均旨在借助“宣气”“行气”，宣散人体郁积之气，引导运行通畅有力，从而达到驱逐病邪的目的。所以有学者认为，陶唐氏之舞乃是疏导体内外阴气、调和阴阳的舞蹈活动，中国原始的舞蹈艺术起源于祛病健身的活动①。这种对于气与乐关系的认识，对中国古代乐论有很深的影响，以乐为宣导天地之气方法的理念，贯穿于整个古代政治文化传统中。通过上述气学前知识状态的梳理，我们大体上可以得出以下的结论：在早期知识系统的形成过程中，有关气的知识在古人的物质生活和精神生活中发挥了极为重要的作用，作为一种普遍的知识话语与民间信仰，这也为春秋以后气学知识的扩展与泛化打下了基础。

气学知识谱系

气学知识话语在春秋战国以后的发展，不仅渗透到民众精神生活的各个方面，而且辐射到古代学术传统的各个领域，呈现出多领域、多层面并进的局面。正如日本学者指出的那样，在战国儒家、道家、兵家思想中，“气”不仅以治气养心这种“术”的习俗形态显现，而且成为自然哲学的基质概念，汉以后，作为产生精、神、形、质的基础，“气”被纳入宇宙生成论

① 于民：《中国审美认识与神秘的人体科学》，《中国审美意识的探讨》，中国戏剧出版社 1989 年版，第 30 页。

的框架内，并在政治领域的“天人感应”思想中发挥作用[①]。从气学知识体系看，物理之气、天地之气、生命之气、生理之气、心理之气、精神之气、伦理之气、道德之气等等，产生于不同历史时期的气学知识，共时性地繁荣起来，成为中国古代学术发生期一道独具特色的风景线。

中国古代宇宙观、世界观方面的思想演进，是随着古人对天地人普遍联系认识的深入，建立在以“三才”、道、阴阳、五行为核心的解释系统上，并伴随着古代宇宙生成论的渐次成熟而累积的。在传世文献中，有大量记载五帝时代与夏、商、周始族的神话资料，这些起源神话往往与宇宙起源和图腾崇拜联系在一起，形成了早期宇宙观的基本框架。从历史来看，古代宇宙观的成熟经历了漫长的发展阶段，从史前时期到五帝时代古人对天象的观察、商代古宇宙体系的基本成形，到战国时期的多元发展衍化，逮至汉代“天人感应”“天人合一”思想的最终完成，在新的思想要素的不断融入中，形成了极为错综的理论形态。在古代宇宙解释系统中，有一系列的基本概念与命题，如道、阴阳、四时、五行、八卦、“三才”以及“天人感应”“天人合一”等，构成了层级复杂的思想系谱。

在中国古代，阴阳之说是最具普遍性的知识，所谓“百姓日用而不知”，深刻地影响了古人思维模式与文化心理结构的形成。关于阴阳的起源，古今尚无定论，但至迟到春秋时期，人们已经开始用阴阳来解释自然界一些相互作用的现象。现代学

---

① ［日］小野泽精一、福永光司、山井涌编，张传有等译，邓晓芒等校：《气的思想——中国自然观和人的观念的发展》，第 6 页。

者一般认为，阴阳作为范畴出现，肇端于《国语》。周宣王即位，大臣虢文公劝谏宣王不可废弛籍田的仪节，周幽王二年（公元前780年），“西周三川”地震，太史伯阳父用阴阳二气失序来解释地震原因。从《周语》这两条材料可以看出，至少在西周末年，人们已经用阴阳二气的运动来解释自然现象。朱伯昆先生认为：“阴阳指寒暖二气，寒气为阴，暖气为阳，认为阴压迫阳气，所以有地震。其所谓阴阳，属于天文学的概念。”[①]在《国语》的其他篇目中，阴阳常常是与气或其他具体事物联系在一起的。以阴阳来解释陨石、日食、水旱、冰霜、疾病等自然现象，虽然还没有完全摆脱殷商以来天命思想的束缚，但已经明显闪烁着理性思维的光芒，且带有鲜明的新旧变革时期的色彩了[②]。

战国后期，随着五行思想的逐渐盛行，阴阳与五行学说开始合流，成为一种公认的关于宇宙世界的新型解释系统。五行的起源，较之阴阳更为复杂和神秘。由于《尚书》的传统，古人认为，五行的起源与黄帝有关。水、火、木、金、土的五行字样，最先见于《洪范》“天乃锡禹洪范九畴……初一曰五行”的记载，《史记·历书》谓“盖黄帝考定星历，建立五行，起消

---

① 朱伯昆：《易学哲学史》第1卷，华夏出版社1995年版，第35页。

② 对于春秋以来气学思想的演变，杜正胜《从眉寿到长生——中国古代生命观念的转变》认为，吴季札、郑子产、晋叔向、秦医和、周单穆公、楚观射父和鲁季敬姜这些并世而互为先后之人，均为春秋中晚期封建君子的代表人士，他们都在基于西周封建礼制的基础上，用“气”的观念来解释生命起源、礼制合法性以及变异缘由等，思想相当接近，体现了他们在维护旧文化的同时尝试给旧的制度浇灌新的泉源。参见《历史语言研究所集刊》第66本第2分册，第438—446页。

息”[①]。我们现在无法证实这是神话还是信史，以今人之理性眼光考之，此论不足深信，至于汉代刘歆（约前50—23）等人对此的进一步神化，皆因五行在当时的势力巨大，为政治文饰的需要才离经叛道[②]。虽然上述“天赐”说已不为现代学者所信，但至迟在春秋，五行之说已经成为一种公共性的知识，《左传》《国语》诸书有大量记载五行的言论，可以视为阴阳五行思想合流之前的重要思想资源。对照《左传》《国语》《尚书》中论述五行的文字，可以看到：其一，五行观念起源于民生日用不可或缺的五种材料，即“五材”，在此基础上，人们对五行的认识开始转向功能属性与相生相克的关系上；其二，五行与五声、五味、五色、五谷、五祀、五典、五礼、五官有着密切的联系，它是人们通过经验积累与朴素统计，直观地把握事物之间制约

① 司马迁著，裴骃集解，司马贞索隐，张守节正义：《史记》卷二十五，第1256页。

② 现代学者在讨论“五行说”的起源问题时，一种意见认为“五行说”可能源于商代的“四方”观念，最先引发这一看法是胡厚宣先生。他从20世纪40年代开始发表了一系列文章，指出商代已有“四方”观念，这是原始“五行说”的滥觞。还有一些学者认为五行的起源与殷人尚“五”有关，如庞朴先生重新引证了《殷契粹编》907片中有关“商”与“四土”受年的甲骨文卜辞，用以论证“殷人已经具有了确确实实的五方观念”，并推断“这种以方位为基础的五的体系，正是五行说的原始”。另一种意见认为五行起源于数的启发，如范文澜《与颉刚论五行说的起源》、金景芳《西周在哲学上的两大贡献》。还有一种意见认为五行源于“考定星历”的观象活动，如顾颉刚《〈尚书·甘誓〉校释译论》。还有一种意见认为五行起源于农业生成中对风雨、物候的观察。持“五方”观有郭沫若《中国古代社会研究》、胡厚宣《论五方观念及“中国”称谓之起源》，持“四方风雨”观有杨向奎《中国古代社会与古代思想研究》、丁山《中国古代宗教与神话考》等。参见胡厚宣：《甲骨文四方风名考证》《论殷代五方观念及中国称谓之起源》，《甲骨学商史论丛初集（外一种）》上册，第265、277页；庞朴：《阴阳五行探源》，《中国社会科学》1984年第3期。

与联系的一种方式，在一定程度上也反映了事物的某些规律性①。

伴随着宇宙观的渐次成熟，古人在形上方面的思考，也逐渐丰富起来。在先秦思想家所讨论的具有本体论意义的范畴中，气与道、天、心、性相似，代表了对宇宙与人终极存在的思考。此一时期，出现了一系列对气本体进行探讨的命题，譬如“冲气”“天地之气”“浩然之气”“六气”“精气”等，其中尤其以老学、易学和管子一派为代表。

老子把阴阳观念纳入道的论域，视为万物运动变化的根源与总规。《老子》第四十二章：“道生一，一生二，二生三，三生万物，万物负阴而抱阳，冲气以为和。”所谓“一”，是指万物形成前一种混沌未分的状态，“一”生“二”，即产生天地阴阳，天地阴阳交合生“三”，“三”生万物，如此推导下来，道与阴阳乃一体两面，阴阳既是道的表征，又与道合而为一。与早期阴阳思想比较，老学之阴阳，抽象成为宇宙本体论的基本元素与法则，业已发生了明显的形上意义转变。《易经》的卦象、卦、爻辞是用以占筮的，其中并无阴阳的概念。成书于战国的《易传》将阴阳引入对《易经》义理的阐释中，论及阴阳

① 在中国古代社会，五行学说不仅对自然科学、应用技术和人文思想的发展影响巨大，而且在一定程度上还推动了古人思维的演变，决定了中国古代思想发展在一定时期内的基本走向。正因为如此，即使是对五行观进行了彻底而系统批判的梁启超和顾颉刚诸先生，也不得不承认“五行，是中国人的思维律，是中国人对于宇宙系统的信仰；二千余年来，它有极强固的势力”“阴阳五行说为二千年来迷信的大本营，直至今日在社会上犹有莫大势力”。参见顾颉刚：《五德始终说下的政治和历史》，《古史辨》第5册，上海古籍出版社1982年版，第404页；梁启超：《阴阳五行说之来历》，《古史辨》第5册，第343页。

者凡十二处，其中表述最为明确的，是《说卦》中的这一段：“昔者圣人之作《易》也，将以顺性命之理，是以立天之道，曰阴与阳，立地之道，曰柔与刚，立人之道，曰仁与义。兼三才而两之。”[①] 在《易》的经验中，“三才”各一分为二，由阴卦、阳卦各取一个配合，这就视阴阳及变化法则为事物的本质，将其提升到道的高度，作为哲学的最高范畴来言说，建立了以阴阳释易的思想体系，使《周易》一书成为阴阳学说的象征性文本。

有关精气（精）的说法，在先秦两汉典籍中，多有论述，其中具有代表性的说法：

> 窈兮冥兮，其中有精。其精甚真，其中有信。（《老子》第二十一章）
>
> 形精不亏，是谓能移。精而又精，反以相天。（《庄子·达生》）
>
> 一气能变曰精，一事能变曰智。（《管子·心术下》）
>
> 夫精者，身之本也。（《素问·金匮真言论篇》）[②]
>
> 精充天地而不竭，神覆宇宙而无望。（《吕氏春秋·下贤》）[③]
>
> 天地之袭精为阴阳，阴阳之专精为四时，四时之散精为万物。（《淮南子·天文训》）[④]

---

① 阮元校刻：《十三经注疏》，第93—94页。

② 张志聪：《黄帝内经素问集注》，第28页。

③ 吕不韦著，陈奇猷校释：《吕氏春秋新校释》，第886页。

④ 何宁：《淮南子集释》，第166页。

人之所以生者，精气也，死而精气灭。(《论衡·论死篇》)[①]

比较各家的观点，管子一派的精气说，在早期宇宙本体论建构中，具有突出的理论价值[②]，对于传统医学的影响也尤为明显。在管学的理论视野中，所谓精气乃气之化，是最细微之气，上为列星，下生五谷，流于天地之间，是万物之本（等同于道），化生为人先天、后天的质素，亦为生命之源，涵盖精、气、神等生理要素以及道德伦理、才性境界等精神品格。

在管学的本体论域中，把不可说、不可把握的道视为流布于天地之间、遍存于万物之间的精气，《管子·内业》："凡道无根无茎，无叶无荣。万物以生，万物以成，命之曰道……精也者，气之精者也。气，道乃生。"[③] 把五行之气亦化生为五种精气，《侈靡》："天地精气有五，不必为沮。"尹注："谓五行之时也，其时之气不能必，则为沮败也。"[④] 这里的"五行"，已经不再是早期的水、火、木、金、土五种物质，而是指分布在天地之间的五种精气。在管学的生成论域中，精气是生命的物质基础，《内业》："凡人之生也，天出其精，地出其形，合此以为人。"因而主张存精养生，乃至节欲保精，《内业》："精存自生，

① 黄晖：《论衡校释》，第871页。

②《管子》的《内业》《心术上》《心术下》《白心》四篇中，有多处论述精气的地方。李志林先生认为，《管子》精气说不是凭空产生的，而是沿着两条路线进行抽象的结果，一是"六气"→"道"→"气"（精气），一是"五行"→"水"→"气"（精气），两者殊途同归。参见李志林：《气论与传统思维方式》，学林出版社1990年版，第31页。

③ 黎翔凤撰，梁运华整理：《管子校注》，第937页。

④ 黎翔凤撰，梁运华整理：《管子校注》，第742页。

其外安荣，内藏以为泉原。”[①] 这一方面的内容，在医家思想中也有相当细致的阐发。在内经医学中，将精气分为先天之精和后天之精，前者禀受于父母，充实于水谷之精，归藏于肾者，后者由饮食化生，输布五脏六腑。精气根源于先天，充养于后天，两者相互依存，相互促进，从而保持人体精、气、神之充盈。总之，先秦的精气理论影响深远，在后世形形色色的养生、养气、养精、养神思想乃至所有的养生术和神仙术中，得以进一步阐发。

气之一体三相

在古代思想家的一般认知理路中，对于气的存在，大体是这样描绘的：天地人宇宙的存在，是一种气的存在与流行，气是一种基质（譬如在汉代的宇宙论系统中气又称为“元气”[②]），这是“本体之气”，乃可知之气。元气在流行运转过程中，在天地境界中，逐渐与各种自然现象化合，诸如水、云、风、雾，凝聚成诸多物质具象，这是“具象之气”，乃可感之气。在生命境界中，此气逐渐与各种精神现象相融合，经由一系列生命意志的转化，由内而外地敞开朗现，派生出若干心灵活动与情感趣味来，这是“精神之气”，乃可悟之气。在这个大化流行、生生不息的循环过程中，如何充实“精神之气”，以迈向更高的超越

---

① 黎翔凤撰，梁运华整理：《管子校注》，第945、938页。

② 这与道气、理气相同，虽然不同时代所关注的中心范畴不同，但并无根本的不同。

境界，是儒、道、释思想家共同关注的问题，他们谈论的层面虽然不同，解决之道也不尽相同，但殊途同归，主旨并无不同。简言之，气具有三种品相，既能与万物融合而为经验之具象，又能贯通天地之道而为超越之虚相，或扩展到人类精神生活领域，或凝聚成人间万象，无所不在，无所不包。

气之一体三相，涉及现代意义上的知识论、认识论、本体论乃至审美论、价值论等层面的问题，虽然在古代思想家的文化视野中，并不存在这样明晰的层级分梳。譬如编订于清康熙年间的官修辞典《佩文韵府》，搜罗先秦到明代文献中有关气的说法，统共七百四十多条，涉及具象之气、本体之气、精神之气多个方面，内容十分庞杂，但并无明确的类分意识①。

首先来看无形有象的"具象之气"，这是一种具体可观、可感的物理之气，与物质世界的联系最为密切，是气学话语的早期形态。外在于人，常见的如水蒸气、云气、雨气、谷气、丘气、泽气、烟气、雾气、露气、朝气、夜气、暮气、暑气、秋气、湿气以及各种饮食之气，其根本在于气具有阴阳五行的属性；内在于人，并通过主体"践形"而外显的生理或精神气质，常见的如血气、胆气、肝气、侠气、王气、霸气、邪气、勇气、豪气、志气、怒气、灵气、隽气、秀气、奇气、匠气、俗气、老气、天子气、馆阁气、神仙气、书卷气、江湖气、梗概之气、阳刚之气、阴柔之气、浩然之气、超拔之气、奇崛之气等等。对于此一类问题的认识，经历了极为漫长的历史发展阶段，其中几个重要的支点，如《左传》的"六气"、孔孟的血气与"浩然之气"、老庄的"冲气""纯气"、管子学派与易学的精气等，

① 参见《佩文韵府》卷六十四，文渊阁《四库全书》本。

较之尔后气学思想的泛化衍生，均具有原初的意义。

其次来看“本体之气”，这是一种无形无象的形上之气，虽不可感、不可观，但可以认识，可以理解。在古代思想家的理论视野中，气论本质上并不是一种关于气的知识，而是一种对宇宙人生的终极解决方案，是对万物本质与变化发展的一种理论解答，虽然他们提出的方案和论证的方法各不相同，也不乏内在的缺陷，但其理论的深度意义以及哲理思辨所达到的高度，确乎支撑了中国形上思想几千年的发展。对一种真正的哲学而言，研究知识论、认识论的最终目的还是要触及本体，进一步而言，一种哲学的价值，本质上就在于认识和达到最高本体的形上学方法。自近现代以来的文化语境变迁中，伴随着本体论被认识论化、知识论化并最终被解释学化的整体趋势，“本体之气”成为气学研究中最不受重视的一个层面，因此，对其进一步的深究是很有必要的。考之观念史上“本体之气”的发展，经历了泛化衍生、反复提纯的过程，如冲气、一气、精气、真气、道气、正气、理气、梵气、卦气、天地气、混沌气，此一类形上之气所具有的兼容性与概括力，是形成早期气学话语形态的关键所在。

再次看“精神之气”，这是与人的精神生活联系得最为密切的，也是直接与文学艺术实践活动紧密相关的超越之气。“精神之气”的存在，源自人的精神存在与审美追求，它既是“具象之气”气化于人后所派生的心灵活动与生命境界，也是古人之于“本体之气”的玄想与冥思。在天地人的大化流行、生生不息与循环往复中，如何充实、培育“精神之气”，并迈向更高的超越境界，成为古代思想家孜孜以求的共同目标，虽然关注的层面不一，解决的方法不同。在古人的一般认知逻辑中，气化的过程是永恒的，人的存在只是宇宙气化过程中的一个存在链条而已，各种自然之气的内化，培育了人的先天质素，如知、情、理、志等，再通过后天的养气养性与修为导引，转化为才、胆、识、意、神、风、骨、味、趣、力、势、韵等心理状态或精神品相，外显在各种人文活动与审美创造中，从而呈现出层次各异、气象万千的"精神之气"。如果说生理、心理之气乃生命根源的话，那么，"精神之气"便是生命本体的呈现，日本学者铃木虎雄（1878—1963）将气定义为"精神的活力"[①]，大抵也是相同的意思。

我们今天所理解的文气说，综合了历代以来学者关于气学思想的见解，主要呈现为"一体三相"的特征：一是先天命定之气质禀赋、后天养成之心性道德，两者融合成为作者之气，包括作者之情、性、才、胆、识、力等；一是语言法则之体势声调、字句章法，这构成文本之气，包括文本之字、句、音、韵、声、调等；一是作者之气和文本之气共同熔铸的作品整体性的生命形相（气势、情韵、意境、风格等）。这就构成了传统文气思想的三个面向。以下将以孟子、曹丕、刘勰三位早期文气论者为例，进行深入一步的研究分析。

孟子、曹丕、刘勰论气

就气学解释的大传统而言，虽然孟子（约前 372—前 289）、

① ［日］铃木虎雄著，许总译：《中国诗论史》，广西人民出版社 1989 版，第 38 页。

曹丕（187—226）、刘勰（约 464—522）均有论文气的表述，也流露出颇为自觉的理论意识，但是，不同的时代聚焦形成了不同的问题意识与论证策略，他们在论气旨趣与方法偏好上，各有不同。对于诠释者的历史性，中国经典阐释传统的原则是还原去蔽，反对先入为主，要求体会原意，获得真知，孟子谓“知人论世”，庄子谓“虚静”，荀子谓“解蔽”，均蕴含了此一层意思。今人之所以能够理解或解释古人，就在于历史具有连续性，文化传统是一个连续不间断的、一脉相承的整体。对经典的诠释过程，同时也是一种自我理解的创造性活动过程，用太史公（司马迁，前 145—前 86）的话来讲，就是“通古今之变”，用伽达默尔（Hans-Georg Gadamer，1900—2002）的话来讲，就是“现在视域”与“过去视野”融合而成的“大视域”。因此，不同诠释者的历史时代性，是文气诠释中不可忽略的发生要素，只有通过这种历史性的揭示，才能使经典诠释中的“隧道效应”及其对于尔后研究的价值意义豁然显现。

生活在战国中期的孟子，发挥了孔子以来儒学“向内”的思想脉络，虽然在其所处的“乱世”，学说难以奏效，但其理论的体系性及其内蕴的真知灼见，远在同时代的诸子之上，这一特点，在源远流长的孟学诠释史中体现得相当鲜明。孟子论气，整合了春秋战国以来的思想碎片，将气与心、志、言等要素关联成一个有机的整体，在旗帜鲜明的理论建设中，孟子思想的主轴不在气而在心，在于心性道德的生发与扩充，气论是为心性论服务的。同时，孟子关于主体之气的若干见解，如“浩然之气”“知言养气”以及“心—志—气—言”的话语结构，开启了后世文气论结构形态的意义维度，亦发后世作者之气的先声，在传统文气诠释史中确有不可移易的理论价值和历史意义[①]。孟子所论主体之气，兼有理性主义和神秘主义的特质。在孟子与公孙丑讨论“动心”的前面，有一段文字是关于北宫黝、孟施舍、曾子“养勇”的方法问题：北宫黝之勇，是血气之勇，乃生理之气的表现；孟施舍之勇是志气之勇，乃心理之气的表现；曾子之勇是义气之勇，乃道德之气的表现。三者相比，以曾子之勇最得儒学精义。纵观战国诸子学说，虽然理性昌明为主流，但神秘主义思潮也时有泛起。汉初司马迁将邹衍传附入《史记·孟子荀卿列传》中，不仅指出了阴阳家与儒学的关系，也点出了邹衍“五德始终”与孟子“五百年必有王者兴”以及“浩然之气”所具有的神秘化倾向[②]，包括尔后董仲舒“天人感应”思想的出现，也是自有其历史渊源的。

虽然后代研究者常常强调孟子“知言养气”的说法，由此也衍生出“养气”与“知言”关系诸问题，但就孟子所处的时代和付诸行动的大语境而言，虽然以天地、道气、心性为核心构成的宇宙伦理话语系统，是先秦思想家的共同论域，但有关“气”的问题，并不具有本体意义上的优先性，也不是晚周诸子所关注的中心话题。通观《孟子》七篇，除了有关“养气”的说法外，还有“养生”“养弟子”“养公田”“养口体”“养老”“养勇”“养君子”“养志”“养其性”“养心”等说法，由此不难

---

① 关于孟子“心—志—气—言”话语结构的分析，参见拙文《孟子气论在文学批评史上的意义》，《中国社会科学院研究生院学报》2014 年第 1 期。

② 有关儒学传统中的神秘主义倾向，参见冯友兰：《中国哲学小史》，商务印书馆 1934 年版；陈来：《儒学传统中的神秘主义》，《中国近世思想史研究》，商务印书馆 2004 年版；杨儒宾：《理学家与悟——从冥契主义的观点探讨》，收入刘述先主编：《中国思潮与外来文化：第三届国际汉学论文集（思想组）》，“中央研究院”文哲所 2002 年版。

发现，就“养气”而言，作为一种论证策略，与其说孟子是在论“气”，不如说是在论“养”。这种对于“养”的功夫的强调，体现了孟子在实践心性问题上的创见。人欲立本体，以求本心的超凡脱俗，必须在这个世界上做一番圣贤功夫，人格才能得到完善，精神境界亦可由此得到充实。“知言养气”的重要性，就在于从知识和经验中去认识世界和完善自我，自孟子以来的儒家内圣一系，强调主体心性修养的功夫，对于修身养性、培养本原等看得很重。尔后外王一系的荀子，虽然与孟子在人性论上相左，但同样有大量关于“养”的说法①，可见在儒家的修养功夫论中，对于“养”的重视是一以贯之的传统。

曹丕、刘勰生活的时代，思想界受到秦汉以来气化宇宙观的深刻影响②，他们有关气的论述，并没有超出汉人气学解释系统的运思路数与言说范式。曹丕论气，类似于孟子，主要是围绕着几组关系来谈，气并不是其关注的中心问题。曹丕及其同时代的人，对于气的知识，大多只是一种享用的态度，并没有超出汉人的言说范围。譬如《文选》和《汉魏六朝百三家集》中曹丕论气的文字，如《让禅第三令》“含气有生之类”，《感离赋》“秋风动兮天气凉”，《与钟繇九日送菊书》“体芬芳之淑气”，《封张辽李典子为关内侯诏》“使贼至今夺气”，《答繁钦

① 荀子强调“养”的多元性，如“养口”“养目”“养鼻”“养体”“养信”“养威”“养生”“养财”“养情”等，涉及生理、物理、心理等各个方面。在其倡导的“全粹”之学中，“持养”也是自我修养提升的重要功夫。

② 详细论述，参见日本学者三石善吉的观点，文章收在［日］小野泽精一、福永光司、山井涌编，张传有等译，邓晓芒等校：《气的思想——中国自然观和人的观念的发展》，第 472 页。

书》“气应风律”，《又与吴质书》“公干有逸气”[①]，等等。论阴阳，论元气，论气候，论人之品性气质，论乐之宫商协律，凡此种种，可以看到，对于气的问题，曹丕并无特别的关心，使用时也基本沿用汉人气化宇宙论的言说路数与论证对策，如果我们参之曹植的气论，以及魏晋之际阮籍的气论，也大体上可以得出相同的结论[②]。

关于曹丕的文气说，晚近以来学界流行的看法，认为其涵盖作者气质、作品风格、文本语气等多重内蕴[③]，这样的理解，是值得今天再思考的。现存《典论·论文》“文以气为主”这一段文字，核心观点有三：“文以气为主”；文气分“清”“浊”；文气“不能以移子弟”。“文以气为主”的说法，虽然是曹丕首次提出的，但在经历了汉代元气论的去实体化转向之后，建安文学整体呈现“尚气”的特征[④]，所以刘永济先生认为：“是则

① 曹操、曹丕、曹植：《三曹集》，岳麓书社 1992 年版，第 152、123、164、143、165、162 页。

② 如曹植《魏德论》“元气否塞”“义气风发”，《辨道论》“时变则物动，气移而事应”，《说疫气》“疠气流行”，《释疑论》“颜色不减，气力自若”（赵幼安校注：《曹植集校注》，人民文学出版社 1984 年版，第 215、187、177、396 页）；阮籍《大人先生传》的“云气”，《达庄论》的自然阴阳之气，《乐论》的“情气”“心气”（陈伯君校注：《阮籍集校注》，中华书局 1987 年版，第 165、139、78、99 页）。

③ 就作者方面而言，指气质、个性、语气；就作品方面而言，指作品的风格。持气质、才性论者，如陈钟凡、朱东润、方孝岳等先生；持才气、语气论者，如郭绍虞、罗根泽等先生；持才气、风格论者，如刘大杰等先生。参见朱东润《中国文学批评大纲》、方孝岳《中国文学批评》、罗根泽《中国文学批评史》、陈钟凡《中国文学批评史》、郭绍虞《中国文学批评史》、刘大杰《中国文学批评史》。

④ 关于建安文学的“尚气”特征，参见刘永济：《文心雕龙校释》，中华书局 1962 年版，第 171 页。

文气之论，虽发自子桓，实得于人心所同然。”[①] 至于气分“清”“浊”的说法，秉承汉人“以气定性”的先验论，基本上是老调重弹了。让人惊异的是关于文气“不可力强而致”“不能以移子弟”的说法，明确了天赋或者是气质禀性等先天质素对才性才情的养成乃至文学创作的决定意义，从而斩断了与后天之学的联系，这就有别于传统主流话语对后天教育教化的强调，其思想的深刻性与片面性也就同时呈现出来。至于曹丕论气的文字乃至整篇《典论·论文》，其中是否隐含着政治动机之类的“微言大义”这一疑问，由此也牵涉到“三曹”评价诸问题，历来是学者感兴趣的，相关问题的讨论仍在继续[②]。

自曹丕明确提出“文以气为主”后，随着文学独立地位的提升，文学意义上的文气说演变为作者之气、文本之气和文章气象三个密不可分的面向。但在曹丕的思想里，所谓“清”“浊”之气、“不能以移”之气主要是指作者之气，同时也暗含作者之气在作品中的呈现，两者是统一未分的整体，就其本意而言，可能更偏重于前者。当曹丕判定“王粲长于辞赋，徐干时有齐气”“孔融体气高妙，有过人者，然不能持论，理不胜辞”，并且断定“文以气为主，气之清浊有体”“虽在父兄，不能以移子弟”的时候，他只是描述了一种主体之气存在的生命样貌与呈现的知识情态，并没有像我们今天明确区分出文气之“一体三相”以及主次轻重的问题。当然，曹丕以气来衡量文学作品的高下，而非先秦以来以道德伦理为核心的政教立场，开

---

① 刘永济：《十四朝文学要略》，第 137 页。

② 其中具有代表性的观点，参见王梦鸥：《从典论残篇看曹丕嗣位之争》，《历史语言所集刊》第 51 本第 1 分册，第 97—114 页；胡明：《关于三曹的评价问题》，《文学评论》1993 年第 5 期。

拓了文艺创造的主体性与审美性维度，对于尔后文学创作和文学批评的深刻影响，是切切实实存在的。

齐梁时期的刘勰，虽然在当时并没有受到重视，但是作为理论家的刘勰，不像思想家孟子那样急不可待地批评对手，也不像政治家曹丕那样隐晦曲折地影射对手，而是更为圆融平和地谈文论艺。他不仅专设《养气》篇，而且在谈论其他问题时，也屡屡与气牵扯关联，其关注的重点不仅包括主体之气，而且对于与文章的章法技巧相关的问题也极为关注，同时，对于作者之气和文本之气互动而呈现在作品中的整体风格气象，也颇为留意。比较而言，不同于孟子将气论融入心性论的路数，也不同于曹丕对气学传统的悉数吸纳，刘勰的理论整合与创新之处更为明晰一些。他已经将文气作为一个专门的问题来谈论，可以说，其理论体系意识的周全细密，从其文气思想中也可以较为清晰地呈现出来。

刘勰论气，对于气之“一体三相”，均有不同层面的涉及，尤其对于作者之气、文本之气，有相当明确的论述。《文心雕龙》一书中，与气学相关的元范畴、次生范畴，屡屡可见，此一特质，近世以来的文气思想研究者多有关注，此一方面的研究成果也极为丰硕。全书“气”字出现，大约有八十余次，其中以词组形式出现的，有辞气、志气、血气、气力、养气、声气、才气、意气、体气、齐气、逸气、秀气、异气、韵气、精气、和气、素气、卫气、阳气、清气等等。参之前文的“隧道效应”理论，我们可以看出，《文心雕龙》所论的为文诸要素，譬如情志、学养、才力、文采、辞章，事义、风骨等，均与文气保持着千丝万缕的联系。刘勰所论的文气，“沿隐以至显，因内而符外”，流动并充盈在才、学、情、辞、事、义、体等为文要素之间，发挥着枢纽与关联的作用。对于作者之气，刘勰称之为志气、意气、血气、精气、风、风趣，或者养气、守气等，虽有意义上的区别，但又具有本质上的贯通一致性。对于文气与语言辞采、体式风格之间的关系，刘勰也是非常关注的。在《体性》篇中，他列举了八种文章风格：典雅、远奥、精约、显附、繁缛、壮丽、新奇、轻靡。对于八种风格的形成，他认为："若夫八体屡迁，功以学成，才力居中，肇自血气。气以实志，志以定言，吐纳英华，莫非情性。"① 这就将文章风格的成因明明白白地归结到文气上面。分析刘勰所论的为文要素，不难发现，刘勰兼顾作者之气、文本之气和文章气象，在汉魏以来作者之气占据主导地位的文气诠释传统中，他采取了一贯的折中态度，把气之"一体三相"均纳入了理论的参照视野。

在刘勰"体大虑周"的理论建构中，以气为核心贯通作者和文本的意图是非常明显的。在作者之气的阐释中，兼顾内外、先天后天；在文本之气的阐释中，文辞和音律并重，既重视文辞的技巧，又重视音律的抑扬顿挫，既探讨字、句、章、篇的技巧，譬如如何炼字、锻句、裁章、谋篇等技法问题，又论及比兴、夸饰、用典、隐秀、声律、对偶等修辞问题。对于文本之气这一曹丕时期隐而未显的问题，刘勰予以了充分的重视，并进行各个层面的深入讨论，这与六朝时期丰富的文学创作实绩相印证，从而成就了古代文气思想研究的一个理论高峰。总的来看，刘勰思虑周全，似乎旨在建构一个系统的气学话语结构，以期涵盖文学活动的各个方面。对于传统的气学思想资源，刘勰秉持的是一种整合创新的态度，这是他获得理论建构自信

---

① 刘勰著，詹锳义证：《文心雕龙义证》，第1022页。

的精神源泉，也正因为具有这样的特质，从整体性、连续性的学术谱系考察，《文心雕龙》一书在气学解释传统中的地位也就显得颇为突出。当然，这种整合与创新，并不拘泥于“气”字的出现，也不仅仅在于风骨、神思、虚静、辞气、志气等次生范畴的使用，或者“风清骨峻”“意气骏爽”“梗概而多气”“情与气偕”“负气以适变”等气学家族系列命题的发挥，深入一步看，对于汉魏以来血气与文气同源的气化宇宙生成论路数及其衍生的思维方式、论说模式，刘勰亦表现出一种深层次的接受与认同。

作为一种公共性的知识话语，古人对于气的论述，常常是价值和意义先于知识的，古往今来有识见的思想家，在对气的诠释中，总是要显现出某种价值指向，或哲学观、宇宙观，或人生观，经由气的解释而开出自我理解的新意，也成就了中国经典诠释传统的重要特征之一，孟子、曹丕和刘勰也不例外。就气学解释的大传统而言，对于文气之“一体三相”，孟子、曹丕、刘勰的诠释，分别抓住了其中的不同面向，都倾向于对作者之气的强调，在他们各自的理论建构中，气并不是言说的重心，只是结构体系中的一个要素，重要性的程度也不尽相同。譬如同为作者之气的发挥，孟子“浩然之气”与曹丕“文以气为主”，论述角度也是很不相同的，前者就主体心性修养而论，后者就主体先天禀赋而论，换言之，一个是倾向于后天之学，一个是倾向于先天之养，孟子和曹丕的不同，代表了气学解释传统中两种不同的路数。对此，刘勰虽然明确区分了先天才性和后天养成以及由此导致的内外之分，但他调和了后天之学与先天之养，较之孟子、曹丕，显得圆融了许多。一方面，他仍然将先天质素视为作者才略的先决条件，也明确地从禀气各异、长短相依的特点来评价作家才华；另一方面，在刘勰看来，性情虽自天生，但也要受到后天习得的影响，故辟专篇，如《定势》篇论“习”，《事类》篇论“学”，予以研讨。同时，刘勰之气，不同于孟子“浩然之气”的神秘特质，也不同于曹丕清浊之气的先验特质，刘勰论养气，既有道家式的被动存养，也有儒家式的主动培养，譬如《养气》篇偏于防御性的情性存养，《神思》篇则偏于主动的才气培养。同样谈养气，刘勰之于孟子，亦有很大不同。孟子强调主体心性之修养，所谓“知言养气”，偏于积极性的进取，源于内在心性的培育，以刚正充沛为特征，这对于中国文学传统中强调作家主体性及道德人格方面有着极大的影响。刘勰论养气，重在顺和性情，使之勿衰竭、勿壅滞，这种对于自然之气资养、蕴藉的偏好，带有强烈的养生色彩，终究不同于孟子式的养气。

从历史来看，自孟子发作者之气的先声，文气思想便呈现出复杂的演变态势，而曹丕论“文以气为主”以后，表现出更为多元、细分的趋势，尔后刘勰的解释，则出现了问题意识的明显扩展。具体来看，曹丕“文以气为主”的说法，谈论的是文与气的关系尤其是作者气质禀赋的问题，并不涉及文本、文章的辞气与气象等问题。但是，当刘勰重新诠释文气问题时，就明确区分了作者之气与文本之气的不同。文学活动过程中的气，可以理解为创作主体以天赋的生命力为基础，加之后天学养的涵养充盛，借由语言文字等为文技巧而表现出的文章整体风貌与气象，并在读者的阅读鉴赏中辉映生色。这种对于文气思想的解释，影响深远，时至今日，我们对于文气的理解，大体上也是在这个范围之中。至于尔后的发展脉络，譬如到中唐古文运动倡导者韩愈那里，遥承孟子“浩然之气”，怀抱对作者之气的高度自信，转而倡导文本之言辞声调与自由变化，以期代替文体卑弱、辞藻华丽的骈偶拘束，所以唐代以后的文论家，对于文本之气此一维度倍加重视。清初叶燮的文气论述系统而完整，逮至桐城刘大櫆，强调神气与音节、字句等要素的联系，深刻性与片面性也就同时呈现出来。

在古代的思想史论域中，气能诠释物质生命与精神意识之缘起，是宇宙之本源，是穷尽天、地、人的终极性根据，凡古代宇宙论、阴阳论、人性论、道德论、善恶论、性欲论、情性论等，均可还原到气。因此，在古人的知识话语中，凡论及人之生命精神本质、人与自然宇宙、社会人生关系等问题时，就不可避免地谈到气，历史上的各种思想观念、学术流派概莫能外。在古人的文化视野中，气既是贯通天地精神之根底所在，是德性之源泉，同时亦是对人的知、情、志、意等心理活动的整体性消融，正是借助于气的关联与贯通，才能达致外在世界与内心世界的和谐为一。古人常常习惯于用“一气贯通”的言说路数，来解释自然生命现象和社会历史现象以及各种精神创造活动，这对于古代思想文化的诗性智慧启发与审美逻辑延伸发挥了本源性的影响。

对古人而言，以气论天地万物、以气论人间万象、以气谈文论艺，没有什么本质上的不同。作为共享性的气学知识话语，超验之“体”与具相之“用”呈现出一种统摄与归属的关系，正所谓“理一分殊”“月印万川”，将共相还原于殊相，思想资源相同，方式方法相同，只不过研究对象与问题意识有所不同，也正是基于此，由气学话语衍生出文气话语，在古人看来，也就自然而然、不证自明了。作为哲学意义上气论的淡化[①]，文气是文学艺术的本体。落实到复杂纷纭的生命体时，文气是一种充满生命活力的当下显现，乃身体、心体、性体之本，兼有物质义与精神义、经验与超验的双重性，充盈于天地之间，至大至广，流动于人的身体与精神，是贯通肉身与灵魂、生命力与道德能量、形上与形下的中介，呈现出丰富的形态与层级。古代文学艺术体系是以生命为出发点的，其中，文气位居这个体系的中心，既是生命本体的当下显现，也是文学艺术与生命本体的中介。文气话语所对应的并不仅仅是作者、作品、读者，也非通常意义上的自然空间特征，就更广阔的思想脉络而言，文气的意义是一种关系性的存在，是一种历史性的构建，是古人在人文意义场域所建立的一套话语系统，可以有效地诠释文学领域的各种活动，包括已发与未发、已然与应然，因而具有较为普遍的方法论意义。

---

① 诺夫乔伊认为，文学史中的观念大部分都是淡化了的哲学观念，也即改变了形态，从哲学体系所散播的种子中成长而来的观念，文学研究者如果缺乏合适的哲学训练，那么，这些观念的历史世系、逻辑含义、言外之意以及在人类思想中别的表现形式，也即文学的哲学背景就很难得到说明。参见［美］诺夫乔伊著，张传有等译，邓晓芒等校：《存在巨链——对一个观念的历史的研究》，江西教育出版社 2002 年版，第 17 页。

乐

对中国古代思想史而言，脱胎于巫史文化系统的乐教以“报本反始”之宗教情怀、“尽德”之政治诉求、“尽善”之道德理想以及“尽美”之审美追求统摄了古代社会意识形态的各个方面，此乃章学诚所谓“治教未分，官师合一”（《文史通义·原学中》）[①] 的王官之学的核心部分。由于乐在政教中的显赫地位，在显性的艺术形态上以乐语、乐舞和乐歌等不同形式涵盖了原始音乐、舞蹈、诗歌以及说唱等艺术门类，在隐性的思想传统上乐教开启了中国古代政治思想资源中占绝对统治地位的教化传统之先河，并成为其后诗教、礼教价值取向之重要标准，故二十四史对此均有所论及。乐教具有非常悠久的历史，起源很早，且留有明显的由乐教向礼教、诗教的发展脉络，但不可否认的是，现存乐教资料很匮乏，上古的典籍中，仅有《吕氏春秋》和《礼记》中有专篇论乐，诸子著作中，除荀子有《乐论篇》外，其他的均为只言片语。对于这种现象，古代学者往往归咎为秦始皇和项羽的两把大火，但这显然不是问题的症结所在，最明显的反证就是，“六经”都有同样的经历，先后复出，何以独亡《乐》呢？现代研究者则往往关注于一些具体的问题，如孔子“正乐”与有无《乐经》，《乐记》与公孙尼子的关系以及《乐论篇》与《乐记》孰先孰后，等等，而对于乐教在“六艺”中的地位乃至在中国学术思想史上的原初价值，缺乏理论上的探讨。因此，笔者认为，应转换思考的角度，通过乐之源流谱系的梳理，以及在“六艺”传统中的地位分析，重新认识古代乐教对于文学思想发生期产生的重要影响。

---

① 章学诚撰，叶瑛校注：《文史通义校注》，第150页。

释“乐”

探讨“乐”之源流，维度大约有二：一是作为历史实存的乐器、乐制、乐史，即见于考古遗存与传世文献中的乐教起源、演变的历史；二是作为精神信仰与价值体系的乐教传统，以“六艺”之学和诸子之学为主体，前者多着眼于学术层面的整理与阐释，后者多着眼于社会政治层面的总结与反思，其中儒家的理论提升，从发生根源、哲学属性、社会功能的角度辨析深入，至为重要。

从发生学的角度，通过考古材料与传世文献参照可以确立信史，这些材料虽然是物质的，但背后蕴含的内容却是精神的，可以与制度、思想互为印证。自19世纪末甲骨文出土、20世纪20年代殷墟发掘及40年代大量简帛古籍出土以来，学界对三代历史已经有了新的理解，这对于我们考辨上古的乐教传统，具有特别重要的意义。就目前的考古遗存来看，其中尤为引人注目的是大量乐器及部分图像资料的出土。试举几例。河南舞阳贾湖新石器时代遗址八千年前竖吹骨笛的出土①，证实了《吕氏春秋·古乐》“葛天氏之乐”“黄帝令伶伦作为律”“铸十二钟以和五音”的乐史。这与礼的历史相比，即使从周公“制礼作乐”提升礼的地位算起，到现在也不过三千年的历史②，而据目前考

① 参见黄翔鹏：《舞阳贾湖骨笛测音研究》，《文物》1989年第1期。

② 周公“制礼作乐”的主要时间，根据《竹书纪年》卷七和《史记·周本纪》《礼记·明堂位》《尚书大传》的记载是在成王时期，根据“夏商周断代工程”的结论，即公元前1042至公元前1021年，见《夏商周断代工程1996—2000年阶段成果报告（简本）》，世界图书出版公司2000年版，第36页。

古发现揭示，礼制的源头最早可以追溯到公元前 3000 年至公元前 2000 年左右的龙山文化①，地下出土实物以无可辩驳的事实力证了古代灿烂的乐史。距今五千多年的青海大通孙家寨彩陶盆乐舞图②，以及同属马家窑文化的青海宗日彩陶盆乐舞图③，生动再现了“击石拊石，百兽率舞”的乐舞场景，真实地反映了原始乐舞、乐歌在图腾崇拜和宗教祭祀中的重要作用。湖北随县擂鼓墩楚惠时代曾侯乙墓青铜编钟的出土震惊了世界，六十五件青铜编钟中标明音阶音律的铭文二千八百多字，并伴随有编磬、建鼓、排箫、笛、笙、瑟等乐器的出土④，清楚地显现了“钟鸣鼎食”背后复杂的乐制传统。这些出土的实物，一方面可以确凿地证明乐在古代社会政治生活中的地位和作用，另一方面，更为我们研究古代乐制提供了前所未有的实物材料，对于重新审视上古乐教传统的形成有着很大的补益。

从字源学来看，“乐”字在甲骨文⑤和金文⑥中业已出现。无论是传统时代学者认同的东汉许慎《说文解字·木部》中“乐，五声八音总名，象鼓鞞，木，虡也”的训释，还是近代流行的罗振玉据殷墟甲骨文所作的“从丝附木上，琴瑟之象

① 参见高炜：《陶寺龙山文化木器的初步研究——兼论北方漆器起源问题》，《中国考古学研究——夏鼐先生考古五十年纪念论文集》第 2 集，科学出版社 1986 年版；《龙山时代的礼制》，《庆祝苏秉琦考古五十五年论文集》，文物出版社 1989 年版。

② 参见青海省文物管理处考古队：《青海大通县上孙家寨出土的舞蹈纹彩陶盆》，《文物》1978 年第 3 期。

③ 参见《青海宗日遗址有重大发现》，《中国文物报》1995 年 9 月 24 日。

④ 参见湖北省博物馆编：《曾侯乙墓》，文物出版社 1980 年版。

⑤ 中国社会科学院考古研究所编辑：《甲骨文编》，第 261 页。

⑥ 容庚编著，张振林、马国权摹补：《金文编》，第 398 页。

也”[1] 的解释，都可以推衍“乐”之含义经历了由具体乐器到泛指一切乐器乃至成为“五声八音总名”，即代表诗、歌、舞等总名的衍变过程。从现存典籍看，乐教起源甚早。《史记·五帝本纪》载尧舜时期乐教的萌芽，《尚书·尧典》载夔“典乐”，《伊训》载夏代“巫风”盛行，《礼记·郊特牲》载“殷人尚声”，《明堂位》载商代乐教设施“瞽宗”，等等。乐教在古人的政治教化与精神生活中占据了显赫的地位。

从思想史的角度考察，乐教是一定的宗教文化观念的产物，可以追溯到先民原始巫术与宗教信仰的各种仪式之中。在古人的精神生活中，乐教在上古经历了“以乐事神”“以乐崇礼”到“以乐为乐（lè）”的政教地位逐渐下移的过程。

在夏、商、周及更早的史前时代，乐教兼有宗教祭祀与维护政教的双重功效，在以自然崇拜、图腾崇拜、鬼神崇拜、祖先崇拜为主体的巫卜信仰与宗教祭祀中占据了核心的地位。被尊为“乐祖”“神瞽”的瞽蒙乐师，作为神人中介，能够通过乐歌、乐舞的表演与传授，上通神明之德，中利天地之道，下达万众之心，使“神人以和”，正所谓“乐在先秦，乃所以为治，而非以为娱”[2]，这是“以乐事神”的时代。西周时期，以礼教为本位的宗法文化逐渐代替了巫卜文化，乐在宗教文化中精神领袖的地位开始动摇。周公“制礼作乐”，扬弃了殷人乐教传统中浓厚的宗教因素，以“亲亲”“尊尊”的理性原则进行了思想整合，其中包括了源于父系家长制的宗法制、传统的血缘认同

---

① 李孝定编述：《甲骨文字集释》第6册，“中央研究院”历史语言所1970年版，第2003页。

② 萧涤非：《汉魏六朝乐府文学史》，人民文学出版社1998年版，第4页。

意识和以巫术宗教信仰为内核的乐制，由此制定的周礼，具有新型的祭祀谱系、等级差异、礼仪程式和雅化制度。周公所作之乐，针对古乐而言，是新乐，即礼之乐，对乐之实施，有着极其完整的礼数要求，这是“以乐崇礼”的时代。春秋以后，礼制取代天命鬼神的主导地位而成为国家民众之大法，在人们的生活中占据着日益重要的地位，所谓“非礼不终年”。礼地位的上升无疑从根本上改变了礼乐文化中礼与乐的比重，乐教淡出社会政治中心，作为政教系统残存的象征符号而存在。与此相伴，其本身所蕴含的审美品格得以显现，音乐的世俗化和享乐性使其不断摆脱等级制度的束缚而彻底人间化了，这是“以乐为乐（lè）”的时代。逮至汉代大兴乐府，旨在满足“大一统”政治文饰的需要，其政教意味已经微乎其微了。

乐教源流

上古乐教的发展大致经历了三个阶段：第一阶段的标志是周公“制礼作乐”，西周以其具体而复杂的礼乐体制代表了真正意义上的思想整合而成为后世诸子追捧的黄金时期，这是礼乐由原始宗教文化演变为政教伦理文化的时期，乐教牢牢地占据意识形态领域的中心地位；第二阶段是春秋战国的“礼坏乐崩”，在此背景下兴起的诸子之学以礼乐秩序的重建为其政治思想的最后归宿，以孔子为代表的儒家对礼乐进行了理论总结，使之进一步伦理道德化、人间化，这是诗教、礼教兴盛、乐教衰退的时代；第三阶段是汉代的“礼乐复兴”，有汉一代思想的主流一直在礼乐的兴衰之间反复拉锯，这是杂糅诸子思想形成的新的礼乐传统，学术信仰与政治的高度结合使之最终帝国意识形态化，礼教与诗教互相渗透结合并开始占据意识形态话语的霸权地位，乐教彻底破产。简言之，乐教兴盛于三代，诗教和礼教自春秋兴起后不断壮大，到汉代达到鼎盛，当然，这仅仅是相对于主流意识形态的表现而言的。

夏商两代关于乐教的记载，可考者甚微，除前文所引的《尚书·尧典》中舜命乐正夔“兴乐”的记载外，《礼记·明堂位》中记载商代乐教设施：“瞽宗，殷学也。”郑玄注：“瞽宗，乐师瞽蒙之所宗也，古者有道德者使教焉，死则以为乐祖，于此祭之。”① 商代瞽宗乐师是乐教的实施者，基于乐在崇尚巫术祭祀的商代思想文化系统中的显赫地位，设立专门的乐教机构是完全可能的。我们根据《诗经·商颂》和出土的鼓、磬、钟、埙、龠等乐器可知，商代已经形成了完整的以打击乐器为主、吹奏乐器为次的器乐系列②，这表明商代已经具备了相当成熟的乐教系统。殷周之际思想文化的一个巨大变化就是人的信仰由宗教的世界坠入人文的世界。西周第一次出现“天”的概念代表了人神世界的根本分离，因“天命靡常”，故“以德配天”，赋予原始宗教之“天命观”以道德的意味，建立了《尚书·周书·泰誓》中所谓“天视自我民视，天听自我民听”③，即以民众意志为中心的具有强烈理性色彩的政治思想观，使古老的礼乐传统在一定程度上摆脱了宗教的超验神权论。虽然周代仍然保留了一些传统宗教的形式，但其实质性的东西已经是道德化、

① 阮元校刻:《十三经注疏》，第1491页。

② 参见杨荫浏:《中国古代音乐史稿》，人民音乐出版社1980年版，第23—27页。

③ 阮元校刻:《十三经注疏》，第181页。

人文化了。对此，梁漱溟先生《以道德代宗教》认为：“自古相传未断之祭天祀祖，则须分别观之，在周孔教化未兴时，当亦为一种宗教，在周孔教化既兴之后，表面似无大改，而留心辨察实进入一特殊情形了。质言之，此后之中国文化，其中心便移到非宗教的周孔教化上，而祭天祀祖只构成周孔教化之一条件而已。”① 这也是梁氏“中国以道德代宗教”之说的根据。

夏商两代整个社会的意识形态笼罩在充满神秘色彩的原始宗教的巨大阴影中，《礼记·表记》：“殷人尊神，率民以事神，先鬼而后礼。”② 殷人崇信鬼神，凡事都要卜问鬼神而后定，其政治的中心关注的是人与神之间的关系，因此在本质上属于原始宗教文化。相对而言，西周则是乐教的政治化时期。《礼记·表记》：“周人尊礼尚施，事鬼敬神而远之。”③ 虽然周人承殷，仍然将礼乐的主要用途定义在祭祀，但已经采取了“事鬼敬神而远之”的更为理性的态度。周公的“制礼作乐”的意义在于：一方面扬弃了殷人乐教思想中浓厚的宗教因素，以“亲亲”“尊尊”的理性原则对传统思想资源进行了系统化、完备化和规范化的整合，其中包括源于父系家长制的宗法制、传统的血缘认同意识以及以传统巫术仪式和宗教信仰为内在支撑的乐制，制定出一套极具人文色彩和政治实效性的礼仪制度，从而给予乐教一种政治体制的规定和权力的保护，使之成为保障上层建筑诸要素实施的主要手段；另一方面极大地扩展了礼乐的功能，从夏商时期仅仅用于宗教祭祀扩展到社会人事的各个方面，涵

---

① 曹锦清编选：《儒学复兴之路——梁漱溟文选》，上海远东出版社 1994 年版，第 190 页。

② 阮元校刻：《十三经注疏》，第 1642 页。

③ 阮元校刻：《十三经注疏》，第 1642 页。

盖了从显在的典章制度到内隐的精神道德等各个层面，使之成为整合政治关系、等级秩序、道德伦理和思想感情的新兴思想工具，在完成了乐教之宗教功能向政教功能的转化的同时铸造出一个超越政治力量的超稳定的共同文化体，从而赋予礼乐以新的意识形态品格。

对于乐教功能之转化，我们可以从《吕氏春秋·古乐》中所记载乐的上古发生、发展史中窥见其由宗教转向政教的演变轨迹。在传说中的朱襄氏、葛天氏和陶唐氏时代，乐舞和乐歌的产生与先民的生态环境和生产劳动密切联系着：

> 朱襄氏之治天下也……故士达作为五弦瑟，以来阴气，以定群生。
>
> 昔葛天氏之乐，三人操牛尾投足以歌八阕。
>
> 昔陶唐氏之始，阴多滞伏而湛积……故作为舞以宣导之。①

此处所记载的是在农耕时代初民开垦疆土、祈求丰年的乐歌、乐舞，带有强烈的自然崇拜色彩。黄帝、颛顼、喾、尧、舜时期乐舞、乐歌和乐器的产生则明显地与宗教祭祀密切关联：

> 帝颛顼生自若水……以祭上帝。
>
> 帝喾命咸黑作为声歌……乃以康帝德。
>
> 帝尧立……乃拊石击石，以象上帝玉磬之音……以祭上帝。

---

① 吕不韦著，陈奇猷校释：《吕氏春秋新校释》，第287—288页。

舜立……以明帝德。[1]

此处反映了氏族共同体以天神崇拜和祖宗崇拜的方式来增强文化上的认同意识并以此实现人神合一的原始宗教理想。夏禹、殷汤、周文王三代之乐是典型的“王者功成作乐”，鲜明地体现着炫耀文治武功的政教观念：

> 禹立，勤劳天下，日夜不懈……于是命皋陶作为夏籥九成，以昭其功。
>
> 殷汤即位……率六州以讨桀罪。功名大成……以见其善。
>
> 武王即位，以六师伐殷……乃命周公为作大武。[2]

这里既有歌颂夏王朝开国君主大禹治水成功的《大夏》、颂扬商开国君主成汤率六州诸侯征讨夏桀并取而代之的《大濩》，又有记载武王伐纣战争全过程的《大武》。乐歌、乐舞作为王权威慑力和绝对权威的象征，其制作并展示的目的在于通过树立新君主的权威达到对新政权的肯定和张扬，带有明显的英雄崇拜色彩。

毫无疑问，乐教的鼎盛时期在西周，周公旦“制礼作乐”的过程就是“神道设教”的过程。《易・彖传・观卦》：“观天之神道，而四时不忒，圣人以神道设教，而天下服矣。”[3] 圣人通

---

① 吕不韦著，陈奇猷校释：《吕氏春秋新校释》，第288—289页。

② 吕不韦著，陈奇猷校释：《吕氏春秋新校释》，第289—290页。

③ 阮元校刻：《十三经注疏》，第36页。

过神道的教化来建立人间的政教秩序，也即神道落实为人道的过程就是借助礼乐教化的过程，预设的神道就为王道的存在提供理论的来源以及终极的根据，政教合一的周礼就是“神道设教”理论的实践和结果，这是从以宗教为主体的原始意识形态向以政教为主体的国家意识形态发展的必然结论。随着礼的观念逐渐深入人心，加之人文思潮的推波助澜，礼制开始取代过去的天命鬼神的主导地位而成为国家民众之大法，在人们的生活中日益占据重要的地位，所谓“非礼不终年”（《国语·晋语》）①，礼的地位的上升无疑从根本上改变了礼乐文化中礼与乐的比重，这种变化到春秋时发展到顶峰。

春秋时期政治、经济、文化各方面发生了深刻的变化，人的宗教意识已趋淡薄，在周人的德政、保民思想的基础上，“以民为本”“以人为本”等思潮顺着周公制礼的趋向进一步发展。春秋以后，较之以乐，论礼之语既多且精。《左传》中“君子”时时讨论“礼”与“非礼”的界限，论“礼”多达四百六十二次，《论语》谈礼亦有七十五次之多，现存《仪礼》及二戴《礼记》中就更多了。人们开始从各个层面认识礼之功效，就个体而言，礼是人本的表现、道德的表征，所谓“礼，身之干也”（《左传·成公十三年》）②，“且礼所以观忠、信、仁、义也”（《国语·周语上》）③。就社会秩序和国家政治而言，礼具有根本的意义，所谓“礼，国之干也”（《左传·禧公十一年》）④。礼赋予社会以“纪”“纲”，使“君臣、上下、父子、兄弟、内外”

① 左丘明著，韦昭注：《国语》卷七，第170页。
② 阮元校刻：《十三经注疏》，第1911页。
③ 左丘明著，韦昭注：《国语》卷一，第28页。
④ 阮元校刻：《十三经注疏》，第1802页。

（《左传·襄公三十一年》）各安其位，具有“治国安民”的功能，“礼，经国家、定社稷、序民人、利后嗣者也”（《左传·隐公十一年》）[①]。与礼之兴起相反，乐的政教地位在默默地隐退，但西周的政教传统仍然保持着巨大的惯性。在朝廷之上，乐官与史官仍然平行负责其规谏之责，如《左传·襄公三十年》所记载鲁大夫季武子曾感叹晋国人才杰出，“有史赵、师旷、而咨度焉”[②]，史赵是晋国著名史官，师旷是晋国著名乐官，瞽、史在国家政治中具有相同的咨询参政作用。虽然在国家的各种活动中，宗教活动已经降到了次要的位置，但人们仍在习惯上将其看成国家的头等大事，所谓“国之大事，在祀与戎”（《左传·成公十三年》）[③]，宗教的乐歌、乐舞依然存在，如《大夏》仍在一些诸侯国的宫廷中流传，鲁襄公二十九年吴公子季札在鲁观乐，就有《大夏》之舞，观后他情不自禁地感叹：“美哉！勤而不德，非禹其谁能修之？”[④] 可见，虽然春秋战国时期经历了巨大的思想变动，但人们所依据的知识背景仍然是三代以来由巫术仪式和宗教祭祀所构成的乐教信仰系统，支撑理性革命的知识谱系并没有发生根本的变化。

伴随着乐政教地位的改变，其内容亦发生了巨大变化，虽然在朝聘会同的各种礼仪中，礼乐也仍合二为一，但从具体位置及使用情况上看，乐只是礼的补充，依附在祭祀仪式中的乐舞活动处于一种次要的地位。乐逐渐摆脱了王权统治和等级观念的束缚，由对天道、神道的歌唱转为对人道的赞美，开始转

---

① 阮元校刻：《十三经注疏》，第 2016 页、第 1736 页。

② 阮元校刻：《十三经注疏》，第 2012 页。

③ 阮元校刻：《十三经注疏》，第 1911 页。

④ 阮元校刻：《十三经注疏》，第 2008 页。

向对人的世俗情感生活的表达和张扬。随着古乐的衰落，“新声”开始在中原流行起来。修海林先生《古乐的沉浮》认为：“春秋战国时期，音乐生活发生的重大变化是，相对于过去的乐在宫廷，现在是乐在民间；相对于过去行乐在礼，现在是行乐在情；相对于过去乐从雅声，现在是乐从‘新声’（即以郑卫之音为代表的民间音乐甚至包括夷俗之乐）。”[①] 所谓“雅乐”即古乐，是指西周制礼作乐以来与周礼互为表里，在宫廷各种典礼场合使用的歌乐舞蹈，风格古朴典雅、节奏舒缓、中正平和，后世儒家对其推崇备至，郭店楚简的《性自命出》篇：“凡古乐龙心，益乐龙指，皆教其人者也。《赉》《武》乐取，《韶》《夏》乐情。”[②]“新声”是指散落在民间率性的“俗乐”，多为男女恋歌，音调优美，感情热烈，追求感官刺激和娱乐，让人耳目一新，故受到自上而下的喜爱，这对形式上过于平和板滞、内容上偏于伦理说教、表演上重复固定的模式的古乐形成了巨大的冲击。

造成乐教衰落的原因除礼自外部、“新声”自内部的冲击外，乐官的流失客观上也导致了乐教的下移。《论语·微子》中记载了当时鲁国乐官流失的情况：“大师挚适齐，亚饭干适楚，三饭缭适蔡，四饭缺适秦。”[③] 同时，伴随着整个学术的下移，乐教已不只局限于宫廷，更是传播于私学了。《列子·汤问》有薛谭学歌，秦青“抚节悲歌，声振林木，响遏行云”[④] 的记载，

---

① 修海林：《古乐的沉浮——中国古代音乐文化的历史考察》，山东文艺出版社 1989 年版，第 31 页。

② 李零：《郭店楚简校读记》，第 106 页。

③ 阮元校刻：《十三经注疏》，第 2530 页。

④ 杨伯峻：《列子集释》，中华书局 2012 年版，第 169 页。

亦说明乐教的重心从官学转向私学。正因为如此，孔子遂有“正乐”之举，《论语·子罕》：“吾自卫反鲁，然后乐正，雅颂各得其所。”① 以“郁郁乎文哉，吾从周”为理想的孔子力图挽救道衰乐废，提升业已衰微的乐的地位，他不仅将乐与礼对举，而且置乐于礼上，在其“兴于诗，立于礼，成于乐”的人生修养教育中，乐就居于最高、最完美的境地，以乐教为文治教化的主要手段正是夫子思想中颇具人本主义色彩的地方。

“大汉继周”，汉人希望通过发掘西周礼乐模式来树立思想文化之正统地位。在时代政治需求和汉儒的不断努力下，两汉时期的“礼乐复兴”由人文理念再次进入了实际操作阶段。虽然有汉初叔孙通的定礼制乐，也有武帝到成帝一百多年乐府的昌盛，但汉代已经是礼教重于乐教的时期了。主要表现有二。一是董仲舒建构的礼乐观创立了政治与学术信仰高度结合的新帝国意识形态论。对礼的总结始于周公，他用“德”字概括礼，“德”字不仅包括人们的主观方面的修养，也有社会的客观方面的规范。孔子在周公逐渐脱离了“天人之际”的基础上转向“人人之际”，提倡以仁治天下，视仁为纲，礼为表征，使西周业已制度化的礼乐制度在伦理价值和道德规范的支持下获得了普遍的社会意义。此后孟子讲“仁”，荀子讲“礼”，从不同的侧面发挥了孔子的仁学。这一传统延续到汉代出现了一个高潮。董仲舒从理论和实践两个方面强调礼的重要性。首先，他将礼提升到天地本体的高度并明确了礼的基本要求就是建立严格的等级差别和体统，《春秋繁露·奉本》：“礼者，继天地、体阴阳，而慎主客、序尊卑、贵贱、大小之位，而差外内、远近、

---

① 阮元校刻：《十三经注疏》，第 2491 页。

新故之级者也。”[①] 在具体的教化措施上，他明确提出“置明师，以养天下之士”和“天下之士可得而官使”[②] 的政策，第一个将儒家的教育思想落到实处，使学问和道德成为士人的晋身之资，知识与权力之互动关系更加紧密。二是汉代统治者非常重视“三礼”的整理与研究，《仪礼》在西汉时立为学官，《周礼》在西汉末年立为学官，《礼记》成书在汉代，自上而下地推动了礼学的大兴。从“三礼”的传授来看，它们在汉代也得到了很大的发展，“三礼”的传授都与东汉大儒郑玄有关，他作《周礼》注十二卷，《仪礼》注十七篇，并给《小戴礼记》作注，后世礼学的传授，主要是郑学。郑玄致力于经学阐述，注经多用礼的观点来贯穿，注诗也常用“三礼”的内容来解释诗句或诗义，尤其突出礼教的作用，《礼记·中庸》郑注：“为政在人，政由礼也。”《仪礼·冠义》郑注：“重礼所以为国本。”[③] 郑玄明确注经的目的，在于重塑礼乐所体现的等级秩序与和谐精神，由此可见，占据主流意识形态话语权的礼教业已成为诗教原则之内在根据与外在话语范式。

如果说汉以前的礼乐制度是双面刃，一方面依靠“礼”所体现的政治制度与道德规范来维护社会的等级秩序，另一方面借助“乐”，即诗歌、音乐、舞蹈的情感表达方式来维系社会的和谐一致，那么两汉时期，礼已成为贯穿政治体制、日常生活乃至整个社会文化体系的精神支柱，礼教已经超越乐教成为中国古代人伦教化中最重要的一环。我们从现存的南阳汉代石墓

① 曾振宇、傅永聚注：《春秋繁露新注》，商务印书馆 2010 年版，第 201 页。
② 班固著，颜师古注：《汉书》卷五十六，第 2512、2513 页。
③ 阮元校刻：《十三经注疏》，第 1679 页。

画像看，虽然其中存留大量乐舞，如汉代非常流行的盘舞（这在张衡的《七盘舞赋》和王粲的《七释》中都有详细的描述），但乐歌、乐舞中庄严、高尚的宗教、政教成分几乎没有了，而是愈来愈凸显出个人娱乐、抒情的审美特性。虽然现存《礼记》中有《乐记》篇，《史记》中有《乐书》篇，《汉书》中有《礼乐志》，但关于乐教的记录大多是对前代相关文献的照章抄录，表达了时人对古乐理想的一种追忆，其现实政教意义已经微乎其微了。

乐教之为“六艺”先

20世纪30年代末40年代初，马一浮先生在乌尤山复性书院讲学期间，以“讲明经术”“知类通达”为宗旨，对儒家经典进行了全面深入且独到的阐释。基于国学立场，他断定“六艺该摄一切学术”，具体而论，他认为“六艺之教，莫先于《诗》，莫急于《礼》”，并进一步论述：“六艺之道，亦复如是。故言《诗》则摄《礼》，言《礼》则摄《乐》，《乐》亦《诗》摄，《书》亦《礼》摄，《易》与《春秋》亦互相摄，如此总别不二，方名为通。”[①] 湛翁此一论断，基本表达了传统时代学者对于“六艺”之教的普遍认识，即以礼教统摄乐教。究其根源，在传世文献中，乐的资料较之于其他“五经”而言，数量极少，与此相对，礼的资料由于汉代以后礼学大盛，数量极为庞大。因此在古代文献中，常常言礼兼及乐，或礼乐合一言礼，如元代

① 马一浮：《复性书院讲录》，江苏教育出版社2005年版，第174页。

陈澔《礼记集说》卷七引蔡氏释为："礼乐本非判然二物也……知阴阳礼乐之所以为二，又知阴阳礼乐之所以为一，则达礼乐之体用矣。"① 对于上古的乐教传统，除汉代公羊学家从文质的角度加以关注外，古往今来学者少有详加考察者。加之受近代以来西学概念的影响，在传统学术的各个领域研究中，人们更容易认同汉代以后由于礼与乐、官制、法律的界限分梳而形成的礼仪概念，学者们往往比较重视自周初"制礼作乐"到春秋"礼坏乐崩"逮至汉代"礼乐复兴"以来礼的演变过程。时下所见的哲学史、思想史、文学史和音乐史论著中，学者大多认为，礼教于"六艺"传统中最为重要，礼与乐的关系为礼主乐辅。

但问题的复杂之处在于，考察上古礼乐传统及其衍生的"六艺"之学、诸子之学乃至汉代经学，可以发现，"六艺"之教的发展并不平衡，无论是从起源意义上还是从信仰建构及政教价值上考察，乐教不仅具有最为悠久的历史，而且在古代政教制度和古人精神生活中曾经占据了极为显赫的地位。它所统摄的乐语、乐舞、乐歌系统，以最为完整的理论形态居于先秦时期意识形态话语的中心地位，并在传统时代保持了长期的独尊地位。近世以来大量的考古材料，尤其是我国境内近百处与古乐有关的史前遗址的发现，使我们不但可以从中确切地看到上古丰富的乐史，还能透过这些材料研究当时的历史政治和社会文化状况，这就为重新理解古代乐教提供了新的视野。

有鉴于以上所识，笔者在"六艺"之教中，重点辨析了乐教与礼教在起源意义、本质特征和精神品格上的不同，由之论及乐教在先秦两汉宇宙论和宋明理学本体论建构中的意义，在

① 陈澔注，万久福整理：《礼记集说》，凤凰出版社 2010 年版，第 296 页。

此基础上，提出“乐教之为六艺先”的命题，祈请方家教正。

在展开论题之前，须辨明一个前提性的问题，即“六艺”之教的传统。上古关于“六艺”的说法有二：一是礼、乐、射、御、书、数六种实用技能；一是《诗》《书》《礼》《乐》《易》《春秋》之“六经”。汉代以后的“六艺”大都指“六经”。以“六艺”为教化的传统源于三代，《国语·楚语上》中有春秋中叶大夫申叔关于“教之《春秋》”“教之《诗》”“教之《礼》”“教之《乐》”“教之训典”的议论。逮至春秋晚期孔子的论述就更完善了，《礼记·经解》中有孔子关于“六艺”特点及得失的评价：“入其国，其教可知也。其为人也，温柔敦厚，诗教也。疏通知远，书教也。广博易良，乐教也。洁静精微，易教也。恭俭庄敬，礼教也。属辞比事，春秋教也。故诗之失愚，书之失诬，乐之失奢，易之失贼，礼之失烦，春秋之失乱。”① 在古人的文化视野中，“六艺”是礼乐文明的产物，其中保存了大量三代的政治制度和思想文化传统，它们是诸子百家形成的共同知识背景，中国早期学术思想的产生就是以此为核心展开的。这些著作经过春秋诸子的传习，尤其是儒家的整理与传授，发生了本质的变化，形成了一套新的知识系统，逮至战国秦汉，构成了后世经学主体的“六艺”之学。

作为三代礼乐传统的有机组成部分，“六艺”同源共生，涵盖了古代政治制度、宗教信仰、人文教化的各个方面，在传统时代的社会生活中发挥着重要的主导作用。“六艺”之中，对于古代人文传统的形成影响最大的莫过于乐教、礼教、诗教。三者在相当程度上是相辅相成、浑融一体的，在精神品格、价值

---

① 阮元校刻：《十三经注疏》，第1609页。

取向上也是大致相同的。对古人而言，学乐与学礼、学诗实乃同一学问。在各种礼仪中，合乐、行礼、用诗是交替进行的，故而顾颉刚先生认为："从西周到春秋中叶，诗与乐是合一的，乐与礼是合一的。"① 因此，将三者分梳开来加以论述，本身是困难的。但我们同时也应该明确地认识到，三者的关系，受制于礼乐在不同时期发展的制约，政教地位不同，对思想文化的影响也就自然不同。尤其是春秋以后的教化传统中，礼教作为核心，从内在规定了乐教、诗教的原则，乐教、诗教遂成为辅助礼教的特殊手段。相对而言，诗教更多地受到乐教、礼教的精神沾溉。诗乐同源，乐教所具有的特征和规范也就自然移植到诗教活动中，因而两者具有相同的情志因素、政教功能和审美品格。从西周到春秋，随着乐教的衰落、礼教的兴盛，用诗活动中以礼教为旨归的"义用"原则逐渐代替了以乐教为旨归的"声用"原则，因而礼教的若干精神品格也就用于规范诗教，尤其是在汉代以后的经学视野下。

"六艺"之教中，除实用性的知识外，属于精神领域且与人文教化联系得最为密切的是乐教、礼教和诗教。三者之中，出现得最早的当属乐教，它居于三代"王官之学"的首位，这是西周以来人们的共识。据《晏子春秋·内篇·谏上》的记载，景公夜听新乐而不朝，晏子谏曰："夫乐亡而礼从之，礼亡而政从之，政亡而国从之。"② 与其同时代的孔子，不仅将乐教、礼教、诗教作为一个整体加以考察，而且视乐教为教化的最高境

① 顾颉刚：《诗经在春秋战国间的地位》，《古史辨》第3册下编，第366页。

② 吴则虞：《晏子春秋集释》，中华书局1982年版，第24页。

界，如《论语·泰伯》："兴于诗，立于礼，成于乐。"[1] 又《礼记·孔子闲居》："志之所至，诗亦至焉。诗之所至，礼亦至也。礼之所至，乐亦至也。"[2] 对于《孔子闲居》中无《书》《易》《春秋》，《经解》篇孔疏曰："其书、易、春秋，非是恩情相感，与民至极者。"[3] 这与《乐记》中"乐著大始而礼居成物"的思路大体相同，意在指出乐是原始时代自然的产物，礼则是文明时代人文的产物。

对于乐教的本质特征与精神品格，孔子及后学做出了重要的理论贡献。以《左传》《易传》《周礼》《吕氏春秋》《礼记》为代表的典籍，明确了乐教在"三才"、阴阳五行阐释系统中的意义。其中《礼记》的系统梳理及理论构架极具价值，它不仅细致地区分了礼与乐不同的特征以及两者之间的异同关联，而且运用"三才"和阴阳五行论阐释乐教之本源，由此建立了古人思想文化视野中最大的宇宙解释系统。《礼记·乐记》："乐者，天地之和也。礼者，天地之序也。""乐者为同，礼者为异。同则相亲，异则相敬。乐胜则流，礼胜则离。""乐由中出，礼自外作。乐由中出故静，礼自外作故文。""礼者殊事，合敬者也，乐者异文，合爱者也。""仁近于乐，义近于礼。""乐由天作，礼以地制。过制则乱，过作则暴。明于天地，然后能兴礼乐也。""乐也者，情之不可变者也。礼也者，理之不可易者也。"《礼器》："先王之制礼也以节事，修乐以道志。"《郊特牲》："乐由阳来者也，礼由阴作者也，阴阳和而万物得。"《礼

① 阮元校刻：《十三经注疏》，第2487页。
② 阮元校刻：《十三经注疏》，第1616页。
③ 阮元校刻：《十三经注疏》，第1610页。

记·仲尼燕居》："礼也者，理也。乐也者，节也。"[①] 据此，朱光潜先生曾经将乐之特征归纳为和、同、亲、阳、中、静、仁、爱、道志、情之不可变；将礼之特征归纳为节（序）、异、尊、阴、外、文、理、义、敬、节事、理之不可易。简言之，乐贵和由中出，阳作天作而尚质，质家"亲亲"，多仁朴质爱，乃自然天成之情；礼主别由外作，阴作地制而尚文，文家"尊尊"，多礼文义节，乃人为修养之理。故而在早期儒家的理想中，乐的境界高于礼的境界[②]，这在孔子的思想中就体现得颇为明显。

在儒家的一贯理念中，乐源自天地，与阴阳五行之间有着神秘又神圣的关联，除上文所引《礼记》外，《吕氏春秋》对于乐教的论述也颇为系统。在仲夏、季夏二纪中有七篇论乐的文字，将五音、十二律与月令、五行相配，使乐论成为其庞大的宇宙知识系统中的重要组成部分。如《大乐》："凡乐，天地之和，阴阳之调也。"又《音律》："大圣至理之世，天地之气，合而生风，日至则月钟其风，以生十二律。"[③] 古人认为，乐之象，分为五声与十二律，五声表音程，是指宫、商、角、徵、羽，十二律表音调高低，分为阴阳两类：黄钟、太簇、姑洗、蕤宾、夷则、无射属于阳律，称为"六律"；大吕、夹钟、仲吕、林钟、南吕、应钟是阴律，称为"六吕"。在古人的文化视野中，乐之五声十二律及其有规律的搭配，可以作为天道、阴阳、四时、五行、五方、五常的表征，其间互通互感，相辅相应。凡自然社会的一切情形，如生老病死、人事祸福、道德伦常、政

---

① 阮元校刻：《十三经注疏》，第 1529—1537、1441、1446、1614 页。

② 朱光潜：《乐的精神与礼的精神——儒家思想系统的基础》，《思想与时代月刊》第 7 期（1942 年 2 月）。

③ 吕不韦著，陈奇猷校释：《吕氏春秋新校释》，第 259、328 页。

事兴衰、日月更迭、云雨施行、山川草木、鸟兽虫鱼，均可见于乐所构成的世界中。故宋人朱长文《琴史·释弦》云："达于乐者，可以见五行之得失，君臣民事物之治乱，五常之兴替，五事之善恶，灼然可以鉴也。"[①] 这业已成为古人的一种普遍认同了。

诸子思想，相生相因，同源互补，无论是三代乐教传统的捍卫者儒家，还是怀疑者道家，都以不同的方式显示了对乐的高度重视。在道家的宇宙本体论建构中，乐也是重要的质素。我们从《老子》中"五音"与"大音"范畴的对峙以及《庄子》对"天乐""至乐"的追求可以看出，他们不仅将乐之本源追溯到天或道，赋予其更多形上的意义，而且从历史的起源处颠覆了乐教之意识形态品格，对乐的意义进行了重新定义。老子"道法自然"，认为人为的"五音"，破坏了质朴而纯真的本性以及自为自化的秩序，只有具有道之属性的"大音"才是最大、最美的，其"大音希声"的论断业已摆脱了三代乐教的政教色彩。庄学论乐，旨在超越世俗政教之乐、感官之乐而追求一种超越之美。《庄子·天道》中认为"钟鼓之音，羽毛之容，乐之末也"，只有"须精神之运，心术之动""与天和者，谓之天乐"，方能寻得乐之本源，才能达到《天运》所谓"无言而心悦"的审美境界。《天运》篇中借黄帝之口谈乐的三个层次，最后点出"天乐"与道之间的关系："乐也者，始于惧，惧故祟；吾又次之以怠，怠故遁；卒之于惑，惑故愚；愚故道，道可载而与之俱也。"[②] 此一思想，《庄子》一书中多有论及，如《天

① 朱长文：《琴史》，中国书店 2016 年版，第 3 页。

② 郭庆藩撰，王孝鱼点校：《庄子集释》，第 512 页。

道》云："言以虚静推于天地，通于万物，此之谓天乐。"《田子方》引老聃曰："夫得是，至美至乐也。得至美而游乎至乐，谓之至人。"① 庄学所谓"天乐"，是自然而然、无声无形的，是超越了一切天地人事、阴阳万物，真正具有"道"之属性的"方外"之乐。

相对于先秦两汉宇宙论的外化路径，宋代以后，乐教理念出现了明显的内化转向。作为儒学的哲学形态，理学致力于本体论探究，以此抗衡精致的佛教哲学思想。在理学家的形上建构和圣人理想中，乐作为一个重要范畴，是指万物一体、天地合一的本体体验。如同蒙培元先生所言："中国哲学所说的乐，是内心的自我体验，也是一种人生境界。它以主客合一、内外合一为其根本特点，同时又具有主体内在性的明显特征。"②

追根溯源，对于内在之乐的追求，是孔子以来儒学的一贯传统。《论语·雍也》云："知之者不如好之者，好之者不如乐之者。"③ 在这里，孔子谈论的是为学问道的三个层面，"知之者"偏于知识论层面，"好之者"偏于价值论层面，"乐之者"则偏于自我体验及人生境界层面。前两者重在"外"的探索，但这对于人生来说，并不是最重要的；后者重在"内"的追寻，这就引向人生最为基本、深层的本体。孔子所论及的三部曲，体现了从现实到超越、从当下到永恒的步骤，为成圣、为学指引了方向。这体现了包括孔子在内的中国早期思想家的一般倾向，既不曾斩断与现世社会相关的实际日用的一面，又不曾放

① 郭庆藩撰，王孝鱼点校：《庄子集释》，第467、711页。

② 蒙培元：《中国哲学主体思维》，东方出版社1993年版，第83页。

③ 阮元校刻：《十三经注疏》，第2479页.

弃纯粹的想象与超越的立场。对于孔子乐教思想中所蕴含的内外两个维度，后学进行了系统的阐发，大体有两种致思的路数：向内探索，明心见性到本体论；向外探寻，从宇宙本体到社会功利。前者由子思而孟子而《中庸》，后者由《易传》而荀子而《礼记》。

孟学进一步将乐之体验内在化、本体化，提出“君子有三乐”。《孟子·尽心上》云：“君子有三乐，而王天下不与存焉。父母俱存，兄弟无故，一乐也；仰不愧于天，俯不怍于人，二乐也；得天下英才而教育之，三乐也。君子有三乐，而王天下不与存焉。”[①] 孟子认为，君子得此“三乐”，可以放弃“王天下”。此一论断重在本体之乐，偏于考察乐之内在根据，即家族伦理、仁义本性及人伦教化，这与所谓“反身而诚，乐莫大焉”的思路是相同的，只有返回内心，实现心中之诚，才能真正达致乐的体验。孟学的另一贡献，是关于乐教与圣人德行关系的论断。《万章下》中有对孔子“金声”“玉振”而“集大成”的赞誉。与此相似的说法，亦见于郭店楚简《五行》篇：“君子之为善也，有与始，有与终也。君子之为德也，有与始，有与终也。金声而玉振之，有德者也。”[②] 与此相关的说法，也见于《礼记·乐记》，“乐者所以象德也”“故观其舞，知其德”“天下大定，然后正六律，和五声，弦歌诗颂，此之谓德音。德音之谓乐”[③]。由此可知，乐能使人浸润于天德化育之中，复返本始之善，因而在儒家的理念中，乐教是陶冶伦理道德，培养高尚

---

① 阮元校刻：《十三经注疏》，第 2766 页。

② 李零：《郭店楚简校读记》，第 79 页。

③ 阮元校刻：《十三经注疏》，第 1534、1540 页。

情操最重要的手段，乃“成圣成德”的必经阶梯，故而“金声玉振”作为夫子德行的表征，乃最高的精神境界。

孔子留下的两个命题“孔颜之乐”“吾与点也”，成为理学家最为推崇的内圣境界，也成为他们形上建构中的重要本体境界论。北宋初年，范仲淹、欧阳修开始从社会角度谈乐，尤其是范仲淹所言“先天下之忧而忧，后天下之乐而乐”，更是凸显了道德人格的维度。尔后周敦颐正式从心性本体与天人合一的角度谈乐，根据《河南程氏遗书》卷二、三的记载，周子“每令寻颜子、仲尼乐处，所乐何事”。又云：“某自再见茂叔后，吟风弄月以归，有‘吾与点也’之意。”[①] 周子论乐，具有完整的理论形态，此乐与宇宙本体合一，与天地变化合一，业已超越自我，超越社会伦理，达致物我两忘、天人一体的境界。其后程颐作《颜子所好何学论》，认为“正其心，养其性”“约其情始合于中”，才能达到圣人境界，体验到圣人之乐。在朱熹看来，所谓颜子之乐，并非乐贫，乐与贫贱富贵不相干，乐是心灵自身之事，颜子之乐，能够做到“私欲克尽”，曾点之乐，达致“胸次悠然，直与天地万物上下同流，各得其所之妙，隐然自见于言外”，在这样的境界中，“在在处处，莫非可乐”[②]，这业已是一种飘逸洒落、超然物外、非语言所能及的最高境界了。

对于颜子乐处，王阳明《传习录》中明确判定为：“乐是心之本体，虽不同于七情之乐，而亦不外于七情之乐。虽则圣贤别有真乐，而亦常人之所同有。但常人有之而不自知，反自求

① 程颢、程颐著，王孝鱼点校：《二程集》，中华书局1981年版，第16、59页。
② 黎靖德编，王星贤点校：《朱子语类》卷四十，中华书局1986年版，第1026页。

许多忧苦，自加迷弃。虽在忧苦迷弃之中，而此乐又未尝不存。但一念开明，反身而诚，则即此而在矣。”[1] 他直接把乐说成心本体，与良知合而为一。不过，所谓本体之乐，是天人一体、内外一体之乐，并不是离开七情之乐，它既在七情中表现，同时又超越了具体的七情。对于内在之乐的追求，宋人罗大经《鹤林玉露·忧乐》中归结：“夫子有曲肱饮水之乐，颜子有陋巷箪瓢之乐，曾点有浴沂咏归之乐，曾参有履穿肘见、歌若金石之乐。周、程有爱莲观草、弄月吟风、望花随柳之乐。学道而至于乐，方是真有所得。”[2] 在理学家眼中，乐之境界，是道德本体的自觉呈现，是绝对完美的至境。

乐教与中国文论的发生特征

古代文学思想之形成，不仅仅是对文学存在的反思判断，而且涉及颇为复杂的历史文化经验及价值意义，尤其在中国文论的发生期，巨大的思想传统作为先在之知识资源在相当程度上规定了文学思想的视野与方向，因此我们无法将文论的萌生与渐次成熟从具体历史语境中抽象出来。我们认为，脱胎于巫卜文化的乐教以“报本反始”之宗教情愫、“象德”之政教诉求、“尽善”之道德理想、“尽美”之审美追求以及“好古”之乌托邦色彩统摄了三代以来意识形态的各个层面，是传统价值

① 王守仁著，吴光等编校：《王阳明全集》，上海古籍出版社 2015 年版，第 61 页。

② 罗大经撰，王瑞来点校：《鹤林玉露》卷之二丙编，中华书局 1983 年版，第 273 页。

中最核心的思想资源之一，也是中国文论发生期的主要知识背景。它不仅催生了原始音乐、舞蹈、诗歌等艺术门类，而且在思想传统上开启了文论之意识形态品格、历史品格及审美品格。

诗、乐、舞同源，文论源于乐论，这早已是文学史及文论史研究上的定论了。乐教之意识形态品格使中国文论自产生伊始就带有显著的宗教基因与政教色彩。以咒语、祷辞、乐歌和乐舞构成的乐教系统，作为沟通天地、神人之信仰载体，是先秦时期最为成熟的文化形态，其制度化、程式化的实施从内在决定了古人的知识构成、行动方式与价值取向，对史前文化观念的形成有很大的催生作用。三代及史前的艺术活动，笼罩在巫风盛行的乐教氛围中，祭祀中的娱神歌舞、咒语、祷辞是诗歌、韵文产生的直接源泉，与此相关的大量神话、传说也为文学的萌生及发展提供了丰富的素材与滋养。涵泳于乐教之意识形态品格，古代文学思想中形成了以政教为首要价值判断标准的传统。对于文学的理解，先秦时期少有以文学为独立对象进行专门化思考的，古代思想家关怀的中心是人之存在及社会价值问题，文学只有在关涉到此一中心问题时，才会以工具性的地位加以讨论，文论中诸多命题、范畴均由此一思想传统辐射而来。先秦时期的政教论有两个向度：一为自上而下的乐教和晚出的礼教、诗教及其衍生的“诗言志”“思无邪”“雅正”“尽善尽美”“温柔敦厚”“文以载道”等主流性命题；一为自下而上的“美刺”“讽喻”等边缘性批评范式。政教中心说是中国文论发生时期最早成熟的一种批评观，其思维方式、批评标准以及对自然、人生的理解业已成为文学思想中极其重要的内核。但纯以意识形态立论，将礼乐政教视为理解和阐释人的全部社会存在的唯一标准，使文学思想长久地作为派生物而存在，延缓了文学作为一门独立艺术的自觉，推迟了独立文学观念的形成与发展。

乐教作为一个始终高悬在三代乌托邦想象中的思想传统，其深厚的历史意识和浓厚的理想色彩极大地刺激了古代思想体系中尊古历史传统的形成，并使中国古代文学思想产生伊始就呈现出强烈的复古倾向。三代奠定了中国古代以礼乐伦教为主导的政治统治模式，寓礼乐于教化中，以仁义教人，将其内化为修己之道，外化为治人之政，以达到“亲亲”与“尊尊”、政权与民间的和谐，这正是乐教之精髓。在古代思想家的文化视野中，三代之所以为中国历史上代表理想政治的象征符号，其原因就在于乐教充分发挥了自身的意识形态统摄功能，代表了思想、制度和文化真正的大一统而成为古人实现政治理想最完美状态的必由之路，因而其价值取向受到了处于思想交锋中的先秦诸子的普遍认可。先秦诸子在塑造上古帝王的伟大人格、建构中国道统系络、探索社会改良方案及实施路径以回归他们的政治理想时，都坚信上古存在一个乌托邦的完美的社会形态，并由此转化为真诚的信仰，对其极尽美化之能事。

儒家“祖述尧舜，宪章文武”，以复兴礼乐为己任，从孔子到孟子已见道统雏形，对三代的推崇自不必言，即使对礼乐传统持有深刻怀疑与诸多批评的墨家、道家、法家也不乏对乌托邦社会的想象。墨家“背周道而用夏政”，道统建立，不遗余力，推崇“兼相爱交相利”的“先圣六王”，将他们的理想国上溯到更早的尧舜时代；道家复古更为彻底，老学“小国寡民”的黄金时代，是早于三代人为秩序之前更质朴的自然秩序时代，庄学思想中也充满了对“至德之世”的想象；法家思想虽庞杂，但《商君书》梳理了三代的历史谱系，《管子》描述了乐教的政教功能，《韩非子·五蠹》亦隐晦地认可了人类黄金时代的存在。由此可见在诸子思想中，存在着普遍的尚古情结，在他们看来，人类起初都有无限美好的黄金时代，尔后便日趋堕落，一代不如一代了，因此在价值取向上势必以古为依据，这是一种地地道道向后看的乌托邦，这种认识论原则必然导致复古历史意识的蔓延，这是中国古代思想史上最为主流的乌托邦形式，它对于古代政治文化心理以及人文价值理念都发生了重要的影响。

萌生于乐教传统的尚古意识直接影响了古代思想体系中复古风气的盛行，并使中国传统文化乃至文学观念都呈现出极其浓郁的乌托邦色彩。从孔子“述而不作，信而好古”开始，历代批评家无不以继承古代文学思想、表现手法、风格和体例为天职。从汉代今文经之谶纬，唐宋“古文运动”，到明清经学之注疏，再到清末龚自珍、魏源、康有为等“托古改制”，要么是尊道统而复古，要么是假复古之名行变革之实，无不借古人之名抒己心志。文学思想史上的复古大约有这样几层意思：在价值层面上，以复古、尚古为正统，以趋新、尚奇为末流；在思想内容上，重振儒家礼乐传统及其孕育的文学观念，是古代文学思想的主流，表现为重道德内涵而轻技巧，尤其强调作品内容与创作主体道德情性之关联；在语言形相上，力倡先秦质朴之风而反对汉魏以后浮华之气，在文质不能兼备时，宁舍文而取质；在思维模式上，习惯于文史互证，以诗乐观治、观史或以史观诗乐，并形成“诗可以观”“采诗”“诗亡”“变风”“变雅”等传统；在文学发展观上，形成了以“复古”和“通变”为代表的两种相对的文学史观。综观一部中国古代文学史，就是在古与今之间反复拉锯展开的，细观中国文学史上各种文学观念，不论提出目的何在，多少都带有复古或反复古的理论色彩。这不仅促使了文学批评史上重质轻文、贵古贱今、“文以载道”等政教品格的形成，同时亦是“原始表末”“格以代降”“用事”等思维模式乃至文质、言意、雅俗、古今、美善等范畴具有相同价值取向之缘由。长久浸淫于尚古意识中的文论研究，在思想传承上，多重学术积累而少原创，多量的积累而少质的突破，多借古人旧概念的权威性来树立新内容的合法性，少有超越旧概念基本内涵而另立门户者；在研究范式上，多重视社会政治、历史文化等外在因素而忽略内在的文学性，尤其忽视对个体创作经验之深切体察；在知识工具上，偏重从音韵、文字、训诂、订补、校勘、辨伪、辑佚角度进行原典考证，故而一方面表现为文论范畴质地的稳定与丰富，另一方面则表现出学术视野的窄义化与知识工具的局限性。

道家的审美理论是对儒家乐教艺术观的重要补充。老子以“五音”与“大音”对举，认为人为的“五音”，破坏了质朴而纯真的本性以及自为自化的秩序，只有具有道之属性的“大音”才是最大、最美的，其“大音希声”的审美观从历史的起源处颠覆了乐教之意识形态品格。庄学论乐，旨在超越世俗政教之乐、感官之乐而追求一种超越之美，从庄学由“道”生“天乐”“至美”“至乐”及“至人”的思维理路看，所谓“天乐”已经超越了一切天地人事、阴阳万物，是自然而然、无声无形、真正具有“道”之属性的“方外”之乐。唐君毅先生在《中国文化之精神价值》中认为：“庄子之言天机之动、天籁之行，咸其自己，不相为碍，谓天地有大美而不言，其所谓真人至人之生活中，涵天乐在，则其人生之理想境，实亦一种游心宇宙之艺术生活，而为遥契古代乐教之精神者。化人间之乐教为天地间之乐教，而倡之于世者，庄子也。”① 庄学论乐，旨在超越世俗的政教之乐、感官之乐而追求超越之美，因而更具审美的艺术品格，乃真正领悟乐教之精神者。道家倡导顺乎自然、天生化成的艺术体验，在无功利的自由观照中获得精神之愉悦，与美学、文学之审美精神不乏契合之处，这种思想自然就将古代艺术创作引向空灵悠远的意境追求中，对文学创作和鉴赏理论的影响至为深远，诚如郭绍虞先生在《儒道二家论“神”与文学批评之关系》中评价：“儒家虽多论文之语而意旨切实，不离于杂文学的性质；道家虽不论文而其精微处却转能攫得纯文艺的神秘性。”②

中国文论的发生时期，文学思想走的是一条没有外来文化影响的原生化道路，三代礼乐传统及其衍生的诸子之学是中国文学的源头，在精神层面上长久地影响了文学思想的基本特质与价值取向。由乐教的思维路径追溯中国文论之发生特征，不仅能使我们对文论生成的历史语境及美学特质获致本源性的理解，而且有助于一些相关问题的研究，如礼乐传统演变中理性精神的早熟导致乐教精神的过早衰亡，并在相当程度上遮蔽了礼乐传统与原始巫术宗教在发生意义上的关联，由此形成了文学传统中神话品格缺失、宗教意识淡薄、人伦道德感沉重等特质。因此对其进一步研究也是非常有意义的。

---

① 唐君毅：《中国文化之精神价值》，台北正中书局 1978 年版，第 64 页。

② 郭绍虞：《照隅室古典文学论集》上册，上海古籍出版社 1983 年版，第 132 页。

礼

从字源学的角度看，虽然“乐”字较“礼”早出，且在巫卜文化时代占据了重要的政教地位，但自文明时代以来，礼在国家政治、民众生活中的地位确乎是远远胜过乐的。它涉及祭祀、宴享、朝聘、征伐、婚冠、丧葬等社会生活的各个方面，被视为经国家、定社稷、序民众的绝顶紧要的东西，成为上层建筑中重要的组成部分。仅夏、商、周三代，礼制就延续了近两千年，虽然随着等级制度的解体，春秋礼制崩坏，但礼制传统的巨大思想惯性对秦汉以后中国社会思想传统乃至当今社会，仍存在着潜移默化的内在影响。礼教之所以能够在历史过程中长盛不衰，其根本的原因在于：作为一种外在的政治体制保障，礼制在国家意识形态建构中具有重要的作用；作为思想传统与宗教信仰，礼教可以解决诸多人生内在的问题，无论是其慎终追远的宗教情结，为灵魂安顿、心灵慰藉所带来的归宿感，还是别上下、明贵贱的社会身份认同意识，都可以在礼教的框架下实现真正意义上的思想文化整合，因此，礼制与中国古代文明可谓形影不离，同生同长，在思想文化史上产生的影响也无能与之比肩者。

从历史来看，礼教的内涵不仅是多重的，而且是发展的，存在着发生意义、本质意义、衍生意义等不同层面的差异。礼教传统源于三代文化，是先哲面对人的社会实际存在境况，在对政治伦理、道德情感反省的基础上进行的制度性建构与理论总结。礼教对中国思想文化之影响既深且重，而今人对于礼教的认识已相当被遮蔽了。中国近现代以来社会思想之剧变，既源于明清以来思想内部的变异，更是 19 世纪末 20 世纪初内忧外患、天崩地裂所导致，在内外合力之下，中国古代知识系统崩溃，又经过百年来数次思想革命的洗刷，加之知识工具、理论范式的局限，我们对于三代礼乐及教化传统的认识已经相当隔膜了，而所谓礼教吃人的观念更是深入人心。梁漱溟先生在《东西文化及其哲学》中检讨宋以后礼教的负面影响："宋以后所谓礼教名教者又变本加厉，此亦不能为之曲讳。数千年以来使吾人不能从种种在上的威权解放出来而得自由；个性不得申展，社会性亦不得发达，这是我们人生上一个最大的不及西洋之处。"① 梁氏此言确系平实之论。让礼教从五四以来的界定中释放出来，回到其观念生成的原初文化语境及本身变迁进程中去获致各个时期相应的含义，在此基础上，阐释其在思想史上的正负价值及其对文学传统形成的影响，是我们今天研究的意义所在。

释"礼"

综观中国古代历史，礼的发展经历了漫长的阶段，它是一定社会化的产物，是一定的宗教文化观念的产物。其起源可以追溯到先民自然崇拜、图腾崇拜、生殖崇拜和祖先崇拜等原始宗教信仰活动中的各种仪式，如《礼记·礼运》中所描绘的原始祭祀仪式："夫礼之初，始诸饮食，其燔黍捭豚，污尊而抔饮，蒉桴而土鼓，犹若可以致其敬于鬼神。"② 礼仪的出现，不仅是人类自身发展的需要，也是社会发展、道德规范的需要。儒家认为礼不是从来就有的，而是在社会等级分化以后，伴随

① 梁漱溟：《东西文化及其哲学》，商务印书馆 1999 年版，第 156 页。

② 阮元校刻：《十三经注疏》，第 1415 页。

着“天下为公”的“大同”社会的结束和“天下为家”的“小康”社会的到来才出现的。制度化礼制的出现及完善在三代，西周更是以制度化、程式化、无所不包的周礼来代表三代礼乐制度的顶峰。至于“礼”字的出现以及散见于诸子著作中的各种礼论，则体现了古人观念形态和理论高度上的升华，与礼的起源无涉，是较为晚近的事了。东周“礼坏乐崩”成为社会思想发生巨大变革的标志，礼与乐不再由朝廷掌管，即所谓“学在官府”，伴随着学术下移，有关礼乐的知识也不再由礼官、乐官掌握，而是由某些知识分子专门传授，遂出现礼学，以孔子为代表的儒家是礼学的主要倡导者，这就开启了古代学术史上源远流长的礼乐研究历史。

从传世文献的记载来看，虽然成熟形态的礼形成于西周，但在周公“制礼作乐”之前，礼制已经相当完善了。尧舜之时，礼已具备雏形，古人已有“先王制备五礼”的说法。按照《竹书纪年》的记载，太昊庖羲氏“制嫁娶以俪皮为礼”，炎帝神农氏“建明堂”“作下谋之乐”，黄帝轩辕氏“初制冕服”“祭于洛水”，帝颛顼高阳氏“初作历象”“作承云之乐”，帝尧陶唐氏“初巡狩四岳”，帝舜有虞氏“作大韶之乐”，帝禹夏后氏“受舜禅，即天子之位”①。这些都说明在周初“制礼作乐”之前已经有了相当复杂的礼制。宋人王应麟在《玉海》卷六八叙述历代礼制时，提到“伏羲嘉礼”“黄帝五礼”“尧礼”“虞五礼三礼”“虞礼乐制度”“黄帝礼乐制度”等，这些又被清人秦蕙田收入《五礼通考》。虽然这些说法不乏后世比附之嫌，但从历史发展的连续性来看，前贤能意识到这个问题，亦是很有见识的。近

① 沈约注，洪颐煊校：《竹书纪年》，中华书局1985年版，第7页。

百年来的考古资料业已证实，在五帝时期，尤其是较晚的尧舜时代，礼所包含的礼仪、礼器、礼制等若干要素，已经出现或开始成熟了，因此我们完全可以认为，至迟五帝时代是夏、商、周礼乐文明萌芽的起源期。

从历史考古学的角度考察，与五帝时代相对应的，有以山东、苏北地区为中心的大汶口文化中晚期至山东龙山文化，以江浙地区为中心的良渚文化，以辽西地区为中心的红山文化后期至夏家店下层文化，以甘肃西部、青海东部为中心的马家窟文化至齐家文化。在山西襄汾陶寺龙山文化墓地发掘中，考古工作者认为这是一个已经具有礼之雏形的社会。陶寺发掘的墓葬，分大、中、小三类，其中的随葬品呈金字塔比例递减，表明当时已经出现了严重的等级分化。主持陶寺遗址发掘的高炜先生指出："虽然当时并无成文法可循，但（陶寺）确实存在某种约定俗成的'规则'，使贫富、高下、贵贱在墓葬形制和随葬品方面表现得如此判然有别而又井然有序。有关的'规则'，实则是已经并非完全处在萌芽状态的'礼制'。"在对大汶口晚期、龙山文化和良渚文化的墓葬形制、随葬器物群进行分析后，他认为"礼制形成于龙山时代"。作为中华文明固有的特点之一，礼乐制度同城市、文字、金属器、礼仪性建筑等要素一样，是中国进入文明时代的一项标志。①

史学界一般认为，夏启建立了我国历史上的第一个王朝。

---

① 高炜：《陶寺龙山文化木器的初步研究——兼论北方漆器起源问题》，《中国考古学研究——夏鼐先生考古五十年纪念论文集》第2集，科学出版社1986年版；《龙山时代的礼制》，《庆祝苏秉琦考古五十五年论文集》，文物出版社1989年版；《中原龙山文化葬制研究》，《中国考古学论丛——中国社会科学院考古研究所建所40年纪念》，科学出版社1993年版。

以河南偃师二里头为代表的夏代文化遗址，就充分显现了夏代礼制的特点。首先是宫殿建筑群遗址的出土，尤其是被称为“一号宫殿”和“二号宫殿”的两座大型夯土建筑基址，主体建筑由殿堂、廊庑、大门、庭院等部分组成，这种组合、布局和规模，证明当时宫室制度已经形成，作为王权集中体现的城市已经出现。① 参之《考工记》，这与西周所谓的“世室”“明堂”“中庭”“重屋”等建筑造型已经基本相似了。其次是大量礼器的出现，尤其是青铜礼器的大量铸造和使用是二里头文化的重要特征之一。二里头出土了我国目前最早的一件铜鼎，这就使《史记·孝武本纪》和《汉书·郊祀志》中禹“铸九鼎”以及《左传·宣公三年》中“桀有昏德，鼎迁于商”的记载得到印证。青铜器是古代生产力发展到一定阶段的产物，也是政治权力的集中体现，掌握铸造青铜器的技术就意味着掌握了更高级的祭祀权和更大的王权，张光直先生认为：“从本质上说，中国古代青铜器等于中国古代政治权力的工具。”② 夏代青铜礼器的出现，标志着古代礼制的重大飞跃。

商代的历史分为前后两个阶段，早商以偃师商城和郑州商城为代表，晚商以殷墟为代表。偃师商城和郑州商城等大型城邑，是迄今为止最早的具有真正规模的城址。③ 尤其是小双桥遗

---

① 中国科学院考古研究所二里头工作队：《河南偃师二里头早商宫殿遗址发掘简报》，《考古》1974 年第 4 期；《河南偃师二里头二号宫殿遗址》，《考古》1983 年第 3 期。

② 张光直：《中国青铜时代》第 2 集，生活·读书·新知三联书店 1990 年版，第 123 页。

③ 中国社会科学院考古研究所洛阳汉魏古城工作队：《偃师商城的初步勘探和发掘》，《考古》1984 年第 6 期；河南省博物馆、郑州市博物馆：《郑州商代城址试掘简报》，《文物》1977 年第 1 期。

址发掘出的大型祭祀遗迹以及繁多的祭品，对于理解殷人尊神重祭的特性是很好的注脚。[①] 商代出土的青铜器数量繁多，以纹饰华丽，精美绝伦著称于世。以晚期妇好墓为例，其中青铜器有四百六十八件，分为礼器、乐器、兵器、工具及车马器等，礼器数量最多，达二百一十件，有食器、水器、酒器等[②]。青铜礼器又称为“彝”，《说文》释：“彝，宗庙常器也。”[③]《左传·宣公三年》称其“用能协于上下，以承天休”[④]，是古代祭祀权、王权和教权的象征。容庚先生指出：“青铜礼器除供祭祀之用外，还作为一种礼治的象征，作为古代贵族政治的藏礼工具。”[⑤]青铜铸造从夏代铸鼎开始，殷商达到鼎盛，逮至春秋战国之际过渡到铁器时代，大致与三代相始终。郭宝钧先生将青铜器组合分为三个时期：早商至西周早期为“重酒的组合”；西周中期至东周初年为“重食的组合”；春秋战国时期为“钟鸣鼎食”的组合。[⑥] 青铜文化代表了三代物质文化与精神文化的总体特征，自20世纪上半叶以来，中国学者就借用西方“青铜时代”这个名词来指称夏商周，以此强调青铜器对于三代文化的重大意义。

周礼是对夏、商礼制的继承和发展。从宫室制度看，陕西岐山京当凤雏村宫室基址是按照当时宗法制度的需要而建造的，

---

① 陈旭：《郑州小双桥商代遗址即隞都说》，《中原文化》1997年第2期。

② 中国社会科学院考古研究所：《殷墟妇好墓》，文物出版社1980年版。

③ 许慎：《说文解字》，第5页。

④ 阮元校刻：《十三经注疏》，第1868页。

⑤ 容庚、张维持：《殷周青铜器通论》，中国社会科学院考古研究所编，文物出版社1984年版，第4页。

⑥ 郭宝钧：《商周铜器群综合研究》，文物出版社1981年版，第204页。

显示了严密、系统、完整的“家天下”礼制思想[1]。从丧葬制度看，墓葬中出土的成批礼器说明了周代礼乐制度的系统与森严，其中尤其以“列鼎”制最能反映周礼的本质，如列鼎数量及相配的簋、盘、壶、匜等数目，随葬铜礼器的多少，椁的有无及多少，车马器、车马坑的有无等，各有不同，品类极为繁多。从传世典籍看，周代“制礼作乐”是一个历史过程，对此，我们可以考之《诗经·大雅》六篇，周人自述的开国诗史，如《生民》中记载后稷用豆等祭器盛农产品祭祀上帝，《绵》中记载古公亶父修建祖庙，建立社祭，《文王》中记载文王行礼于京，《大明》中记载文王、武王如何待奉上帝，等等。先周礼乐的种种实践，为周公“制礼作乐”打下了坚实的基础。

关于“制礼作乐”的记载，最早见于《左传·文公十八年》：“先君周公制周礼。”[2] 又《礼记·明堂位》云：“成王幼弱，周公践天子之位，以治天下。六年，朝诸侯于明堂，制礼作乐，颁度量，而天下大服。”[3] 又《尚书大传》云：“周公摄政，一年救乱，二年克殷，三年践奄，四年建侯卫，五年营成周，六年制礼作乐，七年致政成王。”[4] 正是在此基础之上，始有系统化礼制的出现，并逐渐形成了“礼治”“礼制”“礼仪”“礼器”“礼教”“礼学”等成熟的文化系统。见于传世典籍中礼制的称谓有：

---

① 参见北京大学历史系考古研究室商周组编：《商周考古》，文物出版社1979年版，第185页。

② 阮元校刻：《十三经注疏》，第1861页。

③ 阮元校刻：《十三经注疏》，第1488页。

④ 伏胜撰，郑玄注：《尚书大传》，中华书局1985年版，第101页。

有能典朕三礼。(《尚书·舜典》)[1]

以五礼防万民之伪，而教之中。(《周礼·地官司徒·大司徒》)[2]

六礼：冠、昏、丧、祭、乡、相见。(《礼记·王制》)[3]

夫礼，始于冠，本于昏，重于丧、祭，尊于朝、聘，和于射、乡。(《礼记·昏义》)[4]

冠、昏、朝、聘、丧、祭、宾主、乡饮酒、军旅，此之谓九礼也。(《大戴礼记·本命》)[5]

虽然“三礼”“五礼”“六礼”“八礼”“九礼”等称谓的形成并非始于西周，但是各种礼仪在西周已经系统化，如朝覲、盟会、册命、军旅、祭祷、籍蜡、丧葬、射御、聘问、宾客、教育、婚嫁、冠笄等，这样才有《周礼》《仪礼》《礼记》中繁复的礼仪记载，有所谓“经礼三百，曲礼三千”，也才有春秋“礼坏乐崩”产生的可能。

在“制礼作乐”到“礼坏乐崩”的历史演进中，思想家们开始从观念形态和理论层面上探讨礼的性质、功能。从先秦诸子开始，就不断有各种探讨礼起源的说法。

其一是“制欲”说，此说最早见于《荀子·礼论篇》：“礼起于何也？曰：人生而有欲，欲而不得，则不能无求；求而无度

① 阮元校刻：《十三经注疏》，第131页。
② 阮元校刻：《十三经注疏》，第708页。
③ 阮元校刻：《十三经注疏》，第1348页。
④ 阮元校刻：《十三经注疏》，第1681页。
⑤ 王聘珍撰，王文锦点校：《大戴礼记解诂》卷十三，第252页。

量分界，则不能不争；争则乱，乱则穷。先王恶其乱也，故制礼义以分之，以养人之欲，给人之求，使欲必不穷乎物，物必不屈于欲，两者相持而长，是礼之所起也。”① 荀子本于性恶立场，认为自然资源有限，而人的欲望无穷，解决之道在于礼以制分、礼以制欲。此说把礼与人性联结在一起，影响甚广。《礼记·礼运》更进一步，侧重于从节制人的情感角度来论述礼的产生。

其二是“风俗”说，最早见于《慎子》逸文“礼从俗，政从上”。慎到此说揭示出礼制与原始社会礼俗之关联，即俗先于礼，礼源于俗。近人刘师培在《礼俗原始论第十》中，以《礼记》“六礼”中可考的冠、昏、丧、祭为例，追溯源流，明确断定：“上古之时，礼源于俗。”② 现代学者赞同此说者甚多，并延及风俗、习俗到礼仪、礼制的发展过程。

其三是“祭祀”说，见于《说文解字》。许氏用“事神致福”释礼，揭示出礼与原始宗教祭祀在发生意义上的关联。稍后郑玄认为“礼”与“醴”（本义为甜酒）相通③，古代学者大都认可此说。王国维以甲骨卜辞中的“豊”释“礼”，综合了许慎、郑玄的说法，认为“礼”最初指“奉神人之器”，而后“又推之而奉神人之事通谓之礼”，即“礼”最初是指以器皿盛两串玉祭神灵，后来兼指以酒献祭神灵，其后以“礼”指一切祭祀

① 王先谦撰，沈啸寰、王星贤点校：《荀子集解》，第 346 页。

② 刘师培：《古政原始论》，《刘师培全集》第 2 册，第 54 页。

③ 见于《仪礼·士冠礼》：“礼于阼。”郑注：“今文礼作醴。”又《士昏礼》：“宾如授，如初礼。”郑注：“古文礼为醴。”

神灵之事。[①] 王国维此说得到广泛赞同。

礼之宗教品格

考察礼之宗教品格，难度是显而易见的。在无文字时代，体现礼之精神的种种信仰、准则、风俗以及行为，早已随着历史而消逝了，因而在大多数的研究中，我们不得不依靠考古所提供的物质遗存，如祭坛、墓葬、城郭、器物以及历史考古学的推测性论断。但对于文字起源很早的中华文明而言，礼乐传统的宗教痕迹在早期文献中必然有所反映，虽然这些文献是上层知识阶层之产物，有其主观意图和特定目的，因而所记载的礼制，经过“神道设教”的人为整合，已经摆脱了原始宗教的意味。比如周礼的形成，业已完成了对原始宗教的改造，而成为一种系统化、程式化、仪式化、文本化的思想传统载体，但其中所透露的主要讯息仍然是三代礼乐传统影响下的思想文化烙印，反映了更大范围内人们的感情与信仰，因此，这并不妨碍对于礼之宗教品格的考辨。对此，我们可以从两个层面进行考察：一是显在的宗教礼仪节文，二是隐藏在背后的思想文化内涵。

从具体礼仪节文来看，最能体现礼之宗教品格的是各种祭祀活动。所谓“国之大事，在祀与戎”，在“五礼”中，祭礼乃礼之本，四季不断，最为重要。对于祭礼的重要性，《周礼·春

---

① 王国维：《释礼》，收入《王国维遗书》，《观堂集林》卷六，艺林六，中华书局1959年版。

官宗伯·小祝》云："祈福祥，顺丰年，逆时雨，宁风旱，弥灾兵，远皋疾。"[①] 又《礼记·祭统》云："凡治人之道，莫急于礼。礼有五经，莫重于祭。"郑注："谓吉礼、凶礼、宾礼、军礼、嘉礼也。"[②] 祭礼属于吉礼，居"五礼"之首。刘师培在考察了上古礼制后认为："古代礼制悉该于祭礼之中，舍祭礼而外，固无所谓礼制也。"[③] 古代祭祀之礼主要分为三类：属于自然崇拜一类的，有祭祀天地鬼神、日月星辰、山川土地、时令诸神之礼，如祭天的"郊礼"、祭地的"社礼"、祭日的"宾""御""又""岁"[④] 等等；属于先祖崇拜一类的，如"礿""禘""尝""烝"等宗庙之礼以及"虞祭""祔祭""祥祭""禫祭"等丧葬之礼；属于君师崇拜一类的，主要是指对先王、英烈、功臣、圣贤等政教杰出人物的祭拜之礼，这一类祭祀又常常与祖先崇拜及宗法制度密切联系在一起。

祭礼是宗教信仰的表征，表达了古人对天地之敬畏、先祖之追忆以及死后世界之想象。无论是上层贵族还是下层民众，都非常重视各种祭礼，由此形成了一种普遍而真诚的社会信仰体系。在贵族的各项事务中，祭祀乃头等大事，《礼记·曲礼下》云："君子将营宫室。宗庙为先，厩库为次，居室为后。凡家造，祭器为先，牺赋为次，养器为后。无田禄者不设祭器，有田禄者，先为祭服。君子虽贫，不粥祭器；虽寒，不衣祭

① 阮元校刻：《十三经注疏》，第 812 页。

② 阮元校刻：《十三经注疏》，第 1602 页。

③ 刘师培：《古政原始论》，《刘师培全集》第 2 册，第 49 页。

④ 陈梦家先生根据殷墟卜辞推测，见陈梦家：《殷虚卜辞综述》，科学出版社 1956 年版，第 573—574 页。

服。”[①] 祭祀四季不断，对象、名目、场合繁多。如先秦典籍中，多处记载孔子对“三年丧”的论述。《礼记·曾子问》中，孔子对丧礼做了审慎的回答：“三年之丧，练不群立，不旅行。君子礼以饰情，三年之丧，而吊哭，不亦虚乎?”[②] 《论语·阳货》中，夫子痛斥了不想服丧的弟子：“予之不仁也！子生三年，然后免于父母之怀。夫三年之丧，天下之通丧也。予也有三年之爱于其父母乎?”[③] 可见，对于“三年丧”的实施，孔子表现得极其虔诚。至于下层民众对祭祀所持的信仰态度，从1975年湖北云梦睡虎地出土的秦代《日书》，以及1989年甘肃天水放马滩出土的两套秦代《日书》中，可以窥见，战国至秦汉早期中下层百姓的日常生活，亦沉浸在各种祭祀活动之中。

对于礼之宗教内涵的认识，古已有之，其中的代表是《荀子》和《礼记》，尤其以《荀子·礼论篇》中的“三本说”论述最为透彻：“天地者，生之本也；先祖者，类之本也；君师者，治之本也。无天地恶生？无先祖恶出？无君师恶治？三者偏亡焉，无安人。故礼上事天，下事地，尊先祖而隆君师。是礼之三本也。”[④] 荀子是先秦礼乐研究的集大成者，他将礼之缘起放在天、地、人的框架中考察，明确地指出其与天地、先祖、君师等“神道设教”之间的关联，其论视野开阔，见解独到，后世对礼乐的研究，都无出其右者。《礼记》中，对礼所具有的返本认宗的宗教情感非常重视，《礼器》：“礼也者，反本修古，不忘其初者也。”“礼也者，反其所自生；乐也者，乐其所自成。”

---

① 阮元校刻：《十三经注疏》，第1258页。

② 阮元校刻：《十三经注疏》，第1397页。

③ 阮元校刻：《十三经注疏》，第2526页。

④ 王先谦撰，沈啸寰、王星贤点校：《荀子集解》，第349页。

《郊特牲》："郊之祭也，大报本反始也。"《祭义》："君子反古复始，不忘其所由生也。"① 古人凡举行各种祭祀仪式都含有报答的意味，如《郊特牲》中解释"祭百种以报啬"，云："古之君子，使之必报之。迎猫，为其食田鼠也；迎虎，为其食田豕也；迎而祭之也。祭坊与水庸，事也。"② 古人制定祭礼的根本目的就在于"教民美报"，报答赐予人类恩惠的天地万物以及繁衍人类的祖先，并攘祸而致福。

关于礼之宗教品格，近人有不少研究成果。梁启超先生认为礼自产生伊始就与宗教联系在一起："礼之所以能范围群伦，实植本于宗教思想。"③ 从甲骨文和殷墟墓群来看，商代政治制度带有浓厚的宗教气息，商人信仰以自然崇拜和祖先崇拜为主，胡适先生据此认为："我们看殷墟（安阳）出土的遗物和文字，可以明白殷人的文化是一种宗教的文化，这种宗教根本是一种祖先教。祖先的祭祀，在他们的宗教里，占了一个很重要的地位。"④ 殷周之际，礼所体现的宗教信仰由自然崇拜、先祖崇拜转向"神道设教"，周原甲骨文中所见周初之宗教信仰形态基本上与商代相同，尤其重视祭礼和丧礼。春秋以后，新的道德性命思想逐渐被知识阶层接受，礼的内容开始向人文世界不断扩展，用徐复观先生的话讲，就是"将宗教也加以人文化，使其成为人文化的宗教"⑤。对于礼在古代社会的演变，钱穆

① 阮元校刻：《十三经注疏》，第 1597 页。

② 阮元校刻：《十三经注疏》，第 1454 页。

③ 梁启超：《志三代宗教礼学》，《饮冰室合集》之四十九，上海中华书局 1936 年版。

④ 引自曹聚仁：《中国学术思想史随笔》，上海三联书店 1986 年版，第 71 页。

⑤ 徐复观：《中国人性论史——先秦篇》，上海三联书店 2001 年版，第 44 页。

先生总结为："中国古代的宗教，很早便为政治意义所融化，成为政治性的宗教了。因此宗教上的礼，亦渐变而为政治上的礼。……中国古代的政治，也很早便为伦理意义所融化，成为伦理性的政治，因此政治上的礼，又渐变而为伦理上的，即普及于一般社会与人生而附带有道德性的礼了。"[①] 此论是可信的。

从思想层面上考察，外在礼仪的种种规定，所展示的是隐藏在背后的观念制度与信仰体系，所体现的是全社会共同认可的终极价值及心理本源。礼所统摄的礼俗、礼制、礼物、礼乐、礼义、礼教等，一方面通过道德教化与心理调节，以不离现实而又超越现实的普世关怀，从神圣性、超越性的角度体现宗教对个体生命和现实人生的意义；另一方面，以对个体的精神控制和对社会的整合力量，实现了终极信仰与入世实践的统一，因而具有鲜明的宗教情愫。笔者认为，礼之宗教品格主要体现在四个方面。

其一，礼具有普遍的心理调节作用。古人认为，礼与人情、人心、人性是紧密联系在一起的，礼对人情、人心、人欲等心理状态具有普遍的调节作用。关于礼起源的诸多说法中，历来有主情一派，如荀子"养情"说、《礼记》"顺情"说、《史记》"缘情"说。《荀子·礼论篇》："礼者养也……礼义文理之所以养情也。"[②]《礼记·丧服四制》："凡礼之大体……顺人情，故谓之礼。"[③]《史记·礼书》："乃知缘人情而制礼，依人性而作仪，

---

① 钱穆：《古代学术与古代文字》，《中国文化史导论》，上海三联书店 1988 年影印版，第 60 页。

② 王先谦撰，沈啸寰、王星贤点校：《荀子集解》，第 347—349 页。

③ 阮元校刻：《十三经注疏》，第 1694 页。

其所由来尚矣。”[1] 传为南宋郑樵所撰《礼经奥旨》中更明确提出：“礼本于人情，情生而礼随之。”[2] 何谓“人情”?《礼记·礼运》中释为“喜、怒、哀、惧、爱、恶、欲”七种，情动于中，发乎本心，礼源自“人情”，也就是源于人的本心，体现了人在参加各种宗教祭祀活动时的真实心理状态。譬如丧礼主乎悲哀，祭礼主乎敬畏，故《祭统》以为“夫祭者，非物自外至者也，自中出生于心也”“丧则观其哀也，祭则观其敬而时也”[3]。情与欲是相通的，荀子所谓“礼者养也”，就在“以养人之欲”，故《乐论篇》总结为“礼乐之统，管乎人心矣”[4]。因而“顺情”说与“制欲”说在本质上是相通的，目的都在于强调礼源于人自身，是“人之为人”情感与道德理性的自然延伸，这就与源自天地一样，具有合理性、权威性与神圣性了。

由于人情、人心、人欲等心理状态都是与生俱来不可抑制的本能，因此，必然需要外力加以节制，否则势必对社会造成危害，《礼记·坊记》云：“礼者，因人之情，而为之节文，以为民坊者也。”[5] 礼因情而发，又可以节制情感，使人的情感得到正常泄导又不太过，控制在恰当的社会规范之内，旨在凸显礼与人心理状态之交互影响中，礼对于人的心理健康、心理调节所具有的重要性。古人认为，礼可以控制人的行为和思想情感，它不仅可以把人的情绪调整到中和适度的状态，而且能够

---

① 司马迁著，裴骃集解，司马贞索隐，张守节正义：《史记》卷二十三，第1157页。

② 郑樵：《礼经奥旨》，收入王云五主编：《丛书集成初编·三礼考及其他二种》，商务印书馆1936年版，第5页。

③ 阮元校刻：《十三经注疏》，第1603页。

④ 王先谦撰，沈啸寰、王星贤点校：《荀子集解》，第382页。

⑤ 阮元校刻：《十三经注疏》，第1618页。

有效地调整人际关系，故《乐记》云："中正无邪，礼之质也；庄敬恭顺，礼之制也。若夫礼乐之施于金石，越于声音，用于宗庙社稷，事乎山川鬼神，则此所与民同也。"[①] 对于礼所具有的涵养身心之功能与价值，不仅儒学推崇，管子一派也倍加重视，如《管子·内业》云："止怒莫若诗，去忧莫若乐，节乐莫若礼，守礼莫若敬，守敬莫若静。内静外敬，能反其性，性将大定。"[②] 可见，对礼乐之心理调节作用的认同是诸子的共识。

其二，礼具有至善的道德教化作用。从个体生命看，通过礼教，可以从内心控制人的思想感情，改善人的道德品性。教化的最终目的，在于防患于未然，防人之失，《大戴礼记·礼察》云："礼者禁于将然之前，而法者禁于已然之后，是故法之用易见，而礼之所为生难知也……使民日徙善远罪而不自知也。"[③]《礼记·经解》中也相似的论述："故礼之教化也微，其止邪也于未形。"[④] 人若能自觉修德，就无须施加外力，这是儒家礼教之目的所在，故《说苑·修文》云："君子无礼，是庶人也。庶人无礼，是禽兽也。夫臣勇多则弑其君，子力多则弑其长。然而不敢者，惟礼之谓也。"[⑤] 又《盐铁论·后刊》云："教成而刑不施。"又《大论》云："砭石藏而不施，法令设而不用。"[⑥] 这明确地区分了礼与法的关系，前者是防患于未然，后者是惩罚已然之事，法的作用很明显，礼的作用却难以知晓，

---

① 阮元校刻：《十三经注疏》，第 1530 页。

② 黎翔凤撰，梁运华整理：《管子校注》，第 947 页。

③ 王聘珍撰，王文锦点校：《大戴礼记解诂》卷二，第 22 页。

④ 阮元校刻：《十三经注疏》，第 1610 页。

⑤ 刘向著，向宗鲁校证：《说苑校证》，第 480 页。

⑥ 王利器校注：《盐铁论校注》，中华书局 1992 年版，第 604 页。

教化的作用正是通过细微之处，所谓润物细无声的方式，培养人的善性，使之远离罪恶而不知晓。孔子深知用道德教化进行统治胜过行政与刑罚，故《论语·为政》云："道之以政，齐之以刑，民免而无耻。道之以德，齐之以礼，有耻且格。"① 总之，礼乐教化能够改善人的内心，使人自然归顺，向善的力量油然而生，这种力量正类似于现代意义上的宗教精神。德国社会历史学家马克斯·韦伯在《儒教与道教》中认为，正是因为在"礼"这个中心概念的培养下，中国古代的士人重视自制、内省和谨慎，对任何形式的热情都有所抑制，也导致中国的宗教思辨处于平静的发展状态②。

关于道德教化的内容，《周礼·地官司徒·大司徒》有"十二教"的说法，《礼记·王制》中有"七教"的说法，《大戴礼记·主言》对"七教"做了详尽的阐述："上敬老则下益孝，上顺齿则下益悌，上乐施则下益谅，上亲贤则下择友，上好德则下不隐，上恶贪则下耻争，上强果则下廉耻。民皆有别则贞，则正亦不劳矣。此谓七教。七教者，治民之本也，教定是正矣。"③ 礼教的基本原则是在"亲亲"与"尊尊"的宗法范围内，派生出若干的行为规范与伦理道德原则。在古人的理论视野中，所谓"礼"，就是由"老吾老以及人之老，幼吾幼以及人之幼"的血缘伦理观，推广到"贵贱有等，长幼有差，贫富轻重皆有称"的社会政治等级观。在礼乐的感化培育下，善恶廉耻、尊卑贵贱由心而生，成为全社会共同的心理约束机制，人们依礼

---

① 阮元校刻：《十三经注疏》，第 2461 页。

② ［德］马克斯·韦伯著，洪天富译：《儒教与道教》，江苏人民出版社 2003 年版，第 118—129 页。

③ 王聘珍撰，王文锦点校：《大戴礼记解诂》卷一，第 3—4 页。

而行，各就其位，升降揖让，井然有序，从而营造出一派政治有序、人伦祥和的盛世景象。

其三，礼具有显著的思想整合作用。礼既体现出社会的等级差别，又具有使社会凝聚和合的功效。殷周以来的礼仪，都旨在追求一种有差别、有等级的秩序格局。古人认为，礼所规定的秩序与天地共生，等级制度不可逾越。对于体现人之社会属性的各个方面，如爵位制、军制、冕服制、宫室制、乐制、乐舞队列、庙制、祭祀权级、丧葬制等等，不同等级的人都有明确的礼制规定，如《礼记·王制》："王者之制禄爵，公、侯、伯、子、男，凡五等。诸侯之上大夫卿、下大夫、上士、中士、下士，凡五等。"又云："天子祭天地，诸侯祭社稷，大夫祭五祀。天子祭天下名山大川，五岳视三公，四渎视诸侯。诸侯祭名山大川之在其地者。"[①] 礼的规范无所不在，从社会的组织结构、运行模式，到人们的精神世界和日常生活，都运转在礼所构成的具有等级差别的社会有机体中。

礼的规定既是维护宗法等级的根本保证，同时也是各种社会矛盾的调和剂，具有使社会上不同个体、群体、集团凝聚成为统一体的作用。《礼运》："何谓人义？父慈，子孝，兄良，弟弟，夫义，妇听，长惠，幼顺，君仁，臣忠，十者谓之人义。讲信修睦，谓之人利。争夺相杀，谓之人患。故圣人之所以治人七情，修十义，讲信修睦，尚辞让，去争夺，舍礼何以治之？"[②] 这里所谓"人义"，是指理想的人际关系，所谓"人患"，是指人际关系不合而产生的混乱，"人利"就是以礼调和矛盾。

---

① 阮元校刻：《十三经注疏》，第1336页。

② 阮元校刻：《十三经注疏》，第1422页。

在古人看来，礼的作用就在于顺应人情，因势利导，协调社会关系，缓和因贫富不均、等级差别而引起的社会矛盾，达到人与人之间的和睦相处，形成《荀子·礼论篇》所谓“群居而无乱”、《春秋繁露·天道施》所谓“体情而防乱”的理想社会。

其四，礼具有广泛的社会控制作用。对于礼所具有的社会统摄力量，古人的认识颇为深刻。譬如《国语·鲁语上》：“夫礼，所以正民也。”《晋语》：“礼以纪政，国之常也。”[①]《左传·隐公十一年》：“礼，经国家，定社稷，序民人，利后嗣者也。”《孟子·公孙丑上》：“见其礼而知其政，闻其乐而知其德，由百世之后，等百世之王，莫之能违也。”《孝经·广要道》：“移风易俗，莫善于乐；安上治民，莫善于礼。”[②] 以上诸论，均在强调以礼治国是统治天下、长治久安的必由之路。在古代的“君权神授”理论中，遵循着“道→圣人→礼乐教化→众生”的知识权力传递模式，礼乐是天道的载体，故而承天之命的人间君主务必以制礼作乐为大务，这不仅可以借助于礼乐教化所具有的超自然力量来强化现有的社会秩序，同时也为君主专制找到了大本大源。《乐记》的总结甚为精当：“礼节民心，乐和民声，政以行之，刑以防之。礼乐刑政，四达而不悖，则王道备矣。”[③] 在此，《乐记》的著者实际上阐述了一套完整的治国治民之道，即用“礼节”来控制民心，用“乐和”来顺导民声，防患于未然，将刑政制裁其后，作为教化未果的辅助。此句被《史记·乐书》和《汉书·礼乐志》反复转述，可见古人对礼乐教化的

---

① 左丘明著，韦昭注：《国语》卷十，第230页。

② 阮元校刻：《十三经注疏》，第2556页。

③ 阮元校刻：《十三经注疏》，第1529页。

社会控制能力颇有共识。

礼对社会政治的控制作用，不仅对下层被统治者适用，对上层统治阶层也是适用的，通过祭礼，统治者可以为民表率，达到以德治天下的目的，并由此派生出若干德治、民本的原则。《礼记·祭统》："禘尝之义大矣，治国之本也，不可不知也。明其义者君也，能其事者臣也……夫义者，所以济志也，诸德之发也。是故其德盛者其志厚，其志厚者其义章，其义章者其祭也敬。祭敬，则竟内子孙，莫敢不敬矣。是故君子之祭也，必身亲莅之，有故则使人可也。虽使人也，君不失其义者，君明其义故也。其德薄者其志轻，疑于其义而求祭，使之必敬也，弗可得已。祭而不敬，何以为民父母矣。"① 为人君者的作用在于通过礼乐教化，保持宗法之"分"与"和"、"尊尊"与"亲亲"的统一。所谓以礼治国，不仅有利于解决自然及社会资源有限性与人欲无限性之间的矛盾，也有利于协调等级差别带来的权力与分配之间的矛盾，是进行思想整合与社会控制的最好方法。在此基础上，形成了中国古代的基本治国模式——礼乐模式、礼法模式，对政治历史产生了深远的影响。

总之，正因为礼潜在的宗教品格能为社会确立一整套信仰系统和价值体系，其本身具有转化为一种占统治地位的意识形态的可能性，一旦条件成熟，便会适时而生。在政治权力和思想资源的互动关系中，礼之信仰系统为政治统治的合法性提供了价值系统的支持，因此三代礼乐的制度化、秩序化过程，也就是使现存的统治权力得到有效稳固保障的过程。我们从周公"制礼作乐"的思想文化改革中可以看出，从宣扬敬天尊祖的宗

---

① 阮元校刻：《十三经注疏》，第1606页。

教传统转向高扬理性精神的政教一统，礼之宗教品格对社会的稳定和发展起到了巨大的作用，这也是宗周礼乐鼎盛的重要思想前提。

“制礼作乐”“礼坏乐崩”“礼乐复兴”

就主要形态及趋势而言，先秦两汉时期礼乐大致经历了三个阶段：第一阶段的标志是周公“制礼作乐”，西周以具体而复杂的礼乐体制代表了真正意义上的思想一统而成为后世诸子追捧的黄金时期，这是礼乐由宗教巫卜文化演变为政教伦理文化的时期，特点是乐主礼辅；第二阶段是春秋“礼坏乐崩”，在此背景下兴起的诸子之学，自然将礼乐作为关注的中心话题，从他们或肯定或否定的表述中可以看出，礼乐不仅仅是政治观点和政治制度的问题，更是关涉到人的本质及现实存在的问题，这是礼乐传统的理论总结时期，特点是礼乐蜕变；第三阶段是汉代“礼乐复兴”，有汉一代政治思想的主流一直在礼乐的兴衰之间反复拉锯，这是对诸子思想重新整合以后形成的新传统，学术信仰与政治的高度结合使之最终演变为帝国意识形态，特点是礼主乐辅。礼与乐在这三个阶段的历史地位是不一致的，由此在思想文化史上的影响也是不同的。

三代礼乐相因的说法，始于孔子，这已经为近代以来的考古发现所证明。从考古物质遗存与传世文献的印证中可以看到，最早文字样式的出现及文学思想的萌芽，目前可以追溯到殷商。商代的历史文化已有许多学者研究，在甲骨文被发现以前，主要根据的是《史记·殷本纪》以及《诗经》《尚书》《左传》《礼记》等的记载，虽然这些文献对于殷商六百年间的历史采取一种静态描述，尤其缺乏对殷礼与思想文化演进之间关系的剖析。近一个世纪以来，大量商代城池及物质遗存的出土，对于我们理解包括祭祀制、丧葬制以及立嫡制在内的殷代礼乐制度的基本状况，以及由此形成的殷人精神信仰世界有着重要的启发意义。无论是早期方国联盟，还是后期随着王权的加强逐渐形成的嫡长制、宗法制和分封制，殷商王朝实行的是以神为本的统治，神权独尊，巫祝、贞卜至上。商王占卜频繁，事无巨细，都要征询上帝、神灵及先公、旧臣的看法，然后做出决定，如：

丁酉，贞王乍（作）三师：右、中、左？（《合集》33006）

丁未卜，王贞，今夕雨？吉。告之夕允雨。之于戊申雨。在二月。（《合集》24773）

□□卜，韦贞：王[往]省从西，告于大甲。（《合集》1434）

甲子卜，□贞：出兵，若。（《合集》7204）

甲寅卜，王曰贞翌乙卯其田，亡灾于谷。（《合集》24471）

辛卯卜，争，勿乎取奠女子。二告。辛卯卜，争，乎取奠女子。（《合集》536）

己丑卜，争贞，有疾齿，父乙唯在闻，在兆。（《合集》13651）

辛未，贞求禾于河，燎三牢，沉三牛，宜牢？（《合集》32028）

乙亥卜，行，贞王其拜舟于河，亡灾？（《合集》

24609）

商王问及的范围极广，上至年岁丰歉、战争胜负、婚丧大事，下至风雨晴晦、出入吉凶、田猎获否、疾病安否等等。在商人的精神世界中，人神混杂，人与祖先、神灵生活在同一个世界中，彼此在精神上共感互通。在以至上神——帝、自然神——日月星辰和祖先为主的祭祀谱系中，祖先崇拜占有重要地位。在全部卜辞中，可以确定为祭祀祖先的卜辞有一万五千多条，超过任何一类辞例的数量。① 殷礼名目繁多，每一次占卜的过程实际上都是一次行礼的过程，因此，甲骨卜辞无一不与殷礼有关。陈戍国先生根据甲骨卜辞与文献的印证，考证了殷商时期的告天祭天之礼、祭祀地祇之礼、祭先人之礼、丧葬之礼、朝聘贡巡之礼、军礼、田狩礼、昏礼、籍田礼等，认为殷礼复杂而丰富，比先殷之礼面貌确实清晰多了。②

周礼的根本是分封制和宗法制，这是周公思想改革的外在政治体制。所谓分封制，是依据血缘亲疏关系对土地、财产和权力进行分配的制度。周人克殷后，便以“宗功”（《尚书·洛诰》）的形式对殷商旧地进行了分封，如康叔封为卫君，都殷墟，监督殷民七族；周公之后封于鲁，初在河南，后徙都奄，监督殷民六族；姜尚之后封于齐，都营丘。所谓宗法制，是以血缘为基础的嫡长子继承父位的分配制度。它包括分宗的大宗、小宗制，宗统继承的嫡庶制，尊祖敬宗祭祀、庙祧制和昭穆制

---

① 晁福林：《论殷代的神权》，《中国社会科学》1990 年第 1 期。

② 陈戍国：《中国礼制史》先秦卷，湖南教育出版社 2002 年版，第 131—200 页。

等，体现了各等级之间的隶属关系，是整个社会秩序建立的基础。对此，《礼记·丧服小记》中的表述最为经典："别子为祖，继别为宗，继祢者为小宗。有五世而迁之宗，其继高祖者也。是故，祖迁于上，宗易于下。"①

周人重视"尊天""敬德"和"保民"，这是周公政治改革的内在思想资源。周初统治者面对"大邑商"骤亡、建国初年"三监"叛乱及东方商残余势力蠢蠢欲动等事实，认识到"天命靡常"，总结夏殷"不敬厥德，乃早坠厥命"的惨痛教训，尤其重视"聿修厥德"。针对殷人天命观，周人提出了"惟命不于常"的思想。商王自认为"帝"之子，在周人"三分天下有其二"的情况下，仍自命"我生不有命在天"。周人以"易"的观念修正了殷商天命观。所谓"易"，其基本精神就是"变易"，《系辞下》云："易穷则变，变则通，通则久。"② 依《系辞》之义，《周易》产生于殷之末世，因此，其"变易"思想为周人代商取天下提供理论武器的意图是很明显的。周人祭祀民神并重，包括祖先、上帝、天地、鬼神，但以民为本，他们认为祭祀重在德行而非祭品，如《左传·僖公五年》中宫之奇指出有德者祭则受其福，无德者祭则神不享。又《文公十八年》载鲁国季文子语："先君周公制《周礼》，曰：则以观德，德以处事，事以度功，功以食民。"就明确地点出了周公"制礼作乐"与"德政"的关联。对此，王国维《殷周制度论》中高度评曰："是殷周之兴亡，乃有德与无德之兴亡，故克殷之后，（周）尤兢兢以

---

① 阮元校刻：《十三经注疏》，第1495页。

② 阮元校刻：《十三经注疏》，第86页。

德治为务。”[①] 从重治神到重治民，从神事走向民事，这与殷商神权统治形成了强烈的反差。

周礼实施的黄金时间在西周至春秋中叶。东周末年，礼乐制度创造了丰硕的文化成就，同时也产生了广泛的社会危机。随着分封制的瓦解、宗法制的崩溃，随着对天道的质疑以及轻神重民等观念性思想革命，被儒家指斥为乱世的春秋也就到来了。这表现在王室衰微、诸侯放恣、五霸争雄、天子失官、大夫专权、学术四散等方面。在儒家的正统观念中，之所以讨伐春秋，就在于它是中国历史上一个毫无礼制秩序的混乱时代，带来了深刻的思想困惑与信仰危机。对此，《庄子·天下》篇中从学术上做了总结，《史记·十二诸侯年表》中也深有同感，那么，春秋时期礼乐的状况到底如何呢？

按照历史学的传统，习惯将东周五百余年的历史分为春秋与战国两段。这是中国历史上思想剧变的时期，对于这一段时间礼乐传统的特点，自汉代以后就有“礼坏乐崩”的说法，这表现在继承与变革，即不变与新变两个方面。

从思想发展的内在逻辑和历史发展的连续性来看，所谓的不变主要表现在思想传统和知识背景上。春秋以来，诸子蜂起，百家争鸣，古人的精神世界发生了巨大的变化，但所依据的知识背景仍然是商周以来所延续的一般知识结构，即由“三才”、阴阳五行为核心范畴构成的宇宙知识系统以及由以礼乐传统为主体所推衍的人间知识系统，诸如宗族情感、家庭伦理和等级秩序等等，依然是人们支撑信仰、重建秩序、实现革新的知识背景。在这个观念性的框架中，“三才”、道、阴阳、五行、四

---

① 王国维：《王国维遗书》，《观堂集林》卷十，史林二，第479页。

时、八卦等范畴，同源同构、相互关联，处于整饬有序、流转不居的运转之中。此一系统中的各种思想因子，自春秋战国以后不断成熟与融合，构成了中国古代学术思想体系中最大的解释系统乃至价值核心所在。

不变的部分还表现在社会的根本性质没有变化，尚没有新的完整的制度出现。春秋时期，各诸侯国基本上实行着从西周沿袭下来的宗法等级制度，如《左传·桓公二年》中记载晋国大夫师服之言："吾闻国家之立也，本大而末小，是以能固。故天子建国，诸侯立家，卿置侧室，大夫有贰宗，士有隶子弟，庶人工商，各有分亲，皆有等衰。是以民服事其上，而下无觊觎。"[①] 在《隐公十一年》中，礼乐仍然被视为"经国家，定社稷，序民人，利后嗣"的"君之大柄"[②]，即使是存僭越之心的诸侯、卿大夫，为了争夺正宗、稳固基业、图谋发展，往往更为重视礼乐传统。如春秋五霸之首的齐桓公，在前 651 年的"葵丘之会"中，周襄王使宰赐胙，以其年迈免拜礼，据《僖公九年》载，齐桓公为了表示自己"尊王"，仍然"下、拜，登受"；前 632 年，晋文公称霸，在城濮之战后对周襄王行献俘之礼，据《僖公二十八年》载，整个册命仪式仍然是按照西周旧制进行的；前 587 年，郑襄公依照战败而降的七礼，如《宣公十二年》所载"肉袒牵羊以逆"，迎接入城的楚庄王，并以适当的辞令，使楚军后退三十里，与郑媾和；据《闵公元年》载，鲁国因完整保存周礼，"周礼所以本也""鲁不弃周礼，未可动也"，迫使齐桓公放弃取鲁而采取亲鲁的政策。由此可见，在春

① 阮元校刻：《十三经注疏》，第 1744 页。
② 阮元校刻：《十三经注疏》，第 1736 页。

秋早期，整个社会仍然在宗法制度和礼乐传统的整体氛围下得到一种政治认同与思想整合。

所谓新变，主要表现在社会政治生活层面上：一方面是内在政治制度的崩溃和外在礼仪节文的僭越；另一方面是对礼乐传统的普遍应用与理论总结。对于春秋至战国时期礼乐的发展，顾亭林在《周末风俗》中曾做过具体的比较："如春秋时，犹尊礼重信，而七国则绝不言礼与信矣。春秋时，犹宗周王，而七国则绝不言王矣。春秋时，犹严祭祀，重聘享，而七国则无其事矣。春秋时，犹论宗姓氏族，而七国则无一言及之矣。春秋时，犹宴会赋诗，而七国则不闻矣。春秋时，犹有赴告策书，而七国则无有矣。邦无定交，士无定主，此皆变于一百三十三年之间。"① 其论虽然有表面化的一面，但指出了春秋"礼坏乐崩"是一个渐进的加剧过程。到了战国七雄时代，不但上层社会与礼乐制度无缘，即使是民间习俗也与旧有的礼乐生活相距甚远了。

春秋是西周宗法制度的解体时期。随着社会生产力的迅速发展和诸侯国经济制度的改革，政治形势发生了很大的变化，周天子式微，诸侯、卿大夫崛起以及民地位的提高，表现在政治制度上，是作为西周建国根本的分封制和宗法制的崩溃，分封制被郡县制、官僚制代替，以"亲亲""尊尊"为特征的宗法制也受到了来自"尚贤"的外在压力。对于春秋后期政治秩序的变化与危机，《论语·季氏》中记载了孔子的评论："天下有道，则礼乐征伐自天子出。天下无道，则礼乐征伐自诸侯出。自诸侯出，盖十世希不失矣。自大夫出，五世希不失矣。陪臣

---

① 顾炎武著，黄汝成集释：《日知录集释》卷十三，第467页。

执国命，三世希不失矣。天下有道，则政不在大夫。天下有道，则庶人不议。”① 孔子这一段话点出了礼乐崩坏的实质，即天子、诸侯、大夫和陪臣之间等级关系的紊乱，破坏了西周礼乐制度所建立的权力制度与分配制度，因而从根本上改变了旧有的礼制秩序。这已经是孔子所处时代一种普遍的政治现状了。

与内在政治制度崩溃和外在礼仪节文僭越相反的是，春秋是对礼乐普遍重视与广泛应用的时期，也是诸子理论的总结时期，这尤其体现在思想精英们的礼仪之辨与礼法之争中。古人研究春秋时期礼乐的演变发展往往离不开《左传》，如郑玄《六艺论》中就有“左氏善于礼”的评价，我们在《左传》中可以发现大量的材料。如《昭公五年》鲁昭公与晋侯相见，晋国大臣女叔齐批评昭公不懂“礼”，又如《昭公二十五年》中子大叔论“礼”的一番话，从中都可以看出，所谓“礼”已经不再如西周时期作为思想文化之整体范畴，而是作为现实政治秩序中的核心原则出现了，礼与仪、礼义与礼仪的区别已经出现，礼义是指宗法、等级、伦理关系的根本原则，礼仪则是具体的礼制仪典等外在形式，也即《礼记》所谓“礼之本”与“礼之文”。随着西周礼治秩序的日益解体，出现了礼与法的争论。据《昭公六年》记载，在郑国执政的子产把“刑书”铸在鼎上公布，晋国叔向写信表示反对。叔向反对子产的“弃礼用刑”，寄希望于巩固旧有礼治秩序来应对现实的挑战，可是到昭公二十九年，晋国也“铸刑鼎”，可见由礼到法，已是大势所趋了。

经过春秋战国的蜕变，礼乐制度与三代旧制相距甚远。秦始皇奉行法家路线，加之有“焚书坑儒”之举，遂有“秦世不

---

① 阮元校刻：《十三经注疏》，第 2521 页。

文”（《文心雕龙·诠赋》）的说法。但体系庞大、内涵丰富的礼乐传统，具有深厚的历史延续性以及广泛的民众基础，即使在秦仍然具有相当的影响力。秦始皇统一中国，在实行“车同轨，书同文，行同伦”的大一统时，对于礼乐制度的完善仍然有不少推动。其一，根据《史记·秦始皇本纪》的记载，他正式把五行说引进国家的思想信仰系统，以秦代周之火德而为水德，这就从国家制度层面为秦汉时期阴阳五行说的大盛奠定了基础；其二，据《封禅书》记载，秦始皇实行了一系列礼制改革，如统一天下祭祀的管理，确定祭祀对象和时间，规定祭品，规定郡县对民间各种信仰活动具有独立的管辖权，建立了一个完善的国家祭祀制度体系；其三，秦代开始出现乐府，这是中央集权的国家通过礼乐教化进行思想文化控制的重要手段。1976 年秦始皇陵出土了一件错金、错银纽钟，钟侧镌有篆书“乐府”二字，这就纠正了乐府始于西汉的成说。对于秦代礼乐在思想文化层面的表现，顾亭林《秦纪会稽山刻石》有言：“秦始皇刻石凡六，皆铺张其灭六王、并天下之事。其言黔首风俗，在泰山则云：‘男女礼顺，慎遵职事。昭隔内外，靡不清静。’在碣石门则云：‘男乐其畴，女修其业。’如此而已……然则秦之任刑虽过，而其坊民正俗之意固未始异于三王也。”[①] 参之新近出土的湖北云梦秦简，《为吏之道》有“慈下勿陵，敬上勿犯”“恭敬多让”“宽俗忠信，和平毋怨”“父慈子孝，政之本也”[②] 等说法，可以印证亭林之言，亦可以证明礼乐传统在秦仍有一定的

---

① 顾炎武著，黄汝成集释：《日知录集释》卷十三，第 468—469 页。

② 睡虎地秦墓竹简整理小组：《睡虎地秦墓竹简》，文物出版社 1978 年版，第 281—285 页。

发展。

汉代为确立思想文化之正统，在统治者的提倡和汉儒的努力下，礼乐思想由人文理念进入了实际操作层面，形成了政治运作与学术信仰高度结合的帝国意识形态，本文称之为汉代“礼乐复兴”。从叔孙通定礼制乐到汉武帝大兴乐府，逮至王莽“元始改制”到《白虎通义》的国家制度化过程，从西汉陆贾、贾谊、董仲舒到东汉郑玄之集大成，汉代“礼乐复兴”表现在制度建设和理论总结两个方面。

汉初礼乐，多承秦制，或沿楚声。叔孙通的定礼制乐，是汉代“礼乐复兴”中一件重大的事情。叔孙通的礼乐活动全面，包括定朝仪、宗庙礼乐、宗庙仪法、天子服制等，并著有《傍章》十八篇和《汉礼器制度》。据《汉书·叔孙通列传》记载：“仪：先平明，谒者治礼，引以次入殿门，廷中陈车骑戍卒卫官，设兵，张旗志。传曰‘趋’。殿下郎中侠陛，陛数百人。功臣列侯诸将军军吏以次陈西方，东乡；文官丞相以下陈东方，西乡。大行设九宾，胪句传。于是皇帝辇出房，百官执戟传警，引诸侯王以下至吏六百石以次奉贺。自诸侯王以下莫不震恐肃敬。至礼毕，尽伏，置法酒。诸侍坐殿上皆伏抑首，以尊卑次起上寿。觞九行，谒者言‘罢酒’。御史执法举不如仪者辄引去。”①叔孙通“采古礼与秦仪杂就之”，最大的特点在于适应时势，因时而变，调整了儒学传统与现实政治之间的距离，从而使儒家理念能够在政治生活中得到贯彻推行，这种努力为礼乐复兴打下了良好开端。

汉承秦制，乐府制度也就沿袭下来。秦汉乐府制度分为两

① 班固著，颜师古注：《汉书》卷二十八，第2124页。

部分，分属太常属下的太乐和少府属下的乐府，职责各不相同，宋人王应麟《汉书艺文志考证》卷八引吕氏语："太乐令丞所职，雅乐也。乐府所职，郑卫之乐也。"① 雅乐在汉代始终未曾兴盛，与此相反，乐府得到了进一步的发展，据《史记·乐书》记载："高祖过沛诗三侯之章，令小儿歌之。高祖崩，令沛得以四时歌舞宗庙。孝惠、孝文、孝景无所增更，于乐府习常肄旧而已。"② 武帝时期，随着大一统帝国的日益隆盛，不仅需要思想理论上的建设，而且需要具体的礼仪来祭祀天地鬼神，因此，进一步制礼作乐，也就成为必不可少的政治文化举措，乐府由此得到了更大的发展。班固在《汉书·礼乐志》中特别描述了这一盛世："至武帝定郊祀之礼，祠太一于甘泉，就乾位也；祭后土于汾阴，泽中方丘也。乃立乐府，采诗夜诵，有赵、代、秦、楚之讴。以李延年为协律都尉，多举司马相如等数十人造为诗赋，略论律吕，以合八音之调，作十九章之歌。以正月上辛用事甘泉圜丘，使童男女七十人俱歌，昏祠至明。夜常有神光如流星止集于祠坛，天子自竹宫而望拜，百官侍祠者数百人皆肃然动心焉。"③ 据《礼乐志》记载，武帝到成帝的一百多年是乐府的昌盛期，成帝末年，乐府人员多达八百余人，成为一个规模庞大的音乐机构。哀帝登基，下诏罢乐府，大量裁减乐府人员，所留部分划归太乐令统辖，至此，汉代再没有乐府建制。对于汉初礼乐的复兴，章太炎在《史学略说》中认为"《史

① 王应麟著，张三夕等点校：《汉书艺文志考证》，中华书局 2011 年版，第 258 页。

② 司马迁著，裴骃集解，司马贞索隐，张守节正义：《史记》卷二十四，第 1177 页。

③ 班固著，颜师古注：《汉书》卷二十二，第 894 页。

记》八书，未曾完具”，原因在于：“《礼书》录自《荀子》，《乐书》全袭《乐记》。……其实太史公时，礼乐已有制作。叔孙通所定之朝仪，可入《礼书》。铙歌楚调，可入《乐书》，不知何以剿袭充数也。”① 可见，他对于汉初礼乐复兴的成效还是肯定的。

随着今古文经之争、古文经之崛起，儒学的复古运动得到推动，王莽借复古之力，以复兴西周古制为名，策动了对汉家郊庙制度的全面改革，出现了所谓的“元始改制”。以周公自居的王莽，以《周礼》为蓝本，以西周模式的郊庙制度为依据，对汉武帝以来建立的礼乐制度进行了全面的革新，为代汉自立制造声势。如重新尊奉昊天上帝为至尊神，配以皇地后祇，次以五帝，而将天地群神分为五部，以类相从，从而形成一个新的祭祀谱系。对此，顾颉刚先生评曰：“王莽是礼家出身，所以要把所有的礼制都用他自己的意思改变过，使它成为极整齐的一大套。自从国家的宗庙、社稷、封国、车服、刑罚等制度，以及人民的养生、送死、嫁娶、奴婢、田宅、器械等品级，他没有不改定的。这确是一代的大手笔。”②

东汉时期，礼乐制度一如西汉，虽有诸多欠缺，仍在致力完善。据《后汉书·礼仪志中》记载，明帝时期，制定冕服制，推行上陵礼，改革宗庙制度，完善了汉初以来的乐制建设。章帝时期，在礼乐制度建立上颇有成就。据《儒林传》记载，章帝于建初四年（79），“大会诸儒于白虎观，考详同异，连月乃罢。肃宗亲临称制，如石渠故事”。此乃有名的白虎观会议，根

---

① 章太炎：《国学略说》，上海文艺出版社 2001 年版，第 116—117 页。

② 顾颉刚：《汉代学术史略》，东方出版社 1996 年重排本，第 77 页。

据会议记录整理而成的《白虎通义》，对于“君为臣纲，父为子纲，夫为妻纲”做了具体的规定和解释，确立了“三纲五常”为礼制秩序的最高原则，从国家制度层面完成了儒学国教化、礼乐制度帝国意识形态化的过程。东汉后期逮至建安时期，礼治溃败，君不君臣不臣，乱纲常者比比皆是，自此汉代“礼乐复兴”进入了衰落期。

汉代“礼乐复兴”，从表象上看是古代特定的历法、车舆、冠冕、乐舞的复兴，但在古人的政治想象中，通过改正朔、定服色、改官称、设庠序、兴明堂等具象，并伴随着凤鸟、麒麟、河图、洛书、甘露、紫芝、嘉禾等符瑞的出现，一个完美的古礼雅乐盛事就会重现人间。汉代“礼乐复兴”，在制度上虽然多有缺陷，但在思想传统上，礼乐文化的精神却延续了下来。尤其是汉乐府，采集了大量的文人创作和民间歌谣，无论是用于宗庙颂歌的《安世房中歌十七章》《郊祀歌十九章》，还是反映下层生活的“鼓吹曲辞”“相和歌辞”“杂曲歌辞”，其用途涵盖了从祭祖、祭神到朝会、宴飨、军旅，几乎渗透到礼乐文化的各个方面。在中国古代文学艺术的发展史上，汉乐府以其反映社会生活的深度与广度，留下了宝贵的思想资源与创作传统。

礼教与中国文论的发生特征

作为中华文明固有特征之一，礼教兼有宗法情感、伦理道德、政教制度、人文理想、价值尺度、审美标准等多重意蕴。礼教之所以长盛不衰，从原始的“事神致福”衍变为宗法伦理的信仰体系，经诸子形上阐释和汉代经学理论总结，积淀成为中华民族思想传统的重要内核，不仅在于“以礼教治天下”政治理念的落实，更在于礼教可以解决人生诸多内在问题，无论是慎终追远的宗法情结为灵魂安顿、心灵慰藉带来的归宿感，还是别上下、明贵贱的社会身份认同意识，或是对人之情、性、欲的心理调节作用以及移风易俗、安上治民的道德教化功能，均可以在礼教的框架下实现真正意义上的思想文化整合。因此，礼教的意义不仅外在于社会政治制度之创设，更内在于人精神之寄托，其人情人性理念、宗法伦理情感与人文化成意义，对中国文论发生特征的形成有着深远的影响。

三代以来以血缘、宗法、伦理为基础的政治制度、思想观念、文化意识，使得血缘之亲疏远近成为维护政治权力和财产分配的重要手段，也就凸显了伦理道德问题在古代意识形态中的主导地位，这是了解包括文学艺术在内的古代精神文化特质的关键所在。以孝敬为主体的伦理思想源于“亲亲”“尊尊”的宗法理念，自三代以来就根植于中国社会，规范着国家政治制度的制定、社会伦理秩序的形成以及个体道德修养的选择。所谓“报本反始”重祖敬宗的渊源在商人，商代众多祭祖卜辞，即为明证。周人强调“尊尊”“亲亲”“敬敬”，提倡“孝友”“慈爱”“忠顺”，重视孝悌的伦理观是周代宗法制的基础，见于金文的“孝”字就很常见，孝与敬天、尊祖在价值取向上是一致的，于天命敬德，于宗法重孝，故《论语·学而》中曾子谓“慎终追远，民德归厚矣”①。“三礼”中记载了一套完整体现宗法伦理观的祭祀制度和丧葬制度，以礼教为核心构成了一个庞大的伦理谱系，所谓“礼者，礼制。教者，非宗教之教，亦非

---

① 阮元校刻：《十三经注疏》，第2458页。

教育之教，盖含有伦理而兼政治者也”[1]，正复此意。

从学术传统看，中国古代的认识论、价值观，在相当程度上从属于伦理学，从孔子“仁学”到宋儒“格物致知”，所强调的主要是伦理责任与道德践行。孔子极为重视宗法伦理关系，其君臣、父子的人伦原则，涵盖了以忠孝为主的社会关系和伦理规范，奠定了传统时代道德生活的主要内容。《孟子·滕文公上》“父子有亲，君臣有义，夫妇有别，长幼有叙，朋友有信”[2]的“五伦”，融合了血缘、宗法、等级关系，对西周以来的家国一体、亲贵合一的宗法伦理精神做了高度概括。宗法伦理思想在汉代发生的本质变化在于“三纲五常”作为国家意识形态的确立，教行于上，化行于下，这就直接影响到经学传统以及文学传统的形成。譬如《诗大序》高扬礼教精神，从宗法伦理向政教伦理渐次推广，“风天下而正夫妇也”所体现的上行下效的政教价值观，“经夫妇，成孝敬，厚人伦，美教化，移风俗”所体现的等级森严的秩序价值观，“王道衰，礼义废，政教失，国异政，家殊俗”所体现的家国一体的群体价值观，“国史明乎得失之迹，伤人伦之废，哀刑政之苛，吟咏情性以风其上”[3] 所体现的重义轻利的道德价值观，包含了政教、秩序、群体、道德等多重意蕴，极大地强化了“大一统”模式下的宗法伦理意识。又如有汉一代士人围绕屈骚展开的争论，其间呈现出复杂的文化心态，除有感于屈原独特的人格气质外，根植于内心的忠孝

---

① 胡朴安：《研究国学之方法》，《国学汇编》，上海国学研究社编印，1924 年 10 月，收入胡道静主编：《国学大师论国学》，东方出版中心 1998 年版，第 46 页。

② 阮元校刻：《十三经注疏》，第 2705 页。

③ 阮元校刻：《十三经注疏》，第 271 页。

情结也是一个重要因素。屈原将忠君思想演绎到极点，正是儒家伦理精神的标本，王逸谓“人臣之义，以忠正为高，以伏节为贤”“膺忠贞之质，体清洁之性”[1]，业已点明此一文化现象背后所隐含的伦理意义。宗法伦理精神培育了文论家独特的艺术审美感知与文学批评趣味，以伦理道德为文学批评标准是文论家的一般价值取向，少有人能够溢出此一视野去观照社会人生的。宗法伦理观念影响下衍生的圣人观、忠孝观、青天意识、善恶观、气节观、贞节观、修养观、节欲观等，往往先在地影响着人们的艺术感受力和判断力，其审美感知与审美想象亦受制于这种强大的思维惯性，各种伦理动机、道德理想、政治忧患、社会义务作为潜意识先于艺术审美而存在，它们不仅成为文学家创作的动因与起点，也常常是文论家价值判断的主导因素与首选标准。

从诗歌创作与批评来看，《诗经》中有大量关于宗法伦理情感的描写，如《大雅·思齐》有“刑于寡妻，至于兄弟，以御于家邦”[2]，从夫妻之情说到兄弟之亲再说到家国之安，体现了宗亲伦理、家国天下的治国理念；《小雅·蓼莪》有“蓼蓼者莪，匪莪伊蒿。哀哀父母，生我劬劳”，抒发了诗人内心对父母的爱，毛序：“民人劳苦，孝子不得终养尔。”孔疏：“民人劳苦，致令孝子不得于父母终亡之时而侍养之。”[3] 均将宗法伦理视为诗歌批评的重要标准。从戏曲创作与批评来看，元末高明创作《琵琶记》，借副末明主旨：“不关风化体，纵好也徒

① 王逸：《楚辞章句序》，《四部丛刊》本。

② 阮元校刻：《十三经注疏》，第516页。

③ 阮元校刻：《十三经注疏》，第459页。

然……休论插科打诨，也不寻宫数调，只看子孝共妻贤。”[1] 对此，王骥德《曲律》评云：“故不关风化，纵好徒然，此《琵琶》持大头脑处。”[2] 李渔在《闲情偶寄·密针线》中，则将赵五娘千里寻夫，路途无伴的贞节问题纳入批评视野，以此认为《琵琶记》结构上不严密，足见伦理道德意识之根深蒂固。逮至晚清平剧，剧中必寓礼教，凡《二进宫》《四郎探母》《三娘教子》，涉及君臣之礼、华夷之礼、母子之礼等，文学艺术必有礼教道义寓于其间，自是中国文化之基本特质。

对人情人性的重视，是礼教的正价值。礼所表达的对先祖圣贤、国家社稷的感情，不仅联系着政治制度、社会整合等意识形态运作，更联系着血缘亲情、身份认同，是一种内在的情感要求与精神寄托，所以梁漱溟先生《儒佛异同论》认为：“儒家极重礼乐仪文，盖谓其能从外而内，以诱发涵养乎情感也。”[3] 儒家强调情本性，情乃礼之本，在《荀子·乐论篇》《礼记·乐记》《诗大序》等文献中，对文学艺术中情性与礼义之间的关系进行了细微的辨析，新出土的上博简和郭店楚简中大量关于情性的文字，在很大程度上否定了传统研究中的一种看法，即早期儒家言情多为实义，少有感情色彩。从汉初陆贾、贾谊到董仲舒的理论建构，叔孙通的定制礼乐，齐诗以“情性”解诗等，均强调教化的意义在于明人情、辨人性、知人道，如《汉书·

---

① 高明著，钱箕校注：《琵琶记》，中华书局1960年版，第1页。

② 王骥德：《曲律·杂论》三十九下，《中国古典戏曲论著集成》第4集，中国戏剧出版社1959年版，第160页。

③ 梁漱溟：《儒佛异同论》，《中国文化与中国哲学》第1辑，东方出版社1986年版，第441页。

翼奉传》有“诗之为学，情性而已”[1]，《匡衡传》有《国风》“原情性而明人伦”诸说法，均秉承此一传统，只不过因时而异，有时与社会功能结合得紧密一些，有时与个体情感结合得紧密一些，宽窄、松紧不同而已。随着经学化进程的加深，礼教、诗教的各种原则渐趋完善，从“以礼节情”“以道制欲”到“以理灭情”，情感的、审美的内涵愈来愈受制于礼义规范，礼教对于文学思想的负面影响也就逐渐显露出来。

对于情与礼的关系，古人既肯定伦理道德之于个体内在情感的重要性，又将个体情感与政教治乱、时代风俗相联系，赋予其重大的社会历史意义。体现在文学思想上，一是重视情性之正，一是以礼制情。重视情性之正，是古代文学思想史上的一个重要传统。古人认为情志同源，心有所感，故形于诗乐舞，如《左传·襄公二十七年》“诗以言志”，《尚书·尧典》“诗言志，歌永言，声依永，律和声”，《论语·八佾》“乐而不淫，哀而不伤”，《礼记·孔子闲居》“志之所至，诗亦至焉；诗之所至，礼亦至焉；礼之所至，乐亦至焉；乐之所至，哀亦至焉”[2]等论述，赋予“言志”情感的内涵，强调中和原则下有节制的社会情感。《荀子·正名篇》认为“情者，性之质也”，所谓“大圣”不仅通乎大道，且要“辨乎万物之情性”（《哀公篇》），视情为人性本质力量的要素之一。汉代《礼记·乐记》是论述礼乐与情性关系的集大成者，既强调人情对于礼乐之教的重要性，所谓“礼乐之说，管乎人情矣”，又将音、声、乐的审美特质及情感体验阐释得极有层次，并对诗乐舞与社会政教状况进

① 班固著，颜师古注：《汉书》卷四十八，第 2264 页。
② 阮元校刻：《十三经注疏》，第 1616 页。

行一一比附，“是故治世之音安以乐，其政和。乱世之音怨以怒，其政乖。亡国之音哀以思，其民困”[1]，以此证明声音之道与政通的礼乐政教观。从历史来看，古代文学思想中主流的言志、物感、政教诸说，其理论前提与运思逻辑当源自早期儒学对于情性的重视，如同章太炎先生《国学略说》中评价汉大赋：“道德非尽出于礼，亦生于情。”[2] 可谓一语言中。

从晋代陆机《文赋》“诗缘情而绮靡”、挚虞《文章流别论》“诗虽以情志为本，而以成声为节”的论述开始，古代文学思想领域出现“缘情”一说，这与主流“言志”说的发展路径不同，也与先秦两汉以来的抒情传统不同。从《楚辞·惜诵》最早提出“发愤以抒情”到《诗大序》“吟咏情性”“在心为志，发言为诗。情动于中而形于言”的论述，可以看到，早期“抒情”传统与“言志”不仅有着直接的政教承传，而且“情”与“志”在相当程度上是并用的。逮至六朝“缘情”的提出，抒情传统才逐渐得以摆脱政教伦理的拘束，沿着“情灵摇荡”的路子发展开去。其后齐梁刘勰《文心雕龙》有“人禀七情，应物斯感”“为情而造文”“辞以情发”、情经辞纬、情志结合等论述，唐代皎然《诗式》有“真于情性，尚于作用”，白居易《与元九书》有“补察时政”“泄导人情”之论断，宋代严羽《沧浪诗话》有“别材别趣”之论，明代李贽《童心说》有“童心”“真心”，汤显祖《耳伯麻姑游诗序》有“世总为情，情生诗歌”，袁宏道《叙小修诗》有“独抒性灵，不拘格套”，《陶孝若枕中呓引》有“情真而语直”等论断，逮至清代袁枚《随园诗话》亦有“专主

① 阮元校刻：《十三经注疏》，第 1527 页。

② 章太炎：《国学略说》，第 209 页。

性情”等，不胜枚举。综观历代文论家围绕艺术创作中礼教与情性关系的论述，除李贽《读律肤说》“非情性之外复有礼义可止”为强调情性之贵而贬礼义不免矫枉过正之外，大部分理论家均能在礼与情的取舍中达致一种平衡状态。

以礼制情，是古代文学思想的另一个重要传统，譬如《左传·昭公二十五年》赵简子问礼，子太叔以子产话作答：“民有好、恶、喜、怒、哀、乐，生于六气。是故审则宜类，以制六志。”孔疏：“此六志《礼记》谓之‘六情’。在己为情，情动为志，情志一也。”朱自清先生认为：“这种志，这种怀抱是与‘礼’分不开的，也就是与政治、教化分不开的。”[①] 从原始儒学到汉代经学逮至宋明理学，礼与情性之间的理论张力在儒学一系中的思想脉络清晰可见。孔子以礼节人，《论语》有“约之以礼”“克己复礼”的说法，提倡“思无邪”，贬斥“郑声淫”，以伦理道德规范情感，使之归于“正”，远离“邪”。荀子认为性本恶，因而特别强调礼义对于情感的规范作用，《荀子·修身篇》有“情安礼”，《礼论篇》有“礼义文理之所以养情也”，《乐论篇》有“以道制欲”“郑卫之音，使人之心淫”的说法，重视以礼（理）养情，推崇雅乐而贬抑“郑卫”，故《王制篇》有“凡非雅声者举废”之说。《诗大序》对诗乐与情感的关联做了理论上的升华，首先肯定了“诗者，志之所之也。在心为志，发言为诗，情动于中而形于言”，以此论述诗的情感特征与社会心理的联系，并进一步认为这种情感与伦理道德有着密切联系，是君臣、夫妇、父子之间具有深度社会关联意义的情感，因而其论最终落脚在“主文谲谏”“发乎情，止乎礼义”的礼教规范

① 朱自清：《诗言志辨》，华东师范大学出版社 1996 年版，第 3 页。

上。宋明理学则将礼上升到本体论的地位，以理证礼。程颐认为："视听言动，非理不为，即是礼，礼即是理也。"[①] 朱子释"克己复礼"认为："所以礼谓之'天理之节文'者，盖天下皆有当然之理。今复礼，便是天理。"[②] 朱子视情与理对立，故存理灭情，所谓"天理人欲，不容并立"[③]，将以理囿情推衍到极端，常常为后人所诟病。

从历史来看，礼教价值体系确实体现了对文化创造过程中基本价值关系的反思，并从某些方面折射出中国社会发展中思想文化建设的客观需要，正如其思想内涵丰富多重一样，其历史价值与意义也很难从一个方面下定论。礼教所内蕴的文学价值体系，在长期的文学创作与批评实践中，积淀成为中华文化深层的观念结构与思维模式，并逐渐渗入日常文化心理及行动方式之中，其意义不仅在于对历史上经典文本进行诠释，更在于为未来的人文化成提供一种内在的范导，在于与社会政治、文学实践有着更为切近的关系，总能作为稳定的思维定式、审美原则、人生态度制约着广义的人文创造过程。礼教对于中国文论发生期的影响，也更多地体现在这些方面。

---

① 程颢、程颐：《二程遗书》，上海古籍出版社 2000 年版，第 190 页。

② 黎清德编，王星贤点校：《朱子语类》卷四十二，第 1079 页。

③ 朱熹：《四书章句集注》，第 254 页。

和

“和”的观念是三代文化留下的重要思想传统，在长期的历史文化演进中，经过古人不断自觉的理性反思，“和”已经积淀成为厚重的观念结构与文化基因，成为中华民族的基本生存样态和最高精神智慧。“和”的思想质素渗透到古代知识系统的大部分范畴和命题中，包括哲学的“三才”合一、阴阳相和、五行相生，政治教化的音和政和，伦理道德的中庸之道，文学艺术的中和之美，等等，都不离“和”的理论视野与文化心态。在中国古代思想史的境域中，“和”不仅涉及事物的实存形态与方式，而且指向理想形态与应然方向。古人以“和”的理论视野和文化心态看待宇宙、自然、社会和人生的诸多问题，以此探知天地所由、物类所依、发展所本，由此所形成的“尚和”思维涵盖了古代宇宙观、世界观、价值观等诸多知识领域，具有极强的理论统摄力和解释功能。作为一种宇宙观、世界观，“尚和”构成了古人对于天、地、人三界的基本规定；作为一种价值观、方法论，“尚和”存在于现实的生存世界与想象的意义世界中，是中国古代知识体系中的一个根本理念与致思方式乃至价值核心；作为一种政治观、伦理观，其内涵的政治宗法、人伦教化理念不仅决定了中国古代政教人伦制度的发展轨迹，而且也是古人安身处事所遵循的原则与审美理想所追求的目标。

释“和”

考察“和”之源流，向上可以追溯到三代乃至史前时期，向下可以探究到两汉之世，大体有三个阶段：一是夏、商、周时期，根据甲骨文考辨以及传世典籍中汉人释义之相互印证，其初始意义大约集中于人之自然官能性感受，尤其是听觉、味觉上，古人多从音和与味和的角度出发谈论政和，这是“和”之本源意义阶段；二是西周末年到春秋，“和”之衍生意义阶段，从史伯到晏婴、单穆公和伶州鸠，赋予“和”自然、社会、人生的多重内涵，所论及的内容涵盖了整个古代思想文化系统；三是春秋“礼坏乐崩”到汉代“礼乐复兴”的鉴识与承传阶段，随着诸子不断深入地阐发，“中和”“和合”成为社会思想的主流。孔子及后学赋予“和”人性人情、道德伦理的属性，老庄将“和”与阴阳、道结合，赋予其形上意义，汉代董仲舒杂糅诸子“和”论，将其与天地阴阳、伦理道德结合在一起，贯通形上形下，建构了完整的宇宙论体系和方法论原则，基本上确立了尔后两千多年“和”义的演变路径。

“和”义的萌生，应该是很古远的，它是古人早期农业生产、生活经验的总结与提炼。从目前的考古材料和历史文献看，作为华夏民族的主体思想意识，“和”在三代甚或更早的史前时期就已经存在并且广为流行了。从文字起源看，至少在殷代中期以前，也即“和”的象形文字产生之前，人们在社会生活中，就已经将“和”“中”意识具体相连，这应该是“和”义萌芽在文字上的最早表现。

“和”字的甲骨文字形为（前二・四五・二）、（宁沪一・七三）、（京津四八三二）[①]等。“禾”与“龢”在古经传中通用无别，“和（龢）”作为合体字，根据古来学者的研究成果，其字符中可能包括了编管乐器、农作物等象形符号。对于“和”的释义，较通行的看法大致有两种。其一，东汉许

① 中国社会科学院考古研究所编辑：《甲骨文编》，第 87 页。

慎以唱和为“和”，以调和为“龢”。“和”在口部，《说文》：“相应也，从口禾声。”“龢”在龠部，《说文》：“调也，从龠禾声，读与和同。”段玉裁注曰：“言部曰：调，龢也。此与口部‘和’音同义别。经传多假‘和’为‘龢’。”罗振玉先生在甲骨文研究中，取《说文》观点，释“和（龢）”为调和。其二，成书于汉初的《尔雅·释乐》：“大笙谓之巢，小者谓之和。”郭沫若先生据此认为“和（龢）”本义为小笙，是一种编管乐器的名称：“龢之本义必当为乐器，由乐声之谐和始能引出调义，由乐声之共鸣始能引申出相应义，亦犹乐字之本为琴，乃引申而为音乐之乐与和乐之乐也。”[①] 以上研究，无论是罗氏以甲骨文印证《说文》，还是郭氏以甲骨文印证《尔雅》，都是沿袭汉人说法。这是汉人关于“和”的一般理解，如《诗经·小雅·伐木》郑笺：“以可否相增减曰和。”[②] 又《周礼·天官冢宰·食医》郑注：“和，调也。”[③] 但显而易见的问题在于，汉人考辨时只见金文、秦篆，未见甲骨文及其相关研究，故而对于“和”字的解释，是本义或衍生义，尚难下定论。

以今人眼光推究，“和”的字形可能与禾、味、乐相关，其本源意义与调和工具、调和过程及调和的理想状态相关。就早期思想家关于“和”的论述来看，其初始意义大约集中在两个方面，一为饮食调和之味和，一为声音相和之乐和，即《国语·郑语》史伯所指“和五味以调口”“和六律以聪耳”。无论是味觉还是听觉上的感官愉悦，均源自先民对于天地万物的感

---

① 郭沫若：《郭沫若全集》考古编第1卷，科学出版社1982年版，第96页。

② 阮元校刻：《十三经注疏》，第410页。

③ 阮元校刻：《十三经注疏》，第667页。

受，表达了他们对于自然与人的关系的一种理解或想象，故而本质上，味和与乐和是一致的，所以杨树达先生认为："事之中节者皆调之和……《说文》云：龢，调也。盉，调味也。乐调谓之龢，味调谓之盉，事之调适者谓之和，其义一也。"[①]

考之上古政教的实际状况，味和与乐和是礼乐制度的重要组成因素。"和"在上古的一个主要运用是在饮食上。商周时期，饮食与礼乐政治、宗教祭祀密切相关，如《逸周书·商誓》："在商先哲王，明祀上帝……亦维我后稷之元谷用告和、用胥饮食。"[②] 这段史料记载商王向上帝"告和"，祭祀之物就是用先祖后稷的元谷调和而成。殷商时期大量青铜制成的饮食器，同时也是极其重要的礼器，其搭配和组合在各种宴会上被使用，并伴以乐歌乐舞，既体现了礼之尊卑贵贱，也体现了乐之和美协调。对于调和产生的美感，商汤时期的伊尹有过精辟的论述，这见于《吕氏春秋·本味》的记载："调和之事，必以甘酸苦辛咸，先后多少，其齐甚微，皆有自起。鼎中之变，精妙微纤，口弗能言，志不能喻。若射御之微，阴阳之化，四时之数。"[③]"和"在上古的另一个主要运用是乐教。古代乐教具有悠久的历史，乐舞、乐歌和乐器所带来的声音相和悦耳、人伦愉悦和睦，在天、地、人"三才"合一中起到了重要作用，这在传世典籍中多有记载，如《尚书·舜典》："八音克谐，无相夺伦。"又《周易·中孚·九二》："鸣鹤在阴，其子和之。"又《小雅·宾

① 杨树达：《论语疏证》，《杨树达文集》之十六，上海古籍出版社1986年版，第28页。

② 黄怀信、张懋镕、田旭东：《逸周书汇校集注》卷五，第482页。

③ 吕不韦著，陈奇猷校释：《吕氏春秋新校释》，第745页。

之初筵》："龠舞笙鼓，乐既和奏。"[①] 春秋以降，关于乐和的言论也就更多了。

考察"和"在三代及更早时期的含义，对于把握尔后人文意蕴的不断积淀以及发展演变的逻辑理路都是很重要的。古人对于"和"的理解，源于人之本能，是官能性愉悦所引起的感性共鸣。在能够带来愉悦的各种感官中，古人尤其重视听觉、视觉、味觉，这在上古典籍中很常见，如《国语·郑语》中史伯言"声一无听，物一无文，味一无果，物一不讲"[②]，又《墨子·非乐》"目之所美，耳之所乐，口之所甘"[③]，又《孟子·告子上》"口之于味也，有同耆焉；耳之于声也，有同听焉；目之于色也，有同美焉"[④]。对于中国古人这种从官能性直觉感知到审美性感性愉悦的思维逻辑，汉学家是这样认为的："中国人的审美意识在其初期阶段上，最初根源于'甘'这一官能性的味觉美，然后是与味觉美的悦乐感关系最为密切的嗅觉美，以及视觉←→触觉美，最后是听觉美。严格地说，五官各自体验的美感，在其内容、本质上是有所不同的，但是它们都用同一个'美'字来表达。"[⑤] 虽然笠原仲二对于五官感受的排序，尤其是将听觉排于末尾，与古人的理解是不一样的，但他认为五官的感受只有达到"和"的境界，才能是美的、善的，这一把握无疑是准确的。

---

① 阮元校刻：《十三经注疏》，第 131、71、485 页。

② 左丘明著，韦昭注：《国语》卷十六，第 516 页。

③ 孙诒让撰，孙启治点校：《墨子间诂》卷八，第 251 页。

④ 阮元校刻：《十三经注疏》，第 2749 页。

⑤ ［日］笠原仲二著，杨若薇译：《古代中国人的美意识》，生活·读书·新知三联书店 1988 年版，第 42 页。

“和”作为观念形态出现并得到充分阐释是在三代，这业已是古人认识能力达到相当高度、理性思辨能力相当成熟时期的产物了，尤其是西周末年到春秋时期的“和同之辩”，这是古代“尚和”思维初步形成的标志，也是百家争鸣的前奏。

“和”成为古代思想家、政治家关注的中心，原因是多方面的。西周中期以来种种“礼坏乐崩”的状况，使商周以来的“尚同”意识产生了深刻的危机，这为新的“尚和”思想的兴盛提供了时代契机。具体而言，外政上犬戎入侵，披发左衽的现实动摇了三代以来内外有别的华夏正统观念，内政上宗法等级混乱，诸侯坐大，形成“上下无礼”、君臣无别的局面，加之经济上井田废除与工商兴盛，意识形态上质疑天道与神权、倡导人道与个性，以及学术下移、私学兴起、士人崛起等等，使封闭社会同一化的思想观念受到极大冲击。就目前所见的文献资料来看，自西周末年史伯提出“和实生物，同则不继”的思想之后，“和同之辩”便蜂起了。

据《国语·郑语》的记载，时任周司徒的郑桓公向太史伯询问周的命运，史伯认为周王室末运已到，原因在于周幽王“去和而取同”。史伯认为，百物是由土与金、木、水、火相杂而生的，故要“和五味以调口，刚四支以卫体，和六律以听耳，正七体以役心，平八索以成人，建九纪以立纯德，合十数以训百体”①。这表现在政治上，“先王聘后于异姓，求财于有方，择臣取谏工而讲以多物，务和同也”。史伯的思想中有两点极具理论价值：其一，在其理论前提中，先王的礼治文化是“和而不同”的典范，故而幽王“以同裨同”“去和而取同”会招致灭

① 左丘明著，韦昭注：《国语》卷十六，第515—516页。

亡；其二，史伯最早揭示出“和”所具有的理论正价值，奠定了“尚和”思维的理论基础。史伯所言“和”，也即“以他平他”，是指各种不同事物的配合与协调，而所谓“同”，是指事物的单一性。在古代思想家的观念中，万事万物的差别虽然清晰而客观地存在于天地之间，但它们并不是彼此隔阂疏离的，而是处于相分相异又相济相维的关系中。根据史伯的“和同”理论，君王应该顺“和”弃“同”，顺“和”的关键是君主必须纳谏，对事物进行比较，统治才会长久。幽王与此相反，弃“和”取“同”，拒“明德”之臣，听阿谀奉承之词，重用“谗慝”之人，根据“同则不继”的道理，史伯断言幽王的统治不会久长。

如果说在史伯眼里，“和同”论是一种历史哲学观，那么在其后的政治家、思想家眼里，“和同”论也被视为一种政治理念与战争观念，如《国语·周语中》记载周定王谈论“肴烝”与“全烝”的区别：“五味实气，五色精心，五声昭德，五义纪宜，饮食可飨，和同可观，财用可嘉，则顺而德建。古之善礼者，将焉用全烝？”[①] 又如周简王时单襄公对于晋国战胜后时局的分析：“夫战，尽敌为上，守和同顺义为上。”[②] 由此可见，春秋时期的“和同”论涉及的内容已经十分丰富了，在此基础上，对“和同”论有重大理论创新的是春秋末年齐国的晏婴。

晏婴答齐侯，辩同论，文存于《左传·昭公二十年》，他继承了史伯“务和同”的观点，进一步指出“和”的境界是由事物相互对立因素“相济”“相成”而形成的一个和谐整体。晏婴

---

① 左丘明著，韦昭注：《国语》卷二，第65页。

② 左丘明著，韦昭注：《国语》卷二，第85页。

严格地区分了“和”与“同”，强调二者之差异：“和如羹焉，水火醯醢盐梅，以烹鱼肉，燀之以薪，宰夫和之，齐之以味，济其不及，以泄其过。”他以煮鱼汤为例，指出只有配以水和各种佐料，加之适中的火候，善烹的厨师，味道才会浓淡适中，食之才会味美可口。音乐也像美味佳肴的烹饪一样：“声亦如味，一气，二体，三类，四物，五声，六律，七音，八风，九歌，以相成也。清浊大小，短长疾徐，哀乐刚柔，迟速高下，出入周疏，以相济也。君子听之，以平其心。心平德和。”①优雅的音乐是由气、体等九种因素组合，又配以清浊、大小、短长等变化，才形成和谐美妙的旋律，否则的话，“若以水济水，谁能食之？若琴瑟之专一，谁能听之？同之不可也如是”。晏子不仅阐明“和”之“相济”“相成”的道理，而且根据乐和、德和、政和相通的逻辑，将其运用于君臣关系，“先王之济五味，和五声也，以平其心，成其政也”，强调君臣在处理政务意见上“否可相济”的重要性。如果说史伯关注的视野主要在于客观对象本身，如在乐之多样性变化中求和，那么晏婴不仅将关注的视野延伸到了审美主体及其相关的社会领域，而且通过主体与客体、部分与整体关系的辨析，以及“清浊”“大小”等对立统一范畴的拈出，辩证地充实了“和”的内涵，比史伯更为深刻。

春秋末世，乐官们对“和”也表现出相当程度的关注，在单穆公、伶州鸠、师旷这些著名乐官的言论中，史伯、晏婴“和”的理念得以延续，经过他们的不断阐发，“和”所具有的协和适度的思想品格已经渗透到礼乐文化的各个组成部分中了。《国语·周语下》中记载了单穆公、伶州鸠以“和”论乐、论

---

① 阮元校刻：《十三经注疏》，第2093—2094页。

政，反对周景王铸大钟“无射”的事迹。单穆公认为：“夫乐不过以听耳，而美不过以观目。若听乐而震，观美而眩，患莫甚焉。”他认为听乐、观美都要讲求适度的原则，强调美的音乐不能离开，也不违背人的生理与心理的承受基础，并强调乐和对君王的心理乃至政治好坏有决定作用，所依据的仍然是乐和→心和→政和的逻辑路数。比较而言，伶州鸠的思想更具创新价值，他发挥了《尚书》“神人以和”的观念，强调“道之以中德，咏之以中音，德音不愆，以合神人”，将乐和与政和的关系归结为“夫政象乐，乐从和，和从平”，反复强调“中音”的重要性，把“中音”与养生、道德、殖财乃至政治兴衰、人神关系联系起来。伶州鸠明确地提出了“中德”“中音”“德音”的概念，所谓“中德”“中音”，韦昭注：“中德，中庸之德声也。中音，中和之音也。”[①] 这已经将西周重德的思想贯注到“和”的理念中了。如果说此前“和”的观念主要体现在思想方法和处事原则上，那么西周以来与德的结合，开始显示出伦理道德的价值判断特征了，由此所培育的理论生长点，如中庸、中和，在随后诸子的鉴识与承传中得到更为多元的发展。

“和”观念的萌芽与认识深化都是在礼乐文化背景中展开的，无论是五帝时期朱襄氏、陶唐氏的乐歌与乐曲，还是西周“和而不同”的争论，以及春秋“礼坏乐崩”中季札、孔子开始萌生的中和观念乃至汉代礼乐重建中“尚和”的隆兴。纵观“和”在上古的演变，每一步都与礼乐发展密切相连，究其根源，乐的本质在“和”，礼的实质也在“和”，对礼乐政教而言，“和”既是手段也是目的。

---

① 左丘明著，韦昭注：《国语》卷三，第130页。

乐之特性在于“和”，这是古人的共识。“和”观念自产生伊始便与乐密切联系了，如《尚书大传·虞夏传》有“至乐相和”，《荀子·儒效篇》有“乐言是其和也”，《吕氏春秋·察传》有“和乐之本也”等说法。乐之“和”与天地之“和”是相联系的，乐之“和”正是天地之“和”的表征，对此，《礼记·乐记》归结为“大乐与天地同和”“和故百物皆化”，由聆听“和乐”而产生政治、道德、伦理之“和敬”“和顺”“和亲”，是源于古代乐教的重要人文传统，这就在思维模式上形成了古人乐和→心和→政和的推衍路数。在早期儒家的理想中，乐的境界高于礼的境界，这在孔子的思想中体现得很明显。孔子所认定的至高无上的“和乐”，是“尽善尽美”的《韶》乐，如《论语·八佾》：“子谓《韶》：‘尽美矣，又尽善也。’”[①] 孔子此论的前提就在美善合一，美善的本质在于和，《韶》乐之所以“尽善尽美”，其核心价值在于美善与礼乐法度、道德伦理之间的关系，只有基于道德价值判断上的情感体验才符合孔子“和”的理想。

礼之“尚和”品格源于古人对于礼的认识，礼的本质在于“分”，而“分”的目的在于“和”。我们知道，周公“制礼作乐”，建立了包括分封制、宗法制在内的王权等级制度，使礼之“分”体现在政治地位、财产分配、衣食住行等社会生活的各个方面。荀子最早从理论上论述礼的本质，《荀子·王制篇》：“人何以能群？曰：分。分何以能行？曰：义。”[②] 人与动物的区别在于“群”，人之所以能“群”，就在于人能够“分”。其后《礼

---

① 阮元校刻：《十三经注疏》，第2469页。

② 王先谦撰，沈啸寰、王星贤点校：《荀子集解》卷五，第164页。

记·乐记》更是明确宣称："礼义立，则贵贱等矣。"① 对于礼之"分"所具有的社会意义，先秦思想家大都认同。慎到提出法在于"定分"，礼在于"贵贱"，法家大都赞同这一说法；墨家倡导"尚同"，《墨子·非乐上》中认为，要实现"同"首先要天下按照等级"分事"，王公大人、士君子、农夫、妇人各行其是；马王堆《老子》乙本前古佚书有《六分》，也讲等级贵贱之别。总之，所谓"礼别异"，目的在于"分"，从而杜绝"同"，故不同即异，不同谓之"和"。"分"并不违背"和"的原则，甚或相反，"分"正是"和"显现之必需。加之，光讲"分"容易导致社会关系的疏离与紧张，须以"和"来协调。"和"既是"分"的目的，也是对"分"的重要补充与牵制，可以避免极端而破裂。

就礼与乐的关系而言，也要寻求"和"的理想状态。礼主"别"，体现"尊尊"，乐主"和"，体现"亲亲"，礼与乐合一，既体现"别"之贵贱等差，更体现"和"之化合协调。对此，古人有很多说法，如"礼以济乐""乐以济礼""礼非乐不行""乐非礼不举"等，均旨在说明二者相济调和的关系。如果一方强调过分，必然影响另一方，造成不利的后果，所谓"礼胜则离""乐胜则流"，故而理想的状态就是"亲亲"而"尊尊"，中和而不过度，既维护等级又人人和谐。因此，无论是作为政治制度、伦理规范或审美理想，礼与乐都要相互配合、相互渗透，得宜而适中。总之，礼乐价值系统以"和"为手段和目的：就手段而言，礼乐本身的合理运作离不开"三才"、阴阳构成的普遍和谐系统，礼乐之和与天地之和、阴阳之和、人伦之和、政治

① 阮元校刻：《十三经注疏》，第1529页。

之和处于动态平衡中，一“和”而俱“和”，一“失”而俱“失”；就目的而言，礼乐之功能在于达成社会政治生活中普遍和谐的状态。“和”所包含的价值理想、价值原则、行为规范能够为社会整合提供内在的根据与力量。譬如孟学“天时不如地利，地利不如人和”的思想，就进一步发展了孔门“和为贵”的理念，“和”的力量超过了天时、地利等外在的自然因素，“和”所具有的内在价值规范可以协调、整合社会不同的要素与力量，使其在礼乐政教的存在与运作中获得内在的发展动力，这就将古人对“和”所具有的社会整合能力的认识提升到一个相当的高度了。

“尚和”思维

历时性地看，“尚和”思维的萌芽与理论升华都是在礼乐文化背景中进行的，这是中国古代“尚和”思维产生及早期发展中一个至关重要甚至根本的属性。在三代甚至更早的史前时期，“尚和”作为华夏民族的主体思想意识已经存在并且广为流行了，如《尚书》开篇即有“协和万邦”的说法，其后亦有“惟和惟一”“咸和万民”“庶政惟和”等。到孔子所处的春秋末世，“尚和”思想氛围业已相当浓厚，诸子各家关于“和”或“中和”的谈论，灼然可见。

考察上古“尚和”思维的衍变，大致有三个阶段。一是夏、商、周时期，根据甲骨文考辨以及传世典籍中汉人释义之相互印证，“和（龢）”的字形可能与禾、味、乐相关，其原始义与调和工具、调和过程及调和理想状态相关。就早期思想家关于

"和"的论述来看，其初始意义大约集中在人之自然官能性感受，尤其是听觉、味觉上，一为饮食调和之味和，一为声音相和之乐和，也即史伯所谓"和五味以调口""和六律以聪耳"（《国语·郑语》）之义。古人常常从音和、味和出发谈论政和、人和，这是"尚和"意识的原生时期，尔后便有了"和同""中和"两条主要的发展路径。

二是西周末年到春秋"礼坏乐崩"，这是"尚和"的思辨品格充分发展时期，尤其体现在"和同之辩"中。无论是史伯"以他平他"对"尚和"正价值的揭示，晏婴以"相成""相济"辩证地充实"尚和"内涵，还是伶州鸠"中德""中音"等重德思想的贯注，均从历史观、哲学观、政治观、战争观及方法论、处事原则等层面，赋予了"和"自然、社会、人生的多重内涵，"尚和"所具有的协和适度的精神品格业已渗透到整个古代知识系统中。这既是"尚和"思维形成的标志，也是百家争鸣的前奏，尤其是西周以来重德思想的凸显，以偏于伦理道德的价值视野覆盖了知识的维度，这是三代"尚和"思维的新发展，由此所培育的理论生长点，如中庸、中和，在随后诸子思想的兴起中得到更为多元的阐释。

三是战国到汉代，诸子基于不同的政治立场与救世主张，对"尚和"思维做了不同的发展与回应，使其内涵在政治伦理、人文教化、文学艺术等领域得到不同程度的延伸与扩展。孔门讲礼乐之和、人伦之和，赋予"和"道德伦理、人性人情的属性，思孟强调人内在世界之"和"，荀学强调人外在世界之"和"，注重社会人伦秩序的和谐，长于以"和"作为价值评判与道德评价的标准，道家讲天地之和、阴阳之和，侧重与天道、自然的结合，精于形上领域的延伸，长于体道过程的心理感悟。

随着诸子的深入阐发，“中和”“和合”取代“和同”成为思想界关注的中心，这既是这个时代的人们对于自然宇宙、社会人生的理性探索，也是在各种社会冲突、政治纷争中寻找多元融合的理论结晶。汉代董仲舒杂糅诸子思想，将中和与天地人、阴阳五行、伦理道德结合在一起，贯通形上与形下，建构了完整的宇宙论体系和方法论原则，中和思想遂成为传统时代主要的政治伦理准则和艺术审美标准。

对于“和”的理解，源于人之本能，是官能性愉悦所引起的感性共鸣，因此，古代思想家最早是从感性角度谈“和”，其后才是作为宇宙观、政治观、价值观及方法论来思考的。由某一官能性的快感置换为普遍性的精神愉悦，由此物及彼物地推衍开去，其间的桥梁是认识过程中感觉器官之间复杂的心理活动，即“通感”现象。对此，钱锺书先生是这样解释的：“在日常经验里，视觉、听觉、触觉、嗅觉、味觉往往可以彼此打通或交通，眼、耳、舌、鼻、身各个官能的领域可以不分界限。”①就审美感受而言，体悟味道之和与乐律之和，本身是与人在品味、听乐时的心理情感密切相关的，所谓“和”也就由直觉感受自然引申到情性好恶、情感和谐的复杂状态及人伦道德的价值层面了。从这个逻辑出发，古代思想家将乐和与人和、政和贯通起来也就顺理成章了，由感官之和而人伦之和、政教之和的思路就产生了，乐和→心和→政和的礼乐政治模式也就大量涌现出来了。虽然古人对于“和”的理解始于人之本能，但是，能够体悟到味和之美、乐和之美却不是自然而然的，总是受到先在的意义系统规定和既有的价值尺度牵制，此一意义系统和

---

① 钱锺书：《七缀集》，生活·读书·新知三联书店2002年版，第64页。

价值尺度，就是三代以来所形成的“尚和”知识系统，古人总是在“三才”、阴阳五行与礼乐构成的整体背景下体悟、认同“和”的价值的。

将源于五官感受的“和”扩展到社会政治生活、人伦道德领域，并提升到本体论高度，使之成为中国古代政治的最高理想、文学艺术的最高境界，儒道两家各有发挥。孔子关于“和”的认识，继承了史伯、晏婴的“和同”思想，《论语·子路》中所谓“君子和而不同，小人同而不和”的观点，就明确地体现了重“和”去“同”的价值取向。刘宝楠《论语正义》引晏婴、史伯之语解释孔子“君子和而不同”之语，《国语》韦昭注引孔子此语解释史伯“和而不同”之论，可知两者互为印证。不同于史伯、晏婴从自然现象、社会现象角度进行辨析论证，孔子将“和”与人的社会实践直接联系在一起，从君子成人与为政两个方面，进行人伦价值、政教意义上的阐发，如《左传·昭公二十年》：“宽以济猛，猛以济宽，政是以和。”① 《论语·季氏》：“盖均无贫，和无寡，安无倾。”又《学而》：“礼之用，和为贵。”② 所论大都具有强烈的经世意味与资治色彩，同时，孔子对于“中”的观念也很赞同，《子路》中希望“得中行而与之”，《雍也》中盛赞“中庸”为天下之“至德”，进而提倡“执两用中”的中庸之道，由此孔子及其后学创立了中庸、中和两个重要范畴，从而使三代以来“和”的内涵发生了具有思想文化转折意义的新变。

儒道重“和”，均以此为最高理想。“和”意识亦普遍地存

① 阮元校刻：《十三经注疏》，第 2095 页。

② 阮元校刻：《十三经注疏》，第 2520、2458 页。

在于老庄思想中。《老子》一书中多处论及“和”及“合”，如“音声相和”“和其光”“知和曰常”“和大怨”“冲气以为和”“天地相合”“牝牡之合”，涵盖了天人之和、万物之和、社会之和、身心之和等等。在老学理论中，所谓“万物负阴而抱阳，冲气以为和”，是指阴阳和谐乃万物存在之基础，阴阳相推相济乃万物化生之根本，因此，“和”为自然万物之本源，具有本体论意味。庄学不仅非常强调“和”，发挥为“天地之和”“天人之和”“人心之和”“道之和”“德之和”等思想，而且具有明显的内在逻辑性。首先，人乃是天地阴阳调和的产物，《庄子·天运》：“一盛一衰，文武伦经；一清一浊，阴阳调和。”① 又《田子方》：“至阴肃肃，至阳赫赫；肃肃出乎天，赫赫发乎地；两者交通成和而物生焉，或为之纪而莫见其形。”② 其次，庄学推崇天人相和的境界，其理想人格，是与天地并生，物我两忘，游于方外的圣人、古人、神人、真人，如《在宥》中“我守其一以处其和”的得道之人，又《徐无鬼》中“抱德炀和以顺天下，此谓真人”。③ 故而通晓天地之道，就明了宇宙万物之本源，天地人就能和谐相处，《天道》：“夫明白于天地之德者，此之谓大本大宗，与天和者也；所以均调天下，与人和者也。与人和者，谓之人乐；与天和者，谓之天乐。”④ 在庄学逻辑中，明了“道之和”为根本，只有明“道之和”才能“心之和”，只有“心之和”才能实现“天人之和”“阴阳之和”，对于“和”义层次的认识及推衍极为明晰。

---

① 郭庆潘撰，王孝鱼点校：《庄子集释》，第502页。

② 郭庆潘撰，王孝鱼点校：《庄子集释》，第712页。

③ 郭庆潘撰，王孝鱼点校：《庄子集释》，第381、865页。

④ 郭庆潘撰，王孝鱼点校：《庄子集释》，第458页。

春秋战国时期，“和合”“中和”取代“和同”成为思想界关注的中心话题。[①]“和合”“中和”理念的形成，既是基于这个时代的人们对于自然现象、社会现象的理性探索，也是在各种社会冲突、政治纷争中寻找多元融合的理论结晶。诸子思想中已具有明确的“和合”理念，如《老子》第三十二章：“天地相合以降甘露。”又第五十五章：“未知牝牡之合而全作。”[②]《管子·幼官》：“和合故能习。”又《兵法》：“和合故能谐。”[③]《周易》中明确地提出了“和合”理论。我们知道《易经》中已经有明确的“和”意识，如《兑·初九》爻中“和兑，吉”的说法，《易传》中形成了完整的“尚和”思想体系。《易传》谈“和”，不同于早期史伯、晏婴感性、直观的自然哲学式论述，而是具有很强的哲学意味。它以具有高度概括功能的阴阳二气论取代了早期阴阳五行相杂而生万物的旧说，用形上之道与形下之器来统摄万物，明言“阴阳合德而刚柔有体”，将史伯“和实生物”、晏婴“相济”“相成”的思想提升到形上层面。《乾·彖传》：“保合大和，乃利贞。首出庶物，万国咸宁。”[④]此乃《周易》的基本理念，所谓天地絪缊而常生，万物相和而化生，阴阳相和以施化，刚柔相摩以成形，男女构精成夫妇，均为“保合大和”的表现。

西周末年谈论“和”，重在从宇宙观上强调不同方或对立面的协调合度不偏废，战国以后特别是汉代强调在伦理观、审美

---

① 张立文：《和合学概论》，首都师范大学出版社 1996 年版，第 468 页。

② 王弼注，楼宇烈校释：《老子道德经注校释》，中华书局 2008 年版，第 81、145 页。

③ 黎凤翔撰，梁运华整理：《管子校注》，第 183、323 页。

④ 阮元校刻：《十三经注疏》，第 14 页。

观上的情理和谐，情为礼制。在有汉一代的“礼乐复兴”中，对传统思想资源的需要极为紧迫。从贾谊到董仲舒，基本上继承了荀子“乐和同，礼别异”的思想。相对而言，西汉中期以前强调“礼别异”，西汉中期以后侧重于强调“乐和同”。西汉中叶以前，整个社会处于上升时期，时代风气积极向上，因此在礼乐观上，思想家多强调“礼”。如贾谊《新书》，有《礼》篇而无《乐》篇，对礼的论述很透彻，对乐的论述则几乎不见。董仲舒针对汉武帝的“多欲政治”，倡导中和节制之道，开始重视“和”对于解决社会矛盾的重要性。他在《春秋繁露·循天之道》中论述“天有两和”：“两和之处，二中之所来归，而遂其为也……举天地之道，而美于和。”① 董子将“和”与“三才”、阴阳五行糅合在一起，涉及宇宙论、伦理道德论各个层面，所谓“节”“阳”“阴”“中”“和”，都是指一个社会政治制度应该具有的品格，目的在于提醒统治者注意这些基本政治道德品质对于社会的重要性，故不乏抨击时弊的积极意义。

西汉中期以后，除西汉宣帝、东汉明帝时期皇权比较强大，社会相对安定外，总的趋势是皇权逐渐削弱，豪强逐渐坐大，社会动荡加剧，因此，过分强调礼“分”的作用，就会导致所谓“礼胜则离”的局面，天下分崩离析的可能性就会增大，故而在礼乐政治理念上，思想家们更加重视乐和、政和的作用与现实意义。从西汉元帝、成帝时期开始，经学上由讲究刑名法理的公羊学向提倡温柔敦厚诗教的齐诗过渡，反映在礼乐政治上，就更多地重视乐“和”的地位和作用了，以此作为协调阶级矛盾、阶层冲突以及稳定统治秩序的思想工具。这种思想倾

① 曾振宇、傅永聚注：《春秋繁露新注》，第333—336页。

向在《汉书》中流露得颇多，如《楚元王传》中分析了自舜以来各个朝代“和”与“不和”的例子，肯定“和”对于社会政治的重大意义，并指出“不和”的危害：“臣闻舜命九官，济济相让，和之至也……武王、周公继政，朝臣和于内，万国欢于外……下至幽、厉之际，朝廷不和，转相非怨……和气致祥，乖气致异；祥多者其国安，异众者其国危，天地之常经，古今之通义也。”[①] 同样的思想，亦见于《乐纬·乐叶图征》。汉人将乐“和”与“不和”提升到国安与国危的高度来言说，在肯定礼乐并行不悖的同时，更为强调乐以“致和”的重要意义，这业已是西汉中期以来一种普遍的社会认同了。

在古代思想家的文化视野中，“和”以具体性、多样性及差别性的统一为存在内容，通过对具体性、多样性及差别性的包容为社会整合及个体完善提供某种可能性。事物的存在本身就包含了多重的规定性，在绝对“同”的状态下，事物难以获得真实的存在，所谓纯一的声无所谓相应相系，单一的味无所谓相配相调，这在西周末年的“和同之辩”中体现得尤其明显[②]。史伯认为的“和”，就包含了差别的统一，“同”则指无差别的绝对同一，所谓“同则不继”，是指事物在绝对同一的状态下难以发展和延续，唯有在差别性、多样性的交互作用下，事物的存在与发展方有可能，这就是“和实生物”的道理。在晏婴看来，“和”与“同”的对立在于，“同”是将相同的东西相加，“和”则是将多种事物调和在一起。事物不能自身产生自身，也

---

① 班固著，颜师古注：《汉书》卷三十六，第 1933—1941 页。

② 关于“和”与“同”在本体论和价值观上的区别，参见杨国荣：《“和”“同”之辨及其哲学意蕴》，《教学与研究》2002 年第 5 期。

不能同性产生同性，有分才有合，有差异才能“和”，只有在对立方的相互融合而非冲突或吞并中，才能生出新的状态、新的关系或新的和谐来，如五音相和、五味相和、五色相和、多种意见相和，不仅可以悦目、悦耳、悦口，而且可以明辨是非邪恶，昌明真理善恶，这正是史伯、晏婴、孔子主“和”去“同”的正价值。就事物的发生、发展而言，“和”较之“同”更具有肯定意味，这也是“和而不同”的观点在尔后中国思想发展演变中一再得到确认的原因所在。钱锺书先生就曾以《乐记》印证晏婴、史伯“和而不同”之论，他认为：“晏、史言‘和’犹《乐记》云：‘礼者，殊事合敬者也，乐者，异文合爱者也。’‘殊’‘异’而‘合’，即‘待异而后成’。”① 其中“待异而后成”一语，见于《淮南子·说山训》：“事固有相待而成者。两人俱溺，不能相拯，一人处陆则可矣。故同不可相治，必待异而后成。”所谓的“同不可相治”，仍然是“和而不同”思想的延续。

“和”的状态，不仅意味着承认事物的多样性、差别性，在更为形上的层面，则旨在寻求一种贯通其间的统摄关系，这是一种在异质性因素之间建立的和谐均衡关系。古人虽然承认事物的差别性，但更为看重的是其间的互渗互透、相辅相成而非相互斗争。“和”的存在是指不同或对立成分的交互作用，阴阳相分是宇宙间最普遍的现象，在哲学意义上，不同或对立的部分、因素常常被概括为阴与阳两端，因此，阴阳之和就成了天地人之间最为根本的关系，这是“尚和”的逻辑出发点。“和”不仅客观地存在于“三才”、阴阳五行的相济相成中，而且是万物生存与发展的动力，有了“三才”之和、阴阳相和，方有不

---

① 钱锺书：《管锥编》第1册，第237页。

同因素之和，才有万物的生存繁衍。总体而言，“和”最大范围地概括了天地人之间的关系，无论是“天人合一”或“和而不同”，所指均为人存在的基本状态，或人与自然，或人与人。儒家所谓“君子和而不同”，追求“人和”，所关注的是人的社会化进程中人与人之间的社会关系，探求的是人由自然状态进入文明社会的过程。道家将自然内化为主体，追求“太和”“天和”，由文明状态返回自然状态，寻求人的自然化过程。虽然路径不同，出发点也不一样，但两家“尚和”的理念却是相同的。

要之，“和”是一种遍布时空、充溢于天地人的普遍关系，自然万物的阴阳协和、消息盈虚、化生化育，都以“和”为过程与目的。作为一个原初性的范畴，“和”贯通了直觉感官层面与形上本体层面，孕育了“中”“称”“位”“时”“让”等重要范畴，也孕育了一系列细致而深刻的命题，如过犹不及、执两用中、和而不同、求同存异、以和为美、因时而中、中和之美等等。“尚和”思维的形成，表明古人抽象思维能力已经达到相当的高度，进入理性思辨极为强大的时期了。

需要指出的是，对于“和”的理解，不能单独而言，必须在关系中见出，故而“和”的意义是与“同”“异”“中”相依存而存在、相分辨而明晰的，“尚和”也是在与“尚同”“尚中”的对待与交融中见出差别的。就“尚和”与“尚同”而言，西周末年开始的“和同之辩”产生了极大的影响，其结果在于，不仅通过两种思想文化的争辩，建构了“尚和”“尚同”的思想体系，而且最终形成了两种政治统治模式——礼治与法治，这在很大程度上决定了其后中国古代政治思想文化的发展路径。礼治主“和”，以“尚和”为主要特征；法治主“同”，以“尚同”为主要特征。两相比较，“尚和”是一个开放的系统，强调差别性共存、交互式影响；“尚同”则是一个封闭的系统，“同”的状态以否定多元融合为前提，在价值取向上趋于同一、一统。两种思维模式在历史进程中的演变结果是：在思想传统、人文理想上，“尚和”作为主要思维方式、政治理想而成为中华民族文化之精髓，闪现在后世政治改革、人文关怀及审美理想中；在政治制度上，“尚同”作为主要的政教理念主宰中国两千多年，在政治独裁、经济重农、文化专制、精神控制中，“同”的观念始终占据着统治地位，这在“礼坏乐崩”的春秋时期就已经开始了，并在随后两千多年的政权更替中一再得到确定。

从政治伦理观考察，古代“谏议”理论就形成于“和同之辩”中，“和”与“同”辨析了进谏与纳谏在政治统治上的必要性与合理性。与主张严格等级制度的“同”相区别，“和”表现为社会政治中君臣上下、贵贱等差的协调，生产生活中人与自然关系的协调。如晏婴主张君臣之间应该实现“有可有否”之“和”，《管子·宇合》有“分敬”理论，荀子论“和”之“分”与“通”等级意义，均以“诤谏”为特征谈论政和。从经济思想考察，《管子·治国》主张农、士、工、商“四民交能易作”，《问》主张通过“市”实现“万人之所和而利”，《孟子·滕文公下》主张“通功易事”，《荀子·荣辱篇》把农、贾、工、士各尽所能、各尽其职称为“群居和一之道”。从道德教化考察，《管子·内业》持“勿烦勿乱，和乃自成”的思想，孔子认为“君子和而不流”，《荀子·富国篇》主张“明主必谨养其和，节其流，开其源，而时斟酌焉”，强调修齐治平，重内尚德，调节性情，明心见性，以达于“和”之精神境界。总之，万物之和乃阴阳平衡而生变，政治之和乃相维相济而治平，经济之和乃流通互易而生利，心志之和乃修身养性而志远，凡此种种，“尚和”理念统摄了古人思想文化、社会生活的各个方面。

作为一种稳定的思维定式与价值取向，“尚和”思维与历史实践、社会生活有着密切的关联，为传统时代人们的精神信仰、文化心理及行为方式提供了一种内在的范导，它对于现实已然世界的评价以及理想应然境界之价值预设，制约着广义文化创造的过程与方向。在长期的思想文化演进中，经过古人不断自觉的理性反思，“尚和”业已积淀成为厚重的观念结构与文化基因，渗透到古人的文化创造心态及日常行为方式中，成为古代哲学思辨理论的支柱和中华文化重和谐精神的核心，影响既深且远。

“中和”源流

在中国古代思想文化体系中，“中和”是三代以来“尚和”与“尚中”意识在春秋战国特别是秦汉以后的新发展，是上古礼乐传统留下的重要思想资源。“中和”的形成是一个历史的过程，由“尚和”“尚中”而中和，既是现实政治之必需，也是理论逻辑之必然，由此培育的政教伦理与道德情性品格，成为古代哲学形上理论的支柱和中华传统文化和谐精神的内核。中和思想广泛地浸润到古人关于自然宇宙和社会人生的认识与理解中，积淀到汉民族的潜意识中，成为一种集体无意识，几乎渗透到古代思想发生期所有的知识领域，包括“三才”合一、阴阳相和、五行相生、政教之音、政和、伦理道德之中庸等，覆盖了古代人文知识的大部分视野。渗透于文艺领域，中和理念对于古代文学、美学有着长久的沾溉，在审美上以中和为理想，在文与质、情与理、道与艺、美与善等范畴对举中以“中和之美”为最高境界，并培育了重“雅”、重“味”等传统时代的正统艺术价值观，使中国古代文学思想从内容到形式都呈现出浓郁的中和色彩。

“尚中”意识可以追溯到三代甚至更早的时期，从知识谱系考察，“尚中”源于古人天地自然之宇宙意识以及社会存在之秩序体验感受，渗透到古代宇宙观、政治伦理观、原始哲学思想及原始宗教意识等方面，是包括地理、政治、文化的同一性在内的早期华夏民族认同感的重要组成部分。“尚中”观念在三代已经很流行，广泛地体现在天文历法之北斗“天枢”[①] 意识，建国建都之“土中”[②] 意识、建筑之中轴意识、礼器之天圆地方、乐教之中正平和等方面。作为一种普遍的思维倾向，“尚中”在诸子言论中广泛存在，尤其是墨子以“天志”为“中”，有着明确的“尚中”意识，这与孔子以礼为“中”是不同的。老庄一派也是“尚中”思想的诠释者，老学之“守中”、庄学之“养中”“环中”“敬中”，与《尚书》之“皇极”、《周易》之“中

---

① 在古人的宇宙意识中，北极星是天之中心，如《夏小正》的核心是记录北斗斗柄在一年不同月份的指向以及一些相应的活动，《史记·天官书》划分中、东、南、西、北五宫，中宫是北斗星所在，《论语·为政》：“譬如北辰，居其所而众星共之。”《尔雅·释天》：“北极谓之北辰。”郭璞注：“北极，天之中，以正四时。”桓谭《新论·离事》：“北斗极，天枢。枢，天轴也……知为天之中也。”对于以农牧业为生的华夏民族而言，北斗“天枢”对于天文历法的重要性是不言而喻的。

② 根据卜辞的记载，商人自命为“中商”，所居之地为“土中”。根据《逸周书》的记载，周公的政绩之一就是“作大邑成周于土中”。又《尚书·召诰》：“王来绍上帝，自服于土中。”《太平御览》引《要义》：“王者受命创始，建国立都，必居中土，所以总天地之和，据阴阳之正，均统四方，以制万国。”因此，三代以来王者就有以“土中”建国立都的传统。

行”、孔子之中庸在价值取向上大体相当，与三代以来的“尚中”意识在精神品格上也是一脉相承的。“尚中”在尔后《周易》中得到一定程度的理性升华，在《易经》的爻序、爻位及卦爻辞中，“尚中”“用中”意识屡屡可见，《易传》作者视其为自觉的方法论原则，在爻辞的阐释中频频使用“中正”“中道”“中直”“及时”“趋时”“时行”“与时偕行”[①] 等，这种“亨行时中”意识已经具有明确的哲学意味与政教品格了，这是其后中和范畴的意识形态品格与审美精神的重要内核。

春秋时期的“尚和”“尚中”意识常常是交融在一起的，这是孔子中庸观提出之前较为普遍的思想文化语境。见于传世典籍的，除医和论“中声”、伶州鸠论“中德”“中音”外，最具代表性的是季札听乐。在《左传·襄公二十九年》中，季札一连用了二十多个“而不”句式来评价礼乐之“尚中致和”品格，不仅论及诗乐之礼仪、政教、风土、人情等内涵，而且从清浊、大小、刚柔、周疏的对立协调角度立论，较之同时代其他思想家，其理论深度与辩证性明显有进，这一倾向在稍后的孔子那里得到进一步发展。同时，中和范畴的形成也是诸子思想蜂起的产物，诸子思想同源共生，他们对“尚和”“尚中”理念的多元发挥，丰富了其哲学内涵，特别是儒道合流奠定了中庸的思想基础。对此，冯友兰先生曾指出：“中庸之道儒家的人赞成，道家的人也一样赞成。‘毋太过’历来是两家的格言。”[②] 中和范畴的丰富内涵正是源于“尚和”“尚中”各自深厚的历史文化底

---

① 参见敏泽：《“中行”“中声”及中和之美》，《中国美学思想史》上卷，湖南教育出版社2004年版，第109—120页。

② 冯友兰：《中国哲学简史》，北京大学出版社1985年版，第26页。

蕴以及由此所建立的多样性关系之上的。

孔子在思想上继承了殷周以来“尚和”“尚中”的思想传统以及春秋“尚中致和”的精神实质，并对其予以融会与升华，形成了“叩其两端”“执两用中”“过犹不及”的中庸理论。《论语·雍也》：“中庸之为德也，其至矣乎。民鲜久矣。”[①] 在孔子这里，中庸作为最高的道德准则与处理矛盾的原则，业已具有普遍价值观和方法论的意义。以中庸为核心，孔子提出了“中道”“中行”“时中”等一系列范畴，在此基础上，孔子及其后学创立了中庸、中和两个重要范畴。对于中庸与中和，传统时代的学者多认为两者是二而一、一而二的关系，如郑玄《礼记·中庸》注：“名曰中庸者，以其记中和之为用也。庸，用也。”[②] 又朱熹《中庸章句》：“游氏曰：‘以性情言之，则曰中和，以德行言之，则曰中庸是也。’然中庸之中，实兼中和之义。”[③] 中庸、中和范畴，首先是作为维护礼乐等级制度的政教伦理观出现的，这与孔子思想中的一系列命题，如“正名”“正乐”“复礼”“删诗”等，在价值取向上是相同的，是在“礼坏乐崩”背景下，儒家围绕复兴周礼、重建文化秩序与精神信仰而展开的理论探索，随着汉代以后儒家“独尊”地位的确立，中庸、中和也就上升为传统时代正统一派在政治伦理、情感心理乃至生活处事上的最高准则了。

中和的形成，原因是多方面的。除以上从知识学角度进行的历时性梳理外，从思想的衍生历程看，中与和的结合，在本

① 阮元校刻：《十三经注疏》，第 2479 页。

② 阮元校刻：《十三经注疏》，第 1625 页。

③ 朱熹：《四书章句集注》，第 19 页。

质上是礼与乐的融合，这是三代思想传统中重要的文化基因与精神品格；从思维的发展理路看，由“尚和”“尚中”而中和，既是逻辑的自觉、理性的必然，也是重大的质变。中和偏于政治伦理与道德情感，具有明确的政教价值取向与人性人情倾向，较之于早期的“居中致和”理念，在内涵上已经发生了具有思想文化转折意义的新变。

从思想传统的历史进路考察，中和思想的形成，既是与西周“制礼作乐”所带来的雅乐一统天下、政治稳定的实绩相关，也是伴随着春秋“礼坏乐崩”局面的加剧，与礼仪废弛、雅乐俗乐的新旧斗争相呼应的，同时亦反映出礼乐蜕变时期亟待新的价值标准产生的时代思潮。此一时期，社会主流思想对“和”“中”的认识开始从天地人之自然规律转向人人之间的社会关系，尤其关注于礼法制度对于维护人人关系、社会秩序的价值，因此，两者的结合既是历史发展的必然，也是现实政治的需要。正因为如此，中和思想的形成，融会了三代以来礼乐知识系统的诸多意蕴，尤其是将宇宙观与伦理道德观两方面的认识成果“居中致和”深深地融入精神底蕴中了。

从思想传统的哲学进路考察，中和是天地人“三才”之基本品格，也是阴阳五行思想发展到一定阶段的产物，古人总是在天地人的框架中，通过阴阳变化来谈论中和。在易学传统中，阴阳两种矛盾因素虽然是一种相互对立的存在，但相成相济、均衡融通、守中致和，阴阳二元基于“两”归于“一”，中和乃最终目标。中和不仅是阴阳变化的产物，也是调和天地人的枢纽，终极目的在于“三才”合一。只有在高度和谐中，天地人才能具有“亨行时中”的品格，达致“保合大和”的境界。在古人的逻辑中，有天地人自然之和，始有钟鸣鼎食之政和、人文之和，而达于“和”必求于“中”，当触及对立面之相互转化时，“和”与“中”才相联系，形成中和。对于“和”与“中”的关系，董仲舒在《春秋繁露·循天之道》中的辨析颇为明晰：“中者，天地之所终始也，而和者，天地之所生成也。夫德莫大于和，而道莫正于中。”并进一步断定：“中之所为，而必就于和……中者天之用也，和者天之功也。”① 董子认为天地之道“起于中而止于中”，“中”是规律、尺度，“和”是境界、目的，没有“和”的境界，“中”就失去意义，没有“中”的尺度，“和”也就无法达到了。

中和是最能体现礼乐精神品格的原初范畴，它既是传统时代礼乐政教的手段，也是其终极目标所在。儒家中和思想与早期“尚和”“尚中”的不同之处，就在于儒家赋予其新的具体内容，也就是礼乐的规定性，尤其是礼的规范，这就在理论上明确了中和的本质。“尚和”要融入礼的内容，儒家“和”的理想是“礼”，如《论语·学而》：“知和而和，不以礼节之，亦不可行也。”② “尚中”也要贯注礼的内容，儒家“中”的标准是“礼”，如《礼记·仲尼燕居》中记载了孔子的一段话：“礼乎礼，夫礼所以制中也。”③ 在儒学传统中，常常用射礼来比喻德行的“中”与否，如《礼记·射义》：“故射者，进退周还必中礼。内志正，外体直，然后持弓矢审固。持弓矢审固，然后可以言中，此可以观德行矣。”④ 故而“中”就是要求行为举止符合“礼”的范围尺度。对此，《荀子·儒效篇》的说法最为简

① 曾振宇、傅永聚注：《春秋繁露新注》，第 333、336 页。

② 阮元校刻：《十三经注疏》，第 2458 页。

③ 阮元校刻：《十三经注疏》，第 1613 页。

④ 阮元校刻：《十三经注疏》，第 1686 页。

明："曷谓中？曰：礼义是也。"[①] "礼义"即"中"，合于"礼义"即为中和。在这种普遍的认识背景下，《礼记·中庸》对于中和的系统总结也就顺理成章了："中也者，天下之大本也。和也者，天下之达道也。""天下之达道五，所以行之者三，曰君臣也，父子也，夫妇也，昆弟也，朋友之交也。"郑玄注："中为大本者，以其含喜怒哀乐，礼之所由生，政教自此出也。"[②]中和范畴自产生伊始，就带有浓厚的政教伦理色彩与人情人性素质，可谓一语言中。

从价值取向上看，西周末年谈论"和同"，重在从宇宙观强调不同方或对立面的协调合度而不偏废。处于春秋末世的孔子，虽然在主观上固守西周以来的"尚和""尚中"理念，但其政教伦理的价值取向，以价值论的偏好覆盖了知识论的维度，客观上促使了后世中和范畴在政教伦理这一维度意义空间的敞开。儒学所谓中和，虽然也强调"执两用中"，强调权变、时中，但是作为伦理道德的"中"，主要是从贵贱、长幼、贫富、君臣、父子、夫妇两端出发，前提在于明晰两者之间的秩序不可动摇，目的在于维系等级社会的和谐有序，因而更多地体现为一种生存准则、道德自律与思维导向。在《荀子·乐论篇》中业已提出"中和"概念："故乐者，天下之大齐也，中和之纪也。"[③] 荀学主要是从乐之"和敬""和亲""和顺"的功能出发，论述乐之作用在于调和人心，使礼之等级名分得到内在情感的保证。其后《礼记·乐记》则偏重于以伦理道德规范人的情感："乐者

---

① 王先谦撰，沈啸寰、王星贤点校：《荀子集解》卷四，第 122 页。

② 阮元校刻：《十三经注疏》，第 1625、1629、1625 页。

③ 王先谦撰，沈啸寰、王星贤点校：《荀子集解》卷十四，第 380 页。

为同，礼者为异。同则相亲，异则相敬……礼义立，则贵贱等矣。乐文同，则上下和矣。”[①] 在这些论述中，早期“和同之辩”的痕迹已经趋淡，“和”与“同”的差别业已填平，礼与乐趋向同一，其政教的主导性是很显在的。逮至汉人“发乎情，止乎礼义”的政治伦理标准以及“温柔敦厚”诗教原则的提出，不仅对中和范畴进行了政教情感、伦理道德的具体规范，而且为“中和之美”确立了一个万世不变的标准范本，这标志着融政治伦理与审美情感为一体的价值观与方法论最终形成，“中和之美”遂成为中和范畴在后世唯一的价值取向了。

战国以后特别是汉代，中和范畴的发展重心不仅在于政教伦理的协和适度，对于人性人情与礼义的关系，也有相当程度的重视。合于礼义、合于道则为适中，否则就是不及或过度，因而以礼节欲为中和、情之未发为中节的思想逐渐代替了早期宇宙观意义上的“尚和”“尚中”理念，这在子思、荀子和《乐记》的思想中体现得尤为明显。孔子虽然在政治伦理与艺术评价中已经具有了中和的意识，但并未就此形成情理关系上的明确概括，尔后《礼记·中庸》：“喜怒哀乐之未发，谓之中，发而皆中节，谓之和……致中和，天地位焉，万物育焉。”[②] 这就明确地将中和的意蕴与天地人三位一体的境界、天地化生万物的大德等同起来，天性、人性、物性合而为一，从而将中和范畴上升到本体论的高度，尤其是关于喜、怒、哀、乐等情感活动之未发潜在形态与已发外在表征的认识，突出了情的作用，从一定的理论高度对人性、人情与礼的关系做了深刻阐明，并

① 阮元校刻：《十三经注疏》，第 1529 页。

② 阮元校刻：《十三经注疏》，第 1625 页。

将人之情性受礼节制而不过度的认识与中和范畴结合在一起。此后，荀子从人性与物欲的角度进一步充实了中和范畴，他不仅突出礼的作用，将中和与人性、物欲和礼义紧密地联系在一起，用礼的尺度解决了物质产品与人精神欲求之间的矛盾，而且辩证地论述了礼与情性一面两体的关系，如《荀子·礼论篇》："故人一之于礼义，则两得之矣；一之于情性，则两丧之矣。"又《乐论篇》："中和之纪也，人情之所必不免也。"① 在荀子这里，"发乎情，止乎礼义"、以礼节情、以道制欲，这一系列左右着整个传统时代的中和原则，已经呼之欲出了。

比较而言，早期的"尚和"理念，既包含了原初官能性的感觉愉悦，也包含了情性、伦理、政教的多重意蕴。中庸、中和范畴的出现，不仅从人性人情的角度突破了西周以来乐和→心和→政和的简单推衍，而且突破了三代以来心气一体、情理不分的简单认知，将心分为性、情、知、虑层面，这就为战国以后以礼节情、以礼节欲观念的发展，创造了重要的理论前提。但是，问题的另一面在于，由于中和范畴主要是从政治伦理、情感规范角度发挥"尚和"理念，因而大大地缩小了"和"原初意义的范围。从本质上看，作为一种共生状态，"和"兼容多种可能性；作为一种交互关系，"和"是一种差别性的存在，多元融合而生新质，这在"和同之辩"中体现得很鲜明，尤其是晏婴所举"鱼羹"的例子最为典型。因此，"和"的存在是自然的存在、社会的存在，也是精神的存在，既是自然的原生形态，也是人为的理想预设，它是一个开放的系统，本身就存在着多种阐释的维度与多元发展的空间。

---

① 王先谦撰，沈啸寰、王星贤点校：《荀子集解》卷五，第349、380页。

与“尚和”不同，作为一种理想化的价值后设，中庸、中和以礼法为唯一价值目标，旨在探讨“礼坏乐崩”背景下，如何维护传统礼乐制度。构成其核心价值的仁、义、礼、智、信等要素，是对情感活动的和谐存在方式的人为制约，并非生而有之，而是后天教化的产物，在本质上是对人精神世界的理想存在形态的一种自我假设。孔子所认为的中庸是一种“未发之中”或“发而中节”的境界，是指德性、行为的一个绝对的、极致的标准，这标准是超验的，在经验的世界里永远不可能达到[①]，只存在于理想的状态中，所以孔子认为中庸“不可能”，《礼记·中庸》：“天下国家可均也，爵禄可辞也，白刃可蹈也，中庸不可能也。”[②] 儒家所谓“过”“不及”的判断都是取决于中庸那一度，礼乐教化就是以中庸这一理想的设定为价值目标，使人们由“过”或“不及”趋向“中”的目的。

在价值取向上，中和重在“中”；在价值理想上，中和重在“和”。中和追求存在的唯一性，而排斥其他的存在方式，是一个具有明确目标的封闭系统，在本质上趋向一统、同一，表现出政教功用的单一化、伦理道德的一元化倾向。两千年来政治大一统、经济重农、文化专制、精神控制就是中和观的最好注脚，而“尚和”不过是一个高悬的人文理念闪现在后世政治改革与审美理想中罢了。这大约也是提倡“罢黜百家，独尊儒术”的董仲舒特别重视中和的原因之一，他在《春秋繁露》中充分地论述了中和的政教伦理意义，认为中和源于天，是天地人的

---

① 相关论述，参见黄克剑：《由“命”而“道”》，线装书局 2006 年版，第 74—75 页。

② 阮元校刻：《十三经注疏》，第 1626 页。

理想存在状态，“能以中和理天下者，其德大盛”[①]，从而将中和常道化、形上化，确立了至高无上的地位。

“中和”与早期文学观念

中和理念凝固而成的思维模式，是中国古代社会确定无二的运思逻辑，这既是传统政治的轨迹，也是精神文化的轨迹，其蕴含的精神智慧不仅形成了中华民族思想品格的固有特色，更是中国古代文学、美学诗性智慧的源泉。

中和理念对于早期文学艺术观念的渗透极为久远，以中和论诗乐舞，在孔子之前就是颇为成熟的思想传统了。如《尚书·舜典》中，就已经具有了明确的用中求和的批评意识，所谓“八音克谐，无相夺伦，神人以和”[②]，强调的是和谐、有序的思想。在三代的乐教、诗教传统中，诗乐舞的意义在于培养人的道德情性，使其具有“直而温，宽而栗，刚而无虐，简而无傲”的中正品格，这已经是中和理念渗入审美领域的产物了，这一段话也就成为殷周时期中和意识在审美领域最具代表性的表述。季札论乐，论及哀、乐、怨、怒等情感和谐对诗乐的影响，尤其高度评价了《颂》乐，认为其在众多对立关系处理上恰到好处、不高不低、不过不及，体现了“和”与“中声”的实质。季札将伦理道德评价移用于审美认识领域中，鲜明地表现出德、礼对情、性制约的中和色彩，标志着在诗乐更迭时代，

① 曾振宇、傅永聚注：《春秋繁露新注》，第334页。
② 阮元校刻：《十三经注疏》，第131页。

一种新的诗教批评范式的形成，这就在思维模式、运思逻辑上奠定了后世中和范畴的发展路径。

孔子继承了殷周以来的正统思想，在礼与乐、文与质、美与善等关系上，反对偏于一隅，讲究中和适度，使中和成为儒家哲学、社会学的一个基本原则，用之谈文论艺，自然成为最高的文学批评尺度与审美价值标准。《韶》乐之所以“尽善尽美”，核心在于美善与礼乐法度、道德伦理的关系，这是孔子针对春秋时期已经出现的美与善脱节的状况[①]，站在传统中和立场而言的。孔子看到了美善相分的时代趋势，他是承认美与善的区别的，也是承认文德与武功的高下的，但他仍然主张美善相兼、美善一体，这正是其思想中浓厚的中和意识所致。孔子此论的预设在于美善合一，美善的本质在于中和，美善归于中和。只有符合中和原则才能“尽善尽美”“文质彬彬”，也就是说，美即善，善即美，美善合一才能显现出中和的品格，美善相谐才能显现出超越美与善的更高境界。正因为这样，古人凡谈论美善、文质，总是把它们放在与中和的关系及其发展变化中去考察的。孔子所认定的至高无上的中和之乐，乃“尽善尽美”的《韶》乐，其中“尽善”属于道德范畴，“尽美”属于审美范畴，只有基于道德价值判断之上的情感体验才符合中和的审美境界。因而“尽善尽美”的中和价值观，业已显现出伦理道德之善和艺术情感之美两个维度，而倡导道德境界与艺术境界之会通合一，正是儒学的最高境界，故而道德完善与审美追求合一的宗周雅乐，备受孔子推崇。

---

① 于民先生认为，春秋时期人们对于美与善的区别有了一定的认识。参见于民：《春秋前审美观念的发展》，第122—123页。

孔子以中正平和为标准，褒雅乐贬郑声，形成了明确的崇雅贬俗观念。考察三代历史上的雅乐，是“王者功成作乐”的产物，所谓“先王之乐”，高贵神圣，一唱三叹，最本质的特征是温润华美、中正平和。侈乐、郑声、淫声均为俗乐的代称，俗乐轻松活泼，热情奔放，情感真切，音调婉转，常常表达“怨以怒”“哀以伤”等非中正的感情，特点是大众化，不深奥烦琐，适合世俗社会的娱乐需要。孔子以中正平和为衡量“雅”的标准，所谓“思无邪”，不仅包括乐调本身的和谐，亦包括诗乐所表达的情感要适度，内容要符合礼义的规范。因此，雅乐与郑声的对立，本质上是美与善、是与非的对立。只有思想温厚平和、感情和谐适度、符合中和之旨的作品才会受到孔子的推崇，譬如《论语·八佾》篇关于《关雎》“乐而不淫，哀而不伤”的评价，朱熹《集注》云：“淫者，乐之过而失其正者也。伤者，哀之过而害于和者也。”[①] 虽乐而不失其正，不失其正，故为“中”，哀而不伤无怨，不伤无怨是为“和”，即《关雎》表达的是一种中和之情。由此可见，在孔子的思想中，业已将中和精神融入对文学艺术的内在规范与要求中。

“雅”源于“尚和”理念，凡“雅”必“和”，体“和”则“雅”。“雅”作为观念形态提出并得到思想家们的广泛关注，是在“礼坏乐崩”背景下，与“俗”相对而言的。在宗周雅乐系统中，本无雅俗之分。西周末年，雅乐衰退，俗乐兴起，这是与政治立场的对立，新旧势力、制度的斗争纠结在一起的。先秦诸子常常视“俗”为其价值观与精神境界的对立面，对其针砭，不遗余力。在古人的理论视野中，所谓的“质”“正”“善”

---

① 朱熹：《四书章句集注》，第 66 页。

与“雅”一样，具有相同的道德取向与审美投射，文化之正统、政教之质文、语言之雅正、道德之美善，都包含在“雅”的价值视野中。考察古代思想文化体系中“雅”观念所具有的重要意义，首先在于其确立了统一的思想文化观念，雅乐、雅言、雅诗建立了“大一统”理念中重要的价值评判标准，中国古代政治一统、文化一体、语言统一、文教统一的价值观，乃至文化传统上的“华夷之辨”、文野之分，都不离“雅”的视野；其次，“雅”作为正统的艺术价值观，形成以和为雅、以正为雅、以古为雅，即和雅、雅正、古雅的思想传统，由此引导了古人的审美理想与人生趣味。诸如语言之文白雅俗，文学重诗赋轻小说戏剧，音乐“阳春白雪”与“下里巴人”区别，等等，均不离“雅”的范畴。王国维在《古雅之在美学上之位置》中认为，“雅”为美学中不可或缺之原质，“苟其人格诚高，学问诚博，则虽无艺术上之天才者，其制作亦不失为古雅”。[①] 这既指出了“雅”为古典精神之精髓、士人理想之共识此一基本特质，同时也点出崇雅就不会崇新，“雅”的观念也是古代艺术传统中重知识积累和智慧流布而非逻辑式知识推新的原因之一。

古人在诗乐实践基础上总结出的情理统一的中和审美范式，是传统时代占据主导地位的理论形态。从审美理想上看，无论是美善合一的艺术境界、“文质彬彬”的艺术标准，还是褒雅贬俗的艺术价值观，均以中和精神一以贯之；从表现手法上看，由于强调以道制欲、以理节情、不偏不倚、和合执中的中和之情，作品的表达就必须含蓄温婉，这正是“主文谲谏”“兴寄”

① 王国维：《王国维遗书》第5册，《静庵文集续编》，上海古籍书店1983年据商务印书馆1939年版印行。

"深远""余韵"等表达方式在后世备受推崇的原因。正因为从多角度强调审美所具有的多样性、和合性、统一性以及审美主体与对象的心灵感应与契合，在艺术领域展开的中和范畴才得以具有广阔的意义空间与知识维度，并获得了形上的超越意味。也正是因为对"中和之美"的极力推崇，古代艺术理念中尤其重视意境韵味的生成，意境的生成是天与人、心与物、情与景的内外合一，所谓"外师造化，中得心源""情景相融而意境生"，均为中和理念的延伸，延及审美上的虚实关系、情景关系、神理关系、言意关系乃至"味外之味""象外之象"等理论的渊源，都可以在中和理念中找到思想的源头。

值得一提的是，在早期中和理念孕育下形成了一个极为重要的范畴——"味"，这对于中国古代艺术创作及鉴赏理论，产生了深远的影响。"和"观念自产生伊始就与味觉密切相关。《尚书·说命下》："若作和羹，尔惟盐梅。"① 盐、梅都是调味品，这是古人关于"和"源于味觉的早期表述。春秋以来的思想家沿着味和→乐和→政和的逻辑理路，多方面扩展了"味"论的范围，以味论阴阳五行，以味论道，以味论乐，以味论政，以味论德，等等，使之成为古人借感性经验来认识和表述世界的重要方式之一。在"味"论的演变过程中，儒道两家多有发现。孔门秉承三代礼乐正统，多从社会政治、宗庙祭祀的角度阐发"味"之内涵，重在论"味"之实，如《论语·述而》有乐味美于肉味的说法，《礼记·乐记》中有"遗味"的说法。老学多从形上角度谈"味"，重在论"味"之虚，《老子》第三十五、六十三章有所谓"淡乎其无味""味无味"的说法。在老子

① 阮元校刻：《十三经注疏》，第175页。

看来，无味之味乃“至味”之所在，这与“大音希声”“大象无形”一样，本质上是对道之属性的一种描述，“味”之内蕴已经超越直觉感官进入形上领域，这就使之由感性的实在之味抽象为理性的虚化之味，为其渗入艺术审美领域奠定了理论基础。值得辨析的是，作为早期感官享受中之“味”与尔后艺术审美之“味”是不同的，前者源于五官的感受，后者源于对道的体悟，两者一实一虚。老学所谓“味无味”，正是将前者化于虚无澄明之中，后者方能从中把握玩味出来。要之，古人对于“味”的认识，经过了由物质生活层面拓展到精神审美层面的过程，并逐渐演变为虚实结合、本乎实显于虚的艺术审美范畴。对于“味”的追求，也成为古代艺术思想的重要传统，如审美活动之体味、玩味、寻味、研味，审美特征之滋味、余味、回味、韵味，历久弥新，源远流长[①]。

在古人的文化视野中，中和最能体现天地人的普遍和谐关系，人可以通过尽己之性而尽人性，尽万物之性而尽天地之性，使之贯通为一，一旦达到这种与天地自然合契的境界，人与他人、与天地万物的差别遂消逝，就能从容中道，德性显露，培育出厚德载物的胸怀与天人合一的境界。自然万物的阴阳协和、消息盈虚、化生化育，都以中和为过程与目的，此乃天地人三界存在的本质与根本秩序。中和范畴在价值取向上所体现的这种普遍和谐精神，对于整个传统时代艺术审美观的发生发展有着深刻的影响。绘画理论中动静结合、奇秀相称、形神兼备，

① 对于中国古代诗味论的成因，陈应鸾先生有系统论述，他分析了诗味论的文化基础与历史契机，梳理了诗味论的发展演变及其涉及的文论、美学范畴。参见陈应鸾：《诗味论》，巴蜀书社 1996 年版。

书法理论中骨肉相称、肥瘦相和、燥润相济，诗论中以礼节情、中和之美、情景交融、虚实相生、化实为虚、意与境浑、思与境偕等命题，都是中和思想培育下普遍和谐精神的表现。以对仗为例，我们知道，对仗是独具中华民族审美特质的艺术形式与技巧，见于古代诗、赋、词、曲等文学门类及成语、谚语等语言形式中，并派生出对联等形式。凡对仗，讲究形、音、义的两两相对，其展开的范围与程度要互渗互济、相反相成，于动态平衡中寻求适度和谐与丰富多样。因此，对仗是古人所追求的普遍和谐精神在艺术审美创造上的典范，它最为典型、最为精致地体现了“中和之美”的理念。

“尚和”的前提在于承认事物的杂多与差别的存在，能够以对待立义的眼光看待万物是中和理念的基本特征，因而古代思想史上的诸多范畴都是成双作对出现的，它们不是彼此对抗，而是阴阳相和、刚柔相济、互动相生、彼此点化，出入尚中致和之境，文论范畴也不例外。以对待立义求“和”这一中间状态的思维模式，深刻地影响到文论中众多范畴的美学追求，如文与质、言与意、意与象、情与理、情与采、形与神、动与静、虚与实、奇与正、雅与俗、巧与拙、清与浊、浓与淡、隐与显、繁与简、方与圆、疏与密、因与革等等，二者虽独立成体，但纯粹的一极没有意义，只有在对待立义中相反相成、相互酝酿又相映成趣，在相互牵制的共同结构中方能显现出中和圆融的艺术品相。以文质为例，文质范畴是礼乐知识背景下生成的元范畴，其原初意义是关于文明进化、社会分化及人社会化的描述与评价，故而基本精神就是寻求历史与现实、传统和现代之间的平衡与协调，孔子关于三代文质“所因”“所损益”的论述，表明了文质与中和范畴在精神实质上是一致的。文与质之间的消长之道，在互补中共构，在相离中共存，质极盛则衰，文极繁则衰，盛极则衰，衰极则盛，在本质上看亦是中和思想影响的结果。

中和理念影响下形成了众多对立统一的命题，在表述方式上，深受《尚书·尧典》中“刚而无虐，简而无傲”的“中和句式”影响。吴季札观乐，一连用了二十多个表达中和适度的“而不”句式：勤而不怨、忧而不困、思而不惧、乐而不淫、怨而不言、直而不倨、曲而不屈、迩而不逼、远而不携、迁而不淫、复而不厌、哀而不愁、乐而不荒、用而不匮、广而不宣、施而不费、取而不贪、处而不底、行而不流。这是先秦典籍中所见“中和句式”最集中的展示。稍后孔子的“乐而不淫，哀而不伤”，其后《荀子·不苟篇》中“君子宽而不侵，廉而不刿，辩而不争，察而不激”，都是对季札模式的沿用。这种“中和句式”，在古人谈文论艺时常常被采用，究其根源，在于它以最简洁、最直观的方式表达了中和的理念，显示了动态平衡中的整体和谐，是呈现“尚和”“尚中”思维的文化标本。汉魏以后，“中和句式”被广泛地运用，我们在司马迁评《离骚》、萧统《答湘东王求文集及诗苑英华书》以及刘勰《文心雕龙》的《征圣》《明诗》《辨骚》《章表》《书记》诸篇中，屡屡可见，影响极为深远。

作为一种稳定的思维定式与价值取向，中和为传统时代的人们在精神信仰、文化心理及行为方式上提供了一种内在的范导，它对于现实已然世界的评价以及理想应然境界之价值预设，制约着广义文化创造的过程与方向，无论是审美价值观、方法论原则或是民族精神、艺术传统、文学观念，细致入微、无处不在，充分体现了中华民族的基本生存样态和最高生存智慧。

关于中和理念对于传统文化的负面影响，检讨者甚多。本文之所以追根溯源，目的在于辨析中和的原初意义、衍生观念及派生条件。正如梁漱溟先生在评价孔子伦理思想时认为，孔子的精神理想没有实现，传统道德中所体现的封建时代的派生条件，“只是些古代礼法，呆板教条以致偏欹一方，黑暗冤抑，痛苦不少”，但是传统道德所显示的理念——“和谐意识”，却是中国传统留给我们的一份宝贵遗产[①]。中和理念所体现的正面价值是很多的，如主导多元、异质协调、对立消解以及事物的相应互涵、各适其位。如果纯粹作为一种艺术理想，中和理念所表现的情感含蓄蕴藉，而非狂狷偏激的情感抒发，自有其审美价值，对此，钱锺书先生揭示得很明确：“夫‘长歌当哭’，而歌非哭也，哭者情感之天然发泄，而歌者情感之艺术表现也。‘发’而能‘止’，‘之’而能‘持’，则抒情通乎造艺，而非徒以宣泄为快有如西人所嘲‘灵魂之便溺’矣。”[②]

① 梁漱溟：《东西文化及其哲学》，第157页。

② 钱锺书：《管锥编》第1册，第57—58页。

参

作为问题的“惟人参之”

《文心雕龙·原道》开篇，有所谓“惟人参之”的说法，刘勰（约465—520）是这样说的：

> 文之为德也大矣，与天地并生者，何哉？夫玄黄色杂，方圆体分，日月叠璧，以垂丽天之象；山川焕绮，以铺理地之形：此盖道之文也。仰观吐曜，俯察含章，高卑定位，故两仪既生矣；惟人参之，性灵所钟，是谓三才。为五行之秀，实天地之心。心生而言立，言立而文明，自然之道也。①

对于“惟人参之”，旧学时期（或带有旧学背景）的重要注释者，如黄叔琳（1674—1756）、李详（1858—1931）、范文澜（1893—1969）、杨明照（1909—2003）等，均未有训释，在他们眼里，仿佛无须解释，其义自明。但是，值得注意的是，现当代以来的学者，对这个问题开始追究起来了，譬如郭晋稀先生（1916—1998）认为：“参，既有三义，也兼有参入义。”② 王更生先生认为：“参，有三的意思。惟人参之，就是说，人以第

① 刘勰著，詹锳义证：《文心雕龙义证》，第2—4页。
② 郭晋稀：《文心雕龙注译》，甘肃人民出版社1982年版，第3页。

三者的身份参与天地之间。”① 罗宗强先生认为“惟人参之”就是“人仿效天地。参，参拟、模拟、效法”②。

那么，在旧时学者眼中不证自明的“惟人参之”，在现代研究者的眼里，何以成为一个问题意识呢？

从经典阐释的角度看，这就涉及这些经典诠释者的“历史性”（historicality）问题，就像中国思想史上的任何一部经典一样，刘勰其人与《文心雕龙》其书，是特定历史时空的产物，后世的研究者在另一历史时空重新诠释经典时，必然会带入他们所处的时代背景、思想氛围以及个人经验等，这些时代背景、思想氛围和个人经验，作为特定历史时空的产物，就构成了诠释者的“历史性”。对于中国传统学术的现代研究而言，如何处理古与今、中与西的问题，是在西风日盛下传统学术的现代转型中面临的最大问题，是整整一个世纪以来几代学者共同关注的问题，也是构成经典诠释者“历史性”的核心要素。虽然自20世纪80年代以来，天人关系的研究业已成为思想界关注的热点，时至今日，此一命题的理论意义与学术价值已经得到了广泛的认同，但是，我们应该看到，偏于天地与人、物与我之间关系的探讨，无疑是一个现代学术视野中的问题，这是在近代以来西方思想和学术背景的对照下，尤其是在主客二分（subject-object dichotomy）关系中理解主体性、在对立统一（unity of opposites）关系中理解辩证法的思维框架下才产生的问题。因此，通过此一问题的辨析，不仅可以察见中西主流学

---

① 王更生：《文心雕龙读本》上篇，台湾文史哲出版社1999年版，第5页。

② 罗宗强：《释“惟人参之”》，原载《国学研究》第4卷，北京大学出版社1997年版，又《新文学》第3辑，大象出版社2005年版。

术传统在思维方式上的巨大差异，也可以明了20世纪以来的中国传统经典诠释者在“历史性”问题上的复杂状况。

为了有效地阐明传统立场与现代立场的不同，我们需要辨明两个前提性的问题：其一，如何理解天（地）；其二，如何理解天（地）与人的关系。

如果一定要给天（地）做一个解释，我们不妨借助一下老学“正言若反”言说方式，先看看天（地）不是什么。中国古人所谓的“天”[①]，既不是西学词汇中的上帝（god），也不是天堂（heaven），也不是自然（nature），更不是天空（sky）。对中国近代哲学认识论有创建之功的严复先生（1853—1921），曾经以西方的科学知识与逻辑分析为武器，质疑董学的“天不变道亦不变”，他认为：“天不变，地不变，道亦不变。此观化不审似是实非之言也。夫始于涅菩[②]，今成椭轨；天枢渐徙，斗分岁增；今日逊古日之热，古晷较今晷为短，天果不变乎？”[③] 严氏以此批判董子，明显是偷换了概念。因为在古人眼里，所谓“天”是包括天、地、人在内的统一体，既包括物质世界，也包括精神世界，意义广大，内涵丰富，在现代语汇中，我们找不到对应的词。美国学者安乐哲（Roger T. Ames）在《论语》新译中保留了天（Tian）的汉语拼音[④]，这无疑是明智的做法。

对国人而言，天的意义在于，它是一切存在的价值本源与

---

① “三才”之中，天尊地卑，天统摄地，因此，常常以天人来代表天、地、人三者的关系。

② 即星云（nebula）音译。

③ 严复：《严复集》第1册，中华书局1986年版，第50页。

④ 参见［美］安乐哲、［美］罗思文著，余谨译：《〈论语〉的哲学诠释》，中国社会科学出版社2003年版。

信仰源头，凡一个问题追到最后不能解答时，近代学者往往就建立一种基本假设，古人便往往把它挂在天地的形而上层面去，由此便获得了不证自明的合法性，如孔子（前551—前479）讲“巍巍乎！唯天为大，唯尧则之”（《论语·泰伯》）[①]，孟子（约前372—前289）讲“此天之所与我者”（《孟子·告子上》）[②]，董仲舒（前179—前104）讲“天不变，道亦不变”（《汉书·董仲舒传》）[③]，程伊川（1033—1107）讲“良能良知，皆无所由，乃出于天”（《二程集·河南程氏遗书》卷二上）[④]，王阳明（1472—1528）讲“能以天地万物为一体”（《大学问》）[⑤]，均为此意。故而将文学的终极意义挂在天地、道气之上，是古典时代的传统，也是中国文论的传统，具有普遍的方法论意义和本体论价值。在古代的为文模式中，开篇言天地之道，由此推及万物及人乃至人类种种精神生活，是极为常见的路数，因为在古人的文化视野中，人生观源于宇宙观，人性乃宇宙性之延续，刘勰也不例外。

经典解释传统中的“参”

至于天地与人的关系，刘勰讲得很地道，就是“参”。关于历代“参”的解释，詹锳先生（1916—1998）的引证较为全面，

① 阮元校刻：《十三经注疏》，第2487页。
② 阮元校刻：《十三经注疏》，第2753页。
③ 班固撰，颜师古注：《汉书》卷五十六，第2519页。
④ 程颢、程颐著，王孝鱼点校：《二程集》，第20页。
⑤ 王阳明著，吴光等编校：《王阳明全集》卷二十六，第968页。

詹注“惟人参之”谓：

> 《荀子·王制》：“故天地生君子，君子理天地。君子者，天地之参也。”杨倞注：“参，与之相参，共成化育也。”《礼记·孔子闲居》：“三王之德，参于天地。”郑注：“参天地者，其德与天地为三也。”《中庸》：“可以赞天地之化育，则可与天地参矣。”朱注：“与天地参，谓与天地并立为三也。”《汉书·扬雄传》上：“参天地而独立兮。”注云：“参之言三也。”①

但是问题在于，詹氏在此颇有杂糅之意，未有明言此“参”，到底是“参”（cān）呢？还是“三”（sān）呢？

我们认为，理解刘勰“惟人参之”，应该取“参”（cān）之音义。显而易见的理由在于：其一，若取“参”（cān）和“三”（sān）两义来共同训释，形成所谓“以第三者的身份参与”之义，这种以两义训一字的做法，在训诂传统中极为少见；其二，若取“三”（sān）之音义，这就有了两种可能，一是将“三”作为数词，那么，其后“之”若为结构助词，这种用例在历代典籍中几乎不见，若“之”仅为凑足音节之语气助词，那么常见的是置于动词或时间词之后②，一是将“三”视为数词的动词用法，将“之”视为代词，那么，此“三”仍然要转化为“参”义，方能通讲。当然，我们也不妨考虑另外一层因素，由于汉

① 刘勰著，詹锳义证：《文心雕龙义证》，第5页。

② 譬如《孟子·梁惠王上》：“填然鼓之，兵刃既接，弃甲曳兵而走。”又如《三国志·周瑜传》：“顷之，烟炎张天。”再如《项脊轩志》：“余扃牖而居，久之，能以足音辨人。”

字是以象形为先来考虑的，许多字的名词性意义要先于这些字的动词性意义，古文字学家把这种现象称为“动静相因”①，譬如清人段玉裁（1735—1815）注解《说文》时，常常加上“所以”二字，以区别基本义的名词与引申义的动词。按照此一规律推之，可能先有“三”之数词意义，然后才有“参”的动作，即“参”的动词性意义是从“三”的名词性意义中引申转化而来的。② 我们看《文心雕龙》全书，有多处使用“三”“参”的地方，想必刘勰对于两字用法的区别，亦是相当清楚的。

探究此一问题，更为深层的原因还在于，刘勰所秉承的是秦汉以来宇宙生成论的路子。在古人看来，天地混沌初开，阴阳化生万物，“二五”妙合男女，在“三才”的结构中，人处中位，上戴天恩，下履地义，乃天地之心、万物之灵，所谓“夫人之一身，法天象地，与天地同一阴阳也”③，正因为天地在先，人在后，所以才有可能“参”之。我们从汉代《春秋繁露》《白虎通义》《汉书》到《后汉书》中，无时无刻不感到浓厚的因“人参天地”而同类相动、天人感应的文化氛围，这便是秦汉以来思想的主流，古人总是习惯于在人与天地同源互感中寻求自身存在的依据，所谓人权天授、人事天设、人文天配等等，都不过是这种思想的种种具象而已。逮至齐梁时期刘勰讲人文的

① 参见黄侃：《声韵通例》，《黄侃论学杂著——〈说文略说〉〈音略〉〈尔雅略说〉等十七种》，第165页。

② 关于“参”的来历，有不同的说法，譬如庞朴先生认为“参”字本是名词，指天上的参星。参星以其腰带之三星（参宿一、二、三）连列宿中最醒目，所以字形被定成三星洒光状，慢慢地“参”字也因之有了数目三的意思。由此推之，自产生伊始，“参”字便带有数词与动词两种属性。参见庞朴：《“天参”试解》，《文史哲》2001年第6期。

③ 俞琰：《周易参同契发挥》，台湾商务印书馆1969年版，第4页。

缘起时，依据“人参天地”也就自然推衍出“为五行之秀，实天地之心。心生而言立，言立而文明，自然之道也”（《文心雕龙·原道》），“肖貌天地，禀性五才，拟耳目于日月，方声气乎风雷，其超出万物，亦已灵矣”（《序志》）[①]，大抵上仍然是秦汉以来宇宙生成论的路数。

当然，问题的复杂之处在于，在中国古代源远流长的经典诠释传统中，所谓“参，三也”（《广雅疏证·释言》）[②]，“参”是“参”（cān），也是“三”（sān），两字相通，两音均可。见于经传的，譬如《周易·说卦》：“参天两地而倚数。”虞注：“参，奇也。”[③] 又《系辞上》：“参伍以变。”孔疏：“参，三也。”[④]《左传·隐公元年》：“先王之制，大都不过参国之一，中王之一，小九之一。”[⑤]《经典释文》：“参，七南反。又音三。”[⑥] 又《左传·襄公二十七年》：“志以发言，言以出信，信以立志，参以定之。”杜预注：“志、言、信三者具，而后身安存。”[⑦]《黄帝四经·经法》：“王天下者之道，有天焉，有地焉，又（有）人焉。参（三）者参用之，[然后] 而有天下矣。”[⑧] 见于子书的，譬如《管子·形势》：“有无弃之言者，必参于天地也。”又《枢言》：“凡万物阴阳两生而参视，先王因其参而慎所入所

---

① 刘勰著，詹锳义证：《文心雕龙义证》，第1903页。
② 王念孙著：《广雅疏证》卷五，中华书局1983年版，第146页。
③ 阮元校刻：《十三经注疏》，第93页。
④ 阮元校刻：《十三经注疏》，第81页。
⑤ 阮元校刻：《十三经注疏》，第1716页。
⑥ 陆德明：《经典释文》，山东友谊出版社1991年版，第881页。
⑦ 阮元校刻：《十三经注疏》，第1996页。
⑧ 陈鼓应注译：《黄帝四经今注今译》，商务印书馆2007年版，第87页。

出。”[1]《荀子·天论篇》：“天有其时，地有其财，人有其治，夫是之谓能参。”杨倞注：“人能治天时地财而用之，则是参于天地。”[2]《淮南子·精神训》：“天有风雨寒暑，人亦有取与喜怒。故胆为云，肺为气，肝为风，肾为雨，脾为雷，以与天地相参也，而心为之主。”[3] 这种例子在古籍中是颇为常见的。

然而，问题的复杂性还不止于此。作为“惟人参之”思想的重要源头之一，在易学解释经验中，对于“参天两地”的理解，汉学和宋学有着不同的路径，这大概也是现代研究者在“三”与“参”之间摇摆不定的原因吧。《周易·说卦》的原文是这样的：

> 昔者圣人之作《易》也，幽赞于神明而生蓍，参天两地而倚数，观变于阴阳而立卦，发挥于刚柔而生爻，和顺于道德而理于义，穷理尽性以至于命。[4]

这一段讲圣人作《易》的过程，“参天两地”是其中的一个步骤，那么，到底如何去参彼天而两此地呢？历代讲法不同。按照唐人孔颖达（574—648）《周易正义》的记载，马融（79—166）、王肃（195—256）认为，五个生数（一、二、三、四、五）中，三个天数（一、三、五）得三合（即成数六、八、十合生数一、三、五），是谓参天，两个地数（二、四）得两合（即成数七、九合生数二、四），是谓两地。郑玄（128—200）

---

① 黎翔凤撰，梁运华整理：《管子校注》，第 32、246 页。

② 王先谦撰，沈啸寰、王星贤点校：《荀子集解》，第 308 页。

③ 何宁：《淮南子集释》，第 508 页。

④ 阮元校刻：《十三经注疏》，第 93 页。

则认为，天地之数备于十，三之以天，两之以地，合于大衍之数五十（即三加二再乘以十等于五十）。韩康伯（332—380）认为，参两谓奇偶，五个生数中，三个天数是奇数，是谓参天，两个地数是偶数，是谓两地。总体看来，汉学质朴，多将“参”坐实为“三”。比较而言，宋学更为灵动，譬如我们看朱子（1130—1200）的解释，他认为：“参，不是三之数，是‘往参焉’之‘参’。”[①] 所谓“往参焉”，语出《礼记·曲礼》：“离坐离立，毋往参焉。”[②] “离”通“俪”，指两人相并。此句是说，在社交场合，若看见两人并坐并立，没有邀请，不要过去参与，否则就不合于礼。由此可见，不同于汉晋时期的数词讲法，朱子将“参”讲成了动作。

在古代文化传统中，“三”具有神秘而神圣的象征意义，所谓“一生二，二生三，三生万物”的“有生于无”的观念是思想界的主流。《说文》释云：“数名。天地人之道也。于文，一耦二为三，成数也。”段注：“三画而三才之道在焉，故谓之成数。”[③] 按照董学的说法，“三”是无所不归的“天之大经”[④]（《春秋繁露·官制天象》），按照朱子的说法，“天下之数，都只始于三”[⑤]，“三”能够沟通天地、调和阴阳，具有与道、经一起被言说的崇高地位。究其根源，在于易学解释系统中“三才之道”的拈出。《周易·系辞下》云：“《易》之为书也，广大悉备，有天道焉，有人道焉，有地道焉。兼三材而两之，故六。

① 黎靖德编，王星贤点校：《朱子语类》卷七十七，第1966页。
② 阮元校刻：《十三经注疏》，第1240页。
③ 段玉裁：《说文解字注》，上海古籍出版社1981年版，第9页。
④ 曾振宇、傅永聚注：《春秋繁露新注》，第153页。
⑤ 黎靖德编，王星贤点校：《朱子语类》卷七十七，第1966页。

六者非它也，三材之道也。”[①] 易学将“三才之道”分为两大知识系统，一类是宇宙序列，一类是人文序列。前者以天地、阴阳解释宇宙经验，后者以尊卑、贵贱、刚柔解释人间经验。如《咸·彖传》云：“咸，感也。柔上而刚下，二气感应以相与。止而说，男下女，是以亨，利贞，取女吉也。天地感而万物化生，圣人感人心而天下和平。观其所感，而天地万物之情可见矣。”[②] 较之于《咸》之卦辞“咸，亨，利贞，取女吉”[③]，《彖传》保留了原有的“取女吉”之义，把这一卦的指涉意义推广到整个宇宙万物。就宇宙序列而言，阴阳二气感生万物；就人文序列而论，圣人察人心之所感而见万物之情。两序列之间，互为能指与所指，由宇宙原则坐实到人伦秩序，由人伦秩序提升到宇宙原则，也就是说，人们既可以用父母、夫妻来象征天地，也可以用天地象征父母、夫妻，两者可以做可逆性置换，既能从宇宙秩序自然推衍出人伦秩序，也能从人伦秩序自然扩展到宇宙秩序。易的经验，从占筮到义理，从符号到语言，从无意识到有意识，囊括了先民的宇宙经验、社会经验和生活经验，随着意义系统不断递进扩展，在天地人的整体框架中建构了一个包含各种思想因素和多层次关联的系统。古人所有知识的获得，均建立在宇宙与人伦两大知识序列的平行对应与相互理解之上。所以我们看刘勰论“三才之道”，讲圣人仰观俯察，天地两仪高卑，人乃天地之心、性灵所钟，等等，均沿袭了易学话语解释系统，对于古老的“三才之道”，他采用的是一种享用的态度。

---

① 阮元校刻：《十三经注疏》，第 90 页。

② 阮元校刻：《十三经注疏》，第 46 页。

③ 阮元校刻：《十三经注疏》，第 46 页。

作为问题意识的“惟人参之”，彰显出古今、中西思维方式乃至学术立场的巨大差异。本文通过“参”义的训释，辨明古人对于“三才”的理解，旨在说明“参”是体现天地人存在状态与关系的价值核心。对于中国传统学问的现代研究而言，超越主客关系的思维框架，在天人合一的整体追求中，“主客交融”理当成为更高境界上比勘会通方法论之首选。

“参”的意义世界

在我们看来，所谓“参”，是一种状态，也是一种态度，既是指天地人的存在状态与相互关系，也表达了人对天地的敬畏之情。从经世治国的大处看，在古人的政教理念中，圣人效仿天地之道，以天道推衍人道，创造了与天地相应的人界秩序（经），然后用经义教化芸芸众生，所谓参天地赞化育，与天地合德，乃圣人的职责，按照郑康成的说法就是“助天地之化生，谓圣人受命在王位致大平”（《礼记·中庸》郑注）[①]。在儒家的理想中，“参天地之化育，德配天地”，就是要使人与天地一样处于参赞化育的中和运行秩序之中，从而达致尽己之性以尽人之性、尽人之性以尽物之性的境界。从安身立命的小处说，在古代的经络思想中，天地自然之象与人体里外生理表象、心理情感、病理诊治之间，存在着一一参验、对应的关系，故而“人与天地参”是内经医学的理论基础所在。譬如《素问·三部九候论》把人之形、血、气与“天地之至数”相参，形成候脉

① 阮元校刻：《十三经注疏》，第1632页。

的三部九候方法，如云："天地之至数，始于一，终于九焉。一者天，二者地，三者人，因而三之，三三者九，以应九野。故人有三部，部有三候，以决死生，以处百病，以调虚实，而除邪疾。"① 《灵枢·经水》把人体十二经脉与自然十二经水相参验，如云："此人之所以参天地而应阴阳也，不可不察。足太阳外合于清水……凡此五藏六府，十二经水者，外有源泉而内有所禀，此皆内外相贯，如环无端，人经亦然。"② 我们可以说，在古人的天地人知识结构与信仰系统中，"参"体现了最基本的思维方式与价值视野，不仅关乎国运之昌盛，而且与人现世的福祉密切相关。

以上所论，大体可以使我们明了古人对于天（地）的理解，亦阐明了在天（地）与人关系上的传统立场，那么，下面再回到我们开篇提出的问题上来。对古人而言，"惟人参之"不是一个问题，因为在古代知识系统中，天地人"三才"合一，乃是不证自明的知识前提与信仰基础，对今人而言，之所以成为一个问题，原因在于中国近代以来的思想主流由天人合一转向了主客二分，这是自"西学东渐"以来，对西方传统主客二分思维方式和近代哲学主体性原则召唤的结果。

首先，我们看看作为现代立场方法论原则的主客二分思想和自我中心论，这占据了近代以来中西学术的主流话语地位。在西方古典哲学中，纯粹意识自为存在的主体与纯粹物质自在存在的客体一直处于对立状态，这种对立必然推演出身心二元

① 张志聪集注：《黄帝内经集注》卷四，浙江古籍出版社 2002 年版，第 159—160 页。

② 张志聪集注：《黄帝内经集注》卷二，第 124—125 页。

论，从而导致身体与灵魂或精神的分离。三百多年来，在精神哲学中占据统治地位的笛卡尔（René Descartes，1596—1650）的主客体二分或物质精神二元论，可以说是自柏拉图（Plato，前428—前347）开端，经由基督教哲学的发展完善并在近代定型的，这种思维方式发展到现代的一个极致，就是科学主义（也即唯科学主义）。一般说来，这种观念以主体性为原则，以主体与客体的对立存在为理论前提，把认识事物的本质视为哲学的最高任务，其根本在于将人与存在对立起来，人与万物相对，人站在对象之外，缺乏与存在合一的整体观念。这种外在性、对象性的哲学理念受到西方现当代哲学家的抛弃，超越主客二分及主体性原则的思想业已成为时代主流。

以学界熟悉的海德格尔（Martin Heidegger，1889—1976）为例，在反对外在性、对象性的主客二分观念上，海德格尔的努力是有目共睹的。在他看来，人愈是把自己当成唯一的主体，当成所有存在者的尺度，就会愈加陷入迷误。所以他讲参与、合调、敞开，认为存在者的整体是一切存在者的协调一致，人与存在的关系是一种内在的整体关联。在1955年8月于法国诺曼底做的一场“哲学何为”的报告中，他认为：

> 当我们问“什么是哲学”之际，我们是关于哲学来谈论。以此方式来追问，我们显然是站在哲学之上，也即在哲学之外。但我们的问题的目标乃是进入哲学中，逗留于哲学中，以哲学的方式来活动，也即“进行哲学思考”（Philosophieren）。①

---

①［德］海德格尔：《什么是哲学》，收入孙周兴译：《海德格尔选集》，上海三联书店1996年版，第588—589页。

所谓“进入哲学中，逗留于哲学中”，按照海氏的说法，就是人要进入哲学所把握的事物之内，与之合一。换言之，人不能只按照主客二元方式把存在看成人以外的东西而加以认识，哲学要把握的是具体的存在，因而“进行哲学思考”就是要达到人与万物存在合一的境界，这与其主张“天地神人”四位一体的观点是相同的。在《诗人何为》中，海氏把存在者整体的把握与超越主客方式对立起来，他认为：“人把世界当作对象，在世界的对面把自身摆出来，并把自身树立为有意来进行这一切制造的人。”[①] 在他看来，唯有诗人不以对象化的方式贯彻意愿，所以才能达到敞开的澄明之境，因而在引证荷尔德林（Friedrich Hōlderlin，1770—1843）的诗句时，他尤其强调“诗意地栖居”，同时是“在这片大地上”的栖居，因此诗人作诗首先“把人带向大地，使人归属于大地”，诗人在天与地之间飞翔，吟唱最广阔、最丰富的高远之境[②]。应该说，后期海德格尔的思想，与中国式的天人合一思维方式已经相当接近了，这大约也得益于他对于中国传统思维方式所具有的“非概念性语言和思维”长处的觉悟。

在我们看来，体认“惟人参之”，中国传统学术“主客交融”的特质无疑是我们理解此一问题的不二进路。那么，中国式的“主客交融”，与西学笛卡尔式（Cartesian）“我思”的主客二分有什么不同呢？最重要的区别或许在于：中国式的“主客交融”，人在世界之内，与世界合一；西学的主客二分，人在世

① ［德］海德格尔：《诗人何为》，《海德格尔选集》，第428页。

② ［德］海德格尔：《人诗意地栖居》，《海德格尔选集》，第468—469页。

界之外，认识世界。[①] 中国式的“主客交融”，并非西学意义上主体与客体的对立（也即对象化的主客关系），而是一种主客互摄式的“同声相应，同气相求”，甚或是超越主客对待式的万象皆隐、大化流行的境界。对于这一点，朱子讲得很明白：“盖天人一物，内外一理，流通贯彻，初无间隔。若不见得，则虽生于天地间，而不知所以为天地之理；虽有人之形貌，而亦不知所以为人之理矣。”（《答袁机仲书》，《文集》卷三十八）[②] 阳明说得更生动具体，在他看来，天地万物均贯穿“一体之仁”，故不仅人与人相通，“见孺子之入井，而必有怵惕恻隐之心焉”，且人与不同类的鸟兽、草木、瓦石也能相通，也能产生“不忍之心”“悯恤之心”“顾惜之心”（《文录·续编》）[③]。在古代思想家看来，天地人之所以是一个普遍联系的整体，不仅在于外表形态上的相似，更在于内在深层结构上的相同、情感上的相通，这构成了古人对于天、地、人三界的基本规定，也是古人思考一切问题的基础和出发点，故而所谓的“主客交融”，更表现为天地人的种种变化是通过天地之气与人体之气、自然之气与社会之气的相通相应而一气贯通、万物一体的，我们既可以将人间万事比附为自然万象，也可以将自然万象人格化为人间万事。正因为如此，对古人而言，“惟人参之”不是一个问题，天地人“三才”合一，乃是毋庸置疑的前提性存在。

---

① 关于西方主客二分与中国天人合一思维模式的异同，参见张世英：《天人之际——中西哲学的困惑与选择》，人民出版社1995年版；《进入澄明之境——哲学的新方向》，商务印书馆1999年版。

② 朱杰人等编：《朱子全书》，上海古籍出版社、安徽教育出版社2002年版，第1674页。

③ 王阳明著，吴光等编校：《王阳明全集》卷二十六，第968页。

在古人的文化视野中，所谓的天人合一，并不是说天与人没有任何的差异，只是这种差异并不像主客二分式那样将作为认识者的主体与作为被认识者的客体绝对分离。中国学术传统中的天人合一，无论是道家的天人合一、儒家的天人合一与天人相类，还是朱子理学的天人合一、阳明心学的天人合一，所强调的都是人与世界的融合，体现为"主客交融"的精神境界。正因为人与世界须臾不可分离，重视人、重视此生，便成为传统时代占据主导地位的思想文化传统。没有先在的主客二分意识，没有人的自我中心主义，在天地一家、万物一体的世界中，天地与人相互依托，相互归属，物与物、人与物、人与人没有阻隔，共同处于参赞化育的理想状态之中，那么，人与天地之间也就不存在单方面的模仿、参与问题，而是相互阐释、互相支持、互为例证。也正因为如此，寻找天地人之和谐共存，融通古今万有之变，所谓"究天人之际，通古今之变"，就成为中国古代思想家们追求的最高理想与普遍信念了。

中国近代以来思想文化的转向，始于明清之际，特别是鸦片战争以后，这种由天人合一的传统转向主客二分的立场以及对西方近代哲学主体性的召唤，影响了一个多世纪以来几代学者思想立场与价值判断的形成，并在中国传统学术的现代转型中留下了深刻的烙印。值得注意的是，在西方现当代哲学的人文思潮特别是后现代文化语境中，提倡的是人与物的融合与诗化哲学，在"主体死亡"的口号中，主客二分与"主体性哲学"业已被抛弃，主体与客体、现象与本质、具体与抽象、感性与理性等问题意识已经让位于在场与不在场、理解与超越、思与诗、古与今、中心与边缘、言与无言等话题了。在西方哲学业已转向的今天，如果我们还固守于西方近代哲学的主客二分立场，还像主客关系式那样站在存在之外，通过概念认识存在、言说存在，显然已经不合时宜了。哲学发展的新方向昭示我们，只有超越主客二分的境界，才能在“人与物”和“人与人”构成的关系世界里，达致“人与物”融通一体、“人与人”融洽和谐的状态，这大体上也就是王阳明所说的见岩中花，“则此花颜色一时明白起来”（《传习录》）的“人与物”融通一体的化境，以及《礼记·乐记》中“和顺”“和敬”“和亲”的“人与人”的融洽境况，这与尼采（Friedrich Wilhelm Nietzsche，1844—1900）人神合一的“酒神状态”、海德格尔“天地神人”的四位一体，在价值追求与精神境界上是相同的，由此我们也不难看出，对于超越主客关系的万物一体境界的追求、对于无限的精神性联系的整体世界的向往，亦是中西文化共有的理念。

在百余年来的西学援引事业中，主导中国知识精英阶层的主客二分思维框架，构成了经典诠释者“历史性”的核心要素，并在研究者的文学诠释活动中起到了理论上的先导作用。在这种理论导向下审视“惟人参之”，天地与人相互隔膜，作为认识者主体的人与作为被认识对象客体的天地彼此外在，通过认识而得以统一，自然便有了人模仿天地、人以第三者身份参与天地之义。从其思想根源上看，逃不出主客二分的思维模式，逃不出认识论、反映论的大框架。如果说，在主客关系的思维模式下以物观物诚属经典诠释者无法超越的“历史性”，那么，面对当下多元文化语境的价值抉择时，若仅仅停留在主客二分的阶段，则终因主客彼此外在而达不到心灵上的自由境界。只有在天人合一的整体追求中，“主客交融”、以道观物，方能存乎其中，出乎其上，显现出人与世界和谐融洽的高远境界，并烘托出思诗交融的审美追求来。对于中国传统学问的现代研究而言，后者理当成为更高层面上比勘会通方法论之首选。总之，境界不同，文化心态不同，得出的结论也就不同了。我想，以上所识也许不算是迂阔之论吧。

诚

今天我们说到“诚”，往往会想到诚实、诚信、真诚这些日常语义，其实，在传统思想文化体系中，“诚”的含义要丰富复杂得多。在古典学的视域中，“诚”不仅是人们对日常生活、人生经验的一种伦理化总结，更是思想家进行文化建设的重要理论资源，囊括了传统的德性之学、本体之学、功夫之学的核心内涵，体现了古人在世界观、人生观方面的理论见解，尤其传达出古人在精神生活、审美境界方面的理想追求。发掘和阐扬“诚”的思想内蕴，不仅能够还原中国传统学术的固有民族特质，同时又能为现代社会的补偏救弊提供一种正面的精神动能，为当代人的精神寄托、灵魂安顿提供一种建设性的思路。

在古代源远流长的经典解释传统中，思想家围绕“诚”的阐释形成了不同的话语脉络与意义系统，关乎知识、思想、信仰各个层面，具有丰富复杂的语义内蕴。我们尝试从先秦子学、汉唐经学、宋明理学的阐释传统中，梳理“诚”的话语脉络的生成，一是子学到经学由修养而功夫的言说谱系，一是经学到理学由本体而境界的言说谱系，旨在通过这种观念话语内在理路的考辨，重新审视“诚”在古典时代价值观建构中的重要意义。

先秦子学的阐释

在先秦子学的阐释传统中，“诚”基本上是作为言说道德规范的话语被广泛使用的。就目前文献所见，孔子之前的《诗经》《尚书》中，没有“诚”字出现，但常见的“恭”“敬”“昭”“明”等，蕴含有“诚”的意味。譬如《诗经》言天之“诚”，

《周颂·维天之命》："维天之命，於穆不已。"《臣工》："明昭上帝，迄用康年。"[①] 言人之"诚"，《小雅·小弁》："维桑与梓，必恭敬止。"《大雅·大明》："昭事上帝，聿怀多福。"[②]《尚书·尧典》"敬授人时"，《立政》"宅心""俊心"的"以敬事上帝"[③]，均言人之"诚"。孔子未明言"诚"，但其所内蕴的忠信、笃敬、正直等品格，却为孔子所称道。《论语》"言忠信，行笃敬""笃信好学，守死善道""人而无信，不知其可也"[④] 等表述，与"诚"的意义多有关联。从日常经验层面来看，孔子视"诚"为德性的优先部分并加以褒扬，从其论述中尚未看到哲学层面的提升。同样的情形，郭店楚简也可以看到。在《性自命出》篇中，多有论"信"的文字，作为一种伦理规范，在谈论"情""言"时，均以"信"为规范，如"凡声其出于情也信""信，情之方也""未言而信，有美情者也"[⑤]。学界一般认为，郭店楚简在战国中期或之前，《性自命出》篇的年代大概也在同一时期，这与更多关注"诚"的《中庸》相比，有很大的不同。就目前所见的早期字书来看，古人认为"诚"与"信"同义，譬如《尔雅》《广雅》释"诚"为"信"，《说文》"诚""信"互训。这种对于"诚""信"的理解，建立在道德自觉的基础上，作为伦理规范的"诚"，大都处于日常经验层面，哲学层面的意味尚不明显。

与孔子同时代稍晚的文子，在其著述中专设《精诚》一篇，

---

① 阮元校刻：《十三经注疏》，第 583、591 页。

② 阮元校刻：《十三经注疏》，第 452、507 页。

③ 阮元校刻：《十三经注疏》，第 119、231 页。

④ 阮元校刻：《十三经注疏》，第 2517、2487、2463 页。

⑤ 李零：《郭店楚简校读记》，第 106—107 页。

是先秦子学论“诚”的代表之作。在文子所阐扬的道家治世之道中，“精诚”“诚心”为居于上位者的初心与恒心，相关论述比比皆是。如云：“其诚心，施之天下而已。故赏善罚暴者正令也；其所以能行者精诚也。令虽明不能独行，必待精诚，故总道以被民而民弗从者，精诚弗至也。”“夫抱真效诚者，感动天地，神逾方外，令行禁止，诚通其道而达其意，虽无一言，天下万民、禽兽、鬼神与之变化。故太上神化，其次使不得为非，其下赏贤而罚暴。”[①] 文子所谓“道”，内以修身，外以治人，带有强烈的经世致用的“入世”色彩，如云：“精诚形乎内，而外喻于人心，此不传之道也。圣人在上，怀道而不言，泽及万民，故不言之教，芒乎大哉！”“是以天心动化者也。故精诚内形，气动于天，景星见，黄龙下，凤凰至。”[②] 这种以“诚”为核心所建构的内外之道的言说谱系，与早期的儒家极为相似，对于尔后黄老之学的影响极大。正如前代学者业已指出，汉初刘安门人所撰写的《淮南子》中，就大量引用《文子》的内容。如《淮南子·泰族训》：“圣人者怀天心，声然能动化天下者也。故精诚感于内，形气动于天，则景星见，黄龙下，祥凤至……故大人者，与天地合德，日月合明，鬼神合灵，与四时合信……故圣人养心莫善于诚，至诚而能动化也。”又云：“赏善刑暴者，政令也；其所以能行者，精诚也。”[③] 在阐释圣人之道、天地之心等宇宙观、人生观问题时，《淮南子》的作者每每习惯性地使用“诚”的言说话语，这大体上也代表了秦汉之际思想界的一

---

① 《文子》，引自《二十二子》，上海古籍出版社 1986 年版，第 832、834 页。

② 《文子》，引自《二十二子》，第 832 页。

③ 何宁：《淮南子集释》，第 1375—1382、1384 页。

般看法。

总的来看，在先秦子学的阐释话语中，“诚”的含义大体有二。以《庄子》为例，一是指内在的言行一致，相当于“诚信”“诚心”的意思。《徐无鬼》：“修胸中之诚，以应天地之情而勿撄。”《列御寇》：“内诚不解，形谍成光，以外镇人心，使人轻乎贵老。”《渔夫》：“真者，精诚之至也。不精不诚，不能动人。”[①] 同样是对道德的反思，不同于孟子的“诚”带有自我的反思体悟，庄子的“内诚”“精诚”则不乏存在的直观洞见。一是指主客的名实相符。《至乐》：“吾未知善之诚善邪，诚不善邪?”《德充符》：“人不忘其所忘而忘其所不忘，此谓诚忘。”[②] 这里的“诚”，是指概念与概念所反映的客观实际相符合，相当于“果真”“如果”的意思。再以《管子》为例。《管子·幼官》：“养之以义，报之以德，结之以信，接之以礼，和之以乐，期之以事，攻之以官，发之以力，感之以诚。”[③] 这里的“诚”，与“义”“德”“信”“礼”在同一言说层面，仍然属于上述的第一层意思。《幼官》又云：“举机诚要则敌不量，用利至诚则敌不校。”[④] 这里有两个“诚”：前者“诚要”，释为“如果”，属于上述第二层意思；后者“至诚”，释为“诚信”，属于上述第一层意思。由此可见，在管子的笔下，对于“诚”的两层含义区分得很清楚。上述情形在先秦诸子的著述中广泛存在，直至今天在现代汉语的表述系统中，这种区别也是清楚的。

战国后期荀子“养心莫善于诚”的提出，在“诚”的话语

---

① 郭庆藩撰，王孝鱼点校：《庄子集释》，第 827、1037、1032 页。

② 郭庆藩撰，王孝鱼点校：《庄子集释》，第 609、216—217 页。

③ 黎翔凤撰，梁运华整理：《管子校注》，第 139 页。

④ 黎翔凤撰，梁运华整理：《管子校注》，第 165 页。

谱系建构中具有承上启下的作用。虽然荀子常常被视为先秦学术的总结者，但其关于许多问题的思考，仍然带有很强的自我理论建构的色彩。在《荀子·不苟篇》中，有专论养心功夫的一段文字，其间多次出现“诚”的论述，颇为引人注目。从荀子的立论来看，“诚”并不是中心话题，只是在谈论天人、君子等儒家常见命题时带出来的。如云：“夫诚者，君子之所守也，而政事之本也。唯所居以其类至，操之则得之，舍之则失之。”又云：“天不言而人推高焉，地不言而人推厚焉，四时不言而百姓期焉。夫此有常，以至其诚者也。”① 在荀子看来，一方面“诚”是道德行为的内在根据，另一方面“诚”离不开践行。所谓“养心莫善于诚”的“诚”，是就修养功夫而言的，类似于《大学》“诚意”；所谓“诚心守仁则形，形则神，神则能化矣；诚心行义则理，理则明，明则能变矣”②，强调的是这种功夫的修持过程，类似于《中庸》“诚之”。顺着荀子的语脉看，这种养心之术不仅以道德修养为目的，且本身就是一种身心践行的实践活动。他认为“诚”是养心的前提，“诚”的实现有赖于心的认知转化，唯“诚”方能达致德行修养的精微境界。作为德行的修持方法，“诚”是通向慎独的重要途径，为儒家学者所普遍推崇。在《不苟篇》中，荀子首次将“慎其独”与“诚”联系起来，如云：“善之为道者，不诚则不独，不独则不形，不形则虽作于心，见于色，出于言，民犹若未从也。”③ 只有做到“诚”才能达到慎独的境界，才能显现出至高的德行，感化万

① 王先谦撰，沈啸寰、王星贤点校：《荀子集解》，第 48、46 页。

② 王先谦撰，沈啸寰、王星贤点校：《荀子集解》，第 46 页。

③ 王先谦撰，沈啸寰、王星贤点校：《荀子集解》，第 47—48 页。

物，教化百姓。荀子论“诚”，没有孟子、《中庸》“反身而诚”的内在超越的道德本体，而是后天获得的，源自后天的教化与学习，这种修养论、认识论路数，总结了先秦子学阐释传统，开启了汉唐经学阐释传统，在“诚”的意义生成中具有重要的理论承接价值。

汉唐经学的阐释

在汉唐经学的阐释传统中，“诚”的话语谱系由修养而功夫，常常作为言说儒家内外之道及其践行功夫而被广泛使用。这种话语谱系的源头，可以上溯到《周易》的阐释传统。

《易传》“修辞立其诚”的说法，常常被视为阐释儒家内外之道的重要命题。《周易·乾·文言》：“九三曰：君子终日乾乾，夕惕若厉，无咎，何谓也？子曰：君子进德修业。忠信所以进德也。修辞立其诚，所以居业也。知至至之，可与几也。知终终之，可与存义也。”[①] 对于“修辞立其诚”，唐代孔颖达《正义》：“‘修辞立其诚，所以居业’者，辞谓文教，诚谓诚实也。外则修理文教，内则立其诚实，内外相成，则有功业可居。”[②] 按照孔颖达的内外之分，则“修辞”为外王之道，“立其诚”为内圣之道，两者“内外相成”，并行不悖。孔颖达的说法影响很大，宋末王应麟认同孔颖达的内外之说，并进一步提出“养诚”的说法，他认为：“‘修辞立其诚’，修其内则为诚，修其外则为巧

① 阮元校刻：《十三经注疏》，第 15 页。

② 阮元校刻：《十三经注疏》，第 15—16 页。

言。《易》以辞为重，《上系》终于‘默而成之’，养其诚也。《下系》终于六‘辞’，验其诚不诚也。辞非止言语，今之‘文’，古所谓‘辞’也。”① 王氏关于“以辞为重”和“养其诚也”之间关系的表述不甚清晰，但他以《系辞》上、下的末句为例，强调“养诚”的重要性，这一层意思还是很清楚的。在他看来，若能“养诚”，虽无辞亦可取信，修辞必须立诚。上述阐释与儒学德行事业的内外之道结合起来，成为后世道德文章乃至修辞学的重要内容，在“诚”的理论谱系建构中产生了深远的影响。

或可注意的是，对于孔颖达的解释，今人周策纵先生认为，最重要的一点在于说明两者的关系，也就是说“修辞”与“立诚”是一外一内的两件事②。不过，饶宗颐先生《孔门修辞学》谈及“修辞立其诚”时认为，“修辞”属于美，“诚”包括了真和善，有真和善才有美者可言，有真和善然后可以“立诚”。所以，“修辞是知。立诚是仁。从修辞以立诚，正是合内外之道了”③，在他看来，“修辞”是“立诚”的前提，两者是一件事。

汉以后的思想家在解释“诚”的问题时，常常会发挥言行一致、心口如一方面的意思。在解释“品善之体”时，贾谊列举了二十多对两两相对的范畴，譬如孝与孽、惠与困、悌与傲、德与怨、和与乖，并且将诚与殆对举，《新书·道术》：“志操精

① 王应麟著，翁元圻注，栾保群等校点：《困学纪闻》，上海古籍出版社 2008 年版，第 1—2 页。

② 周策纵：《弃园文粹》，上海文艺出版社 1997 年版，第 422 页。

③ 饶宗颐：《饶宗颐二十世纪学术文集》卷十一，中国人民大学出版社 2008 年版，第 607 页。

果谓之诚，反诚为殆。”[①] 贾谊释“诚”为言行一致、心口如一，与慢待相对，虽然谈不上创见，但他以两两对举的范畴加以佐证，这是传统对待思维的一种理论呈现。类似的论述，也见于董仲舒。《春秋繁露·玉杯》：“是故孔子立新王之道，明其贵志以反和，见其好诚以灭伪。”《祭义》：“君子之祭也，躬亲之，致其中心之诚，尽敬洁之道，以接至尊，故鬼享之。”[②] 董子将“诚”与“伪”对举，强调的是祭祀时内在的诚心诚意、恭顺之道。西汉的著述，值得注意的还有《礼记》。除《中庸》篇外，在《礼记》的其他篇目中，“诚”的用例并不多见。譬如子思言丧礼的“诚”，《檀弓上》：“丧三日而殡，凡附于身者，必诚必信，勿之有悔焉耳矣。”[③] 鲁人周丰言治民之术，《檀弓下》：“苟无礼义忠信诚悫之心以莅之，虽固结之，民其不解乎。”[④] 言乐教与民心的关系，《乐记》：“廉直、劲正、庄诚之音作，而民肃敬。”又云：“著诚去伪。”[⑤] 上述“诚”的用例，沿袭了先秦以来言行一致的意思，沿用的仍然是道德规范的话语谱系。

成书于东汉的《大戴礼记》，有“六微”的观人之术，包括观诚、考志、视中、观色、观隐、揆德六种方法，用以考察人的聪慧愚笨、贤能奸邪、真伪善恶。其中“观诚”之法位列第一，与其他五种识人之法不同。譬如“考志”强调的是面对各种人生际遇，心志是否坚定，是否知进退；“视中”强调的是从声音和气息观察人的内心；“观色”强调的是通过喜怒哀乐看到

① 贾谊撰，阎振益、钟夏校注：《新书校注》，中华书局2000年版，第304页。
② 曾振宇、傅永聚注：《春秋繁露新注》，第19、331页。
③ 阮元校刻：《十三经注疏》，第1275页。
④ 阮元校刻：《十三经注疏》，第1313页。
⑤ 阮元校刻：《十三经注疏》，第1535、1537页。

性情本色；“观隐”强调的是通过伪托的现象看清本质；“揆德”强调的是只要内心充满道德，一定会见乎外表。所谓的“观诚”，指借助人人关系来考察心志和性情，从父子、兄弟、君臣、老乡等角度，从关系中考察，从动态中识别。《文王官人》：“父子之间，观其孝慈也；兄弟之间，观其和友也；君臣之间，观其忠惠也；乡党之间，观其信惮也。省其居处，观其义方；省其丧哀，观其贞良；省其出入，观其交友；省其交友，观其任廉。”[①] 为了考察一个人的忠孝诚信，甚至故意制造各种情况以观察其诚实程度以及是否守信等问题，“探取其志，以观其情；考其阴阳，以观其诚；覆其微言，以观其信；曲省其行，以观其备诚”[②]。在《大戴礼记》的作者看来，运用“六微”的观人之术，有心观察，观面知命，观色知事，便可识人性，鉴人品，辨忠奸。尔后曹魏时期刘劭所著的《人物志》中，也有关于“诚”的用例。其中，既有表达“果真”“如果”之义的“诚智”“诚勇”“诚能”等，亦有表达“诚信”之义的用例，如《体别》：“朴露径尽，质在中诚，失在不微。”又云：“不戒其实之野直，而以谲为诞，露其诚。”[③] 与刘劭生活在同一时期的“建安七子”徐干，著有《中论》，关于“诚”，其《贵验》：“诚发乎中心，形乎容貌。”[④] 强调的是君子言行要内外相符，经得起验证。由此可见，在东汉以后的才性之辨、人物评鉴中，“诚”作为古人道德意义世界建构的核心，仍然是传统德行评价体系的基础。

---

① 王聘珍撰，王文锦点校：《大戴礼记解诂》卷十，第188页。

② 王聘珍撰，王文锦点校：《大戴礼记解诂》卷十，第188页。

③ 梁满仓译注：《人物志》，中华书局2014年版，第34、38—39页。

④ 徐干著，孙启治解诂：《中论解诂》，中华书局2014年版，第84页。

宋明理学的阐释

在宋明理学的阐释传统中，“诚”更多是作为言说本体境界的话语被广泛使用的，其中“北宋五子”、南宋朱熹均有理论建树。这种话语谱系的源头，应该上溯到孟子到《中庸》的本体论、境界论的解释路数。

从孟子开始，对于“诚”的阐释不再停留在修养功夫的层面，而是放在心性学的视野中，进入本体论的论域。有关“诚”的论述，在《孟子》七篇中多有出现，既有带形容词性质的“确实”之义，也有常见的伦理道德之义，其中有几处的阐释非常深刻，带有明确的本体论意味。《孟子·离娄上》：“居下位而不获于上，民不可得而治也。获于上有道，不信于友，弗获于上矣。信于友有道，事亲弗悦，弗信于友矣。悦亲有道，反身不诚，不悦于亲矣。诚身有道，不明乎善，不诚其身矣。是故诚者，天之道也；思诚者，人之道也。至诚而不动者，未之有也；不诚，未有能动者也。”《尽心上》：“万物皆备于我矣，反身而诚，乐莫大焉。强恕而行，求仁莫近焉。”[①] 在孟子的理论视野中，“诚”是天人之间的内在联系，实然之“诚”是真诚无伪的，是天道的存在方式，也是人道之“诚”的来源与依据。对于人道之“诚”，孟子有两个界定：一是“明乎善”，一是“反身而诚”。前者指向道德主体的伦理纬度，后者指向道德主体的精神纬度。这种源自道德主体高度自觉自信的向内转，开启了

---

① 阮元校刻：《十三经注疏》，第 2721、2764 页。

外在天道走向内在本体的途径。孟子以“诚”为天人合一的中介，带有伦理法则本体论化的倾向，对于“诚”作为存在论依据的揭示较为粗疏，在大多数情况下，“诚”与“仁、义、礼、智、信”一样，主要还是作为伦理规范而作用于现实社会的。

作为《中庸》篇的主题，与“道中庸”与“尊德性”密切相关的就是“诚”。文中“诚”“诚之”“至诚”“自诚明”“自明诚”等频繁出现，除了作为具体的伦理规范的意味外，形上的本体色彩极为强烈。在《中庸》作者看来，“诚”是天然之道，“诚之”是人为之道，是通过明善经由修养而实现的。所谓“诚者，天之道也；诚之者，人之道也”[①]，“诚”既是明善成德的一番功夫，又是天性本然的实现与完成，故云：“诚者，自成也，而道自道也。诚者物之终始，不诚无物；是故君子诚之为贵。诚者非自诚己而已矣，所以成物也。成己，仁也；成物，知也。性之德也。合外内之道也。故时措之宜也。”[②] 在物我天人合一的境界中，人之“至诚”、中庸之“至德”方能“参赞化育”“与天地参”。《中庸》强调“诚”和“明”、“自诚明”和“自明诚”的区别。如云：“自诚明，谓之性；自明诚，谓之教。诚则明矣。明则诚矣。”[③] “诚”来自尽性的本体之学，“明”来自穷理的知识之学，“自诚明”是由本体到知识，强调良知良能，“自明诚”是由知识到本体，强调闻知践行。前者偏于孟子心性论的路数，后者偏于荀子认识论的路数。《中庸》强调“至诚”，如云：“唯天下至诚，为能尽其性；能尽其性，则能尽人之性；

---

① 阮元校刻：《十三经注疏》，第 1632 页。

② 阮元校刻：《十三经注疏》，第 1633 页。

③ 阮元校刻：《十三经注疏》，第 1632 页。

能尽人之性，则能尽物之性；能尽物之性，则可以赞天地之化育；可以赞天地之化育，则可以与天地参矣。”[①] 天道本“诚”，万物本自天道，自然天成，不乖本性，乃真实无妄。就本原意义而言，人性、物性皆蕴含“诚”义。但问题在于，人性虽有天道之“诚”，但人非天生即“诚”，人道之“诚”必须经由自知、自明、自觉修身复性的一番功夫，方能实现。

就理论脉络而言，《中庸》开篇“天命之谓性，率性之谓道，修道之谓教”[②] 三句，这种尽心知天知性的说法、以“诚”为中介打通天人的做法，与孟子天道性命的立场是一脉相承的，但不同之处也是明显的。《中庸》“诚之者，人之道也”的说法，与《孟子·离娄上》“思诚者，人之道也”[③] 的提法有所不同，虽然均注意到“诚”的本体，但比较而言，孟子的“思诚”，强调对“诚”的体认，《中庸》的“诚之”，强调“诚”的转化。换言之，《中庸》“诚”的概念，较之孟子时期主要作为一种道德规范使用，确实具有了相当程度的抽象，这大约也是宋代理学家进行形上建构之时，将其视为重要思想资源和历史依据的主要原因之一。但需要注意的是，《中庸》在建构价值本体的形上依据方面的努力，更接近于《易传》的路数[④]。譬如《中庸》对“诚”的理解，超越了个体德行，业已提升为普遍的价值规定，并且从早期的存在论进入本体论的论域，就《中庸》的这

---

① 阮元校刻：《十三经注疏》，第 1632 页。

② 阮元校刻：《十三经注疏》，第 1625 页。

③ 阮元校刻：《十三经注疏》，第 2721 页。

④ 熊十力先生认为，《中庸》本“演《易》之书”；冯友兰先生认为，《中庸》与《易传》的主要意思，有许多相同之处。参见熊十力：《原儒》下卷，中国人民大学出版社 2006 年版，第 174 页；冯友兰：《新原道》，《三松堂全集》第 5 册，第 81 页。

种格局而言，似乎也已经超出了孟子的思路。

以成圣成仁为宗旨的理学，承接思孟一派的心性之学，由功夫而本体，由修养而境界，有关“诚”的阐释，进入了一个新的理论层面。对于“诚”，理学的奠基人周敦颐虽然也有道德规范层面的用例，如“心不诚，则身不可正；亲不和，则家不可齐”“是治天下观于家，治家观身而已矣。身端，心诚之谓也。诚心，复其不善之动而已矣”[①]，但他以《周易》释“诚”的做法，极富创见。在《太极图说》《通书》中，有大量释“诚”之文，包括解释“诚”之体：“大哉乾元，万物资始，诚之源也。”“乾道变化，各正性命，诚斯立焉。”“寂然不动者，诚也；感而遂通者，神也。”[②] 解释“诚”之用：“诚，五常之本，百行之源也。”“诚者，圣人之本，物之终始，而命之道也。其动也，诚之通也，继之者善，万物之所资以始也；其静也，诚之复也，成之者性，万物各正其性命也。”[③] 周子以“诚”为圣人之道，有体有用，全体大用，确立了“诚”观念的形上学解释体系，内容深广，意义重大。

张载将知识的来源分为两类：“见闻之知”和“德性所知”。在他看来，两类知识所蕴含的价值意义与人生境界是不同的，“见闻之知”为“小知”，“德性所知”为“良知”，在此基础上，他提出认识事物的两种方法：“闻见”和“体物”。所谓“闻见”，大体相当于日常的感性认知能力，“人寻常据所闻”“尽耳目之才”，也即耳闻目睹，乃广义的事实认知；所谓“体物”，

---

① 周敦颐著，陈克明点校：《周敦颐集》，中华书局 1990 年版，第 37、38 页。
② 周敦颐著，陈克明点校：《周敦颐集》，第 12、12、16 页。
③ 周敦颐著，陈克明点校：《周敦颐集》，第 14、4 页。

是一种直觉体认，建立在“闻见”之上，是哲理层面的理性之思。张载区分了两种认识方法及其达致的境界，明确指出“德性所知”高于“闻见之知”。《正蒙·大心篇》：“见闻之知，乃物交而知，非德性所知；德性所知，不萌于见闻。”《诚明篇》：“诚明所知乃天德良知，非闻见小知而已。”[①]“见闻之知”是一种有限的知识，本于气质之性，囿于一己之身，“德性所知”则不同，它源于天地之性，乃“诚明所知”“天德良知”。《诚明篇》：“‘自明诚’，由穷理而尽性也；‘自诚明’，由尽性而穷理也。”[②]“自明诚”由穷理而尽性，是一种理性的自觉，“诚”的本体一旦建立起来，理性规范便融入主体意识之中，并逐渐转化为主体的德性；“自诚明”由尽性而穷理，超越了理性的强制，获得了近乎天道自然的本性，既是一种道德境界，更是一种审美境界。对此，王夫之释云：“仁义，天德也。性中固有之而自知之。无不善之谓良。”[③]张载所言的“诚”，以仁义为价值本源，包容无限的太虚，《张子语录》中：“诚者，虚中求出实。”[④]只有通过“虚中求实”，才能达到身心与天道的沟通。《正蒙·诚明篇》：“天人异用，不足以言诚；天人异知，不足以尽明。”《乾称篇》：“儒者则因明致诚，因诚致明，故天人合一，致学而可以成圣，得天而未始遗人，《易》所谓不遗、不流、不过者也。”[⑤]这种“以天体身”“身而体道”，超越“闻见小知”，

① 张载：《张载集》，第24、20页。

② 张载：《张载集》，第21页。

③ 王夫之：《张子正蒙注》卷三，收入船山全书编辑委员会编校：《船山全书》第12册，第113页。

④ 张载：《张载集》，第324页。

⑤ 张载：《张载集》，第20、65页。

摆脱外物所累、耳目所蔽，能够把握无限的整体，能够从浅层次的主客融合状态进入深层次的物我两忘境界，在“天人合一”的境界中获得本体直觉与价值体认。通过“体物”而达致的“德性所知”，已经超越了知识论、认识论的层面，进入本体论、境界论的境界。就此意义而言，张子之学贯通了天人之道，使天道与人道、知天与知人成为互蕴互涵、一面两体之事，是理学气本建构中的重要环节。

在二程和朱子的理学本体论建构中，对于“诚”的阐释多有新意。以对《周易》的阐发为例，《周易》有“无妄”卦，伊川释云：“无妄者至诚也，至诚者天之道也。天之化育万物，生生不穷，各正其性命，乃无妄也。”又云：“天命谓天道也，所谓无妄也。”① 对此，朱熹释云：“诚者，真实无妄之谓。天理之本然也。诚之者，未能真实无妄，而欲其真实无妄之谓也，人事之当然也。圣人之德，浑然天理，真实无妄，不待思勉而从容中道，则亦天之道也。”② 在理学家的眼里，“无妄”既是天之“诚”，也是人之“诚”，这种理解在易学解释传统中别开生面。“诚”的阐释纬度建立在道德主义的基础上，在“德性自觉”的基础上，进入“至诚”“诚明”的“天地境界”。“诚明”是“审美之境”，“至诚”是“德性之境”。有关“至诚之道”，朱子认为：“圣人至诚，便是自始生至没身，首尾是诚。”“在我无一毫私伪，故常虚明，自能见得。如祯祥、妖孽与蓍龟所告，四体所动，皆是此理已形见，但人不能见耳。圣人至诚无私伪，所

① 程颢、程颐著，王孝鱼点校：《二程集》，第 822、823 页。
② 朱熹：《四书章句集注》，第 31 页。

以自能见得。且如蓍龟所告之吉凶甚明，但非至诚人却不能见也。”① 在朱子看来，“至诚”具有与天地同德、与天地同流的意味，非圣人无法担当此论。宋儒的解释进路，强调价值主体内外世界的贯通，由本体而境界，为“诚”在本体境界层面的意义延伸奠定了坚实的基础。

“诚”的审美意蕴

建立在认识论、本体论基础上，古人对于“诚”的阐发，从经验之“诚”、本体之“诚”到审美之“诚”，在传统时代的精神生活中呈现出丰富而多元的审美意蕴。

“诚”的审美纬度建立在道德主义的基础上，孟子“思诚”、《中庸》“诚之”，强调内在道德本体的建构，在“德性自觉”的基础上，进入“至诚”“诚明”的“天地境界”。“至诚”是“德性之境”，陈淳《北溪字义·诚》：“后世说至诚两字，动不动加诸人，只成个谦恭谨愿的意思。不知诚者真实无妄之谓，至诚乃是真实极致而无一毫之不尽，唯圣人乃可当之，如何可容易以加诸人。”②

“诚”的境界是实现天人合一、主客合一的根本途径。张载认为：“性与天道合一，存乎诚。”③ 在“诚”的境界中，性与天道合一。“诚”的境界无内外之别，无阴阳之分，超越感性与知

---

① 黎靖德编，王星贤点校：《朱子语类》卷六十四，第 1578、1575 页。

② 陈淳著，熊国祯、高流水点校：《北溪字义》，中华书局 1983 年版，第 33 页。

③ 张载：《正蒙·诚明》，第 20 页。

性的把握范围，是宇宙与人生浑然一体的感受。作为人至高的心灵境界，“诚”是一个不断生成、不断自我超越的过程，在这一过程中，“诚”的境界不断生成、不断实现。“诚”的境界，还要通过反身、尽心、无为、日损、剥落的方式实现。孟子“反身而诚”，以“诚”为审美中介，实现自我之诚与本体之诚的统一，是一种内向的究天人之际、体天地之道，不仅仅是道德意义上的反求诸己，也是精神上的审美愉悦。这与《中庸》讲“诚之者，择善而固执之者也”，《大学》讲“明明德”“亲民”“止于至善”，即借助于修身复性、反省反思来实现人道之“诚”类似，均强调“诚”的实现是一个审美过程。

万物虽然源于天道之“诚”，但人道意义上“立诚”的实现，必须借助于人内在道德的充盈，只有达致这种秉承天道的至善境地，才能与内蕴天道、天理的对象融为一体，这不仅体现在“修、齐、治、平”的社会实践中，也能在诗文载道的心性活动和自得静观的审美观照中体现出来。文学艺术作为审美的重要方式和维度，被寄予了古人的审美理想和审美追求。在古代天地人具有同一性、相似性的宇宙视野下，天文、地文、人文具有相同的伦理道德属性和审美精神境界，因此，在古人看来，“以诚论人”和“以诚论文”也就具有相同的逻辑路数与价值属性了。

德行与言辞的内外之分，业已成为秦汉以来的普遍认识。《礼记·大学》：“诚于中，形于外。”[①]《大戴礼记·文王官人》：“诚在其中，此见于外。”[②] 说的都是这个意思。“以诚为文”也

---

① 阮元校刻：《十三经注疏》，第 1673 页。

② 王聘珍撰，王文锦点校：《大戴礼记解诂》卷十，第 190 页。

就成为汉代以后文论家的一般看法。譬如在论及“雕文饰辞”时，《论衡·超奇篇》主张：“精诚由中，故其文语感动人深。”王充力主文贵真实，有“精诚”“实诚”的说法。《论衡·对作篇》明言：“虚妄显于真，实诚乱于伪。”文辞应发作者内心之诚，这也正是圣人制作经书的目的，故云：“圣人作经，艺者传记，匡济薄俗，驱民使之归实诚。”[①] 王充的“精诚由中”“实诚在胸臆”的说法，与《书解篇》“文质华实”“文德世服”的提法，在理论预设上是相同的，均肯定道德内容决定文章形式，所谓道德越盛厚文章越繁复，同时强调两者内外相符的一致性与一体性，这也成为传统时代文章道德论的思想源头。齐梁时期的刘勰，虽然思想中不乏多元复杂性的一面，但对于“诚”的理解，仍然是秉承了易学的传统解释路数。在论及祝词和盟誓的文体特征时，刘勰完整地征引了《周易》“修辞立其诚”的意思，《文心雕龙·祝盟》：“修辞立诚，在于无愧。”又云：“立诚在肃，修辞必甘。”[②] 他强调祝词和盟誓之文，不同于其他文体之处，在于要特别诚敬，换言之，要把这两种文体写好，必须表现出作家之诚。我们不难看出，刘勰将“修辞立诚”运用于“祝盟”，依旧是源自《周易》卦辞、爻辞的传统。在他看来，所谓“立诚在肃”，就一般的文学作品而言，诚实地写出作者的真情实感，才能成为打动人的好作品，这与《情采》篇所说的“为情而造文”类似，两者均强调作者要真诚地传达出自己的情性、思想和意志。

唐代以后的文论家对于“以诚为文”的看法，一方面秉承

① 黄晖：《论衡校释》，第612、1179、1177页。

② 刘勰著，詹锳义证：《文心雕龙义证》，第375、385页。

了“修辞立诚”“著诚去伪”的言说路数，另一方面也更为强调“诚”的实现是文学创作中个性、创新性的源头，虽然“以诚为文”难免会强化为文者的道德修养或文中道德意蕴，而轻忽文章技巧章法或审美内蕴，但对于身处某些特定历史语境或文化氛围中的文论家而言，“以诚为文”仍然是阐释主流话语的习惯路子与有效工具。譬如白居易《策林六十八·议文章》：“为文者必当尚质抑淫，著诚去伪。”① 这明显是沿用了《礼记·乐记》的说法。柳宗元《报袁君陈秀才避师名书》：“大都文以行为本，在先诚其中。”② 说的仍然是修辞先立诚的道理。北宋释惠洪的《冷斋夜话》中，记载李清照之父李格非赞扬诸葛亮《出师表》、刘伶《酒德颂》、陶渊明《归去来辞》的一段话。李格非认为这些文章之所以“皆沛然从肺腑中流出”，是因为“文章以气为主，气以诚为主”③。李氏之言，虽然源自曹丕，但“气以诚为主”的说法，自有创见，开出了一番新意。元好问《杨叔能小亨集引》：“何谓本？诚是也……故由心而诚，由诚而言，由言而诗也，三者相为一。”④ 元氏极为强调“诚”在为文中的重要性，“言由心生”是汉代以来论文的传统，元氏将“诚”放在“心”和“言”之间，使之成为文学创作的必然之途。为此，他还专门论述“不诚”的作品何以不能感动人心，在于“不诚无物”，则“言无所生，心口别为二物”。陈廷焯《白雨斋词话》：

① 白居易著，朱金城笺注：《白居易集笺校》卷六十五，上海古籍出版社1988年版，第3547页。

② 柳宗元：《柳河东全集》卷三十四，中国书店1991年版，第362页。

③ 欧阳修、惠洪：《六一诗话·冷斋夜话》卷三，凤凰出版社2009年版，第52页。

④ 元好问：《元好问全集》下册，山西人民出版社1990年版，第38页。

“无论诗古文词，推到极处，总以一诚为主。”[①] 陈氏“一诚为主”的说法，与上述的“先诚其中”“以诚为主”“由诚而言”等说法，在价值意蕴与审美取向上大体相同，在他看来，所谓“一诚为主”，是杜诗、韩文能够有过人之处的主要原因。总的来看，在论及“以诚为文”诸问题时，如何在德性优先与审美理想之间达致某种平衡，是古代文论家的共同追求。

纵观“诚”的话语谱系在子学、经学、理学解释传统中的演变发展，可以看到，建立在认识论、本体论基础上，“诚”既与经验层面的伦理规范相联系，也与天地人的整体意义世界和人存在本体相联系，还与精神生活所向往的审美境界相联系。“诚”的意义脉络，建立在天人合一、万物一体、知行合一的预设下，经由“诚”的修养功夫，在宇宙万物的知识体系和主体实践的价值体系之间，搭建起主客、心物之间互动相生的阐释系统。古人对于“诚”的阐发，从经验之“诚”、本体之“诚”到审美之“诚”，在传统时代的精神生活中呈现出丰富复杂的思想底蕴，在传统的文论思想资源中，类似于“诚”的观念，譬如中庸、美善、文质等等，源自日常生活、人生经验的总结，是人生的最高境界，是人道的首要原则，更超越了感性与知性，是宇宙与人生浑然一体的体验，这种天人合一的心灵状态与精神境界，亦是审美的最高理想，因此，它既是知识论的观念，更是价值论的观念，还是传统道德形上学的根基。

虽然在今人的眼里，在理解“诚”的问题时会更多地与道

---

① 陈廷焯著，杜维沫校点：《白雨斋词话》，人民文学出版社 1983 年版，第 211 页。

德伦理、价值属性联系在一起，但在传统思想文化视野中，“诚”的思想内涵与审美意蕴更为丰富多面。在古人的人生观、世界观、价值观中，“诚”既是一种生活态度，与伦理规范等经验层面联系在一起，也是一种存在方式，与天地人的整体意义世界和人之存在本体相联系，还是一种审美需要，“修辞立其诚”“自明诚”“自诚明”“以诚为文”，凡此种种，皆为古人精神生活之向往境界。英国哲学家怀特海（A. N. Whitehead）在《观念的冒险》（*Adventures of Ideas*）一书中，提出文化的几点特质：真理、冒险、艺术、美以及平和（peace）。对于平和，他认为是“诸和谐之和谐”，它不是消极观念，而是积极的感受，源自某种深邃的形而上学洞见，能够“平息破坏性骚动从而完成文明的那种和谐之最”[①]。平和的经验不受目的论控制，犹如一种天赋，保持了能量的源泉，相信美可以自证，当理性失去启迪之效时，这美的自证就导引出信仰。对此，饶宗颐先生极为赞赏。他认为，怀特海的描述，虽然带有浓厚的形而上学及宗教气息，但其哲学与儒家甚为接近，平和的观念包含了儒家“仁”“义”“克己”等内涵，与孟子的“居天下之广居”“集义所生”的意思相似，因而极具参考和启发价值[②]。

---

① ［英］阿尔弗雷德·诺思·怀特海著，周邦宪译：《观念的冒险》，译林出版社 2012 年版，第 314 页。

② 饶宗颐：《饶宗颐二十世纪学术文集》卷四，第 227 页。

养

在传统的功夫论中，所谓的“养”，既是一种生活方式与生活艺术，也是一种身心修炼与欲望治疗，还是一种精神寄托与价值信仰。中国古代有着丰富的养生、养性、养气、养胆的思想资源，古人围绕“养”展开的意义建构，不止在于知识的建立，亦在于价值的印证与信仰的确立，范围至广，影响至深。① 在古典学的理论视野中，“养”是一个功能性、关联性的语素，有着复杂的意义关联与价值指向。就近几十年的研究状况而言，不同于“心”“性”“天”“德”等实体性语素丰硕的研究成果，功能性、关联性的语素（如“养”“化”“变”等）的相关研究明显不足。因此，对于此一类语素的研究，不仅有助于加深对实体性语素的理解，同时也可以更为充分地呈现出中国古代文学思想的复杂性与丰富性。

作为一个关联性语素，“养”的意义脉络，建立在天、地、人整体关联的基础上，在万物一体、知行合一的预设下，经由“养”的认识管道，在宇宙万物的知识体系和主体实践的价值体系之间，搭建起主与客、心与物之间的互动相生，从而把宇宙世界、人伦世界精神化、价值化了。作为一个过程性语素，“养”的诠释维度建立在人文化成的前提上，儒家理想人格的内在超越，经由“养”的实践路径不断完成自我的更生与创新，并潜移默化地影响到社会风尚与文化传承。“养”是起源与目标

① 在谈论“养”与中国古代社会制度、医学和文学的关系时，周策纵先生认为，无论是饮食和冠昏之事，还是辞让和早聘之事，“养”字均以保持个体本身生存和个体后代延续为目的。因此，从“养”的概念也即从经济生产和生育两方面出发来看中国古代社会制度和文学科学的发展，或许有新的发现。参见周策纵：《古巫医与“六诗”考：中国浪漫文学探源》，上海古籍出版社 2009 年版。

的合一，也是过程与实在的统一，具有复杂多面的意义脉络与诠释维度，在主体实践、社会文化、历史传统的脉络中，可以较为全面地展示“养”的意涵。

在主体实践脉络中

对于“养”的理解，必须在主体的实践性、超越性脉络中进行。“养”源自主体的意义需求与目标感，是主体存在与自我实现的重要甚或是唯一方式。儒学传统强调主体思想与心性修养，视人的道德活动为生活世界唯一的重要内容，因而对于修身养性、收拾精神、培养本原等，看得很重。从孟子的“知言养气”到程朱的“涵养用敬”，经由“豁然贯通”的质的飞跃，过渡到全体“开显”的境界，是儒家追求的圣贤气象的必经过程。有关“养”的功夫，充分显示了主体实践性的一面，如何成己成人，如何尽心知性，养之以礼、养之以气，在儒家的成德之学中一向具有优先性。因此，强调理论付诸践行，注重知行合一，也就成为传统价值观的核心内容。

富于理想主义的孟子，对于“养”的思想极为重视，《孟子》七篇有关“养”的文字大约具有两方面的意思：一是生理性的生命存养，如“养生”“养弟子”“养公田”“养口体”“养老”；一是心理、精神性的修养，如“养勇”“养吾浩然之气”“养君子”“养志”“养其性”“养心”。这种对于“养”的强调，体现了孟子在实践心性的问题上，确有相当的创见。《孟子·告子上》:“故苟得其养,无物不长;苟失其养,无物不消。”[1] 此“养”,是针对“人之情”而言的,此“情(性)”之形成,在于前文所言“仁义之心”,能否“养”此“仁义之心”,也就是人之为“善”或“不善”的关键所在。不同于孔子追求个体道德人格的完善以及社会完美的伦理秩序与“德性政治”,孟子所肯定的“养”,旨在真正的自我发展和人格实现,而非仅仅在于获得社会的认同或政治的提升。

作为传统体验之学的核心,“养”的问题,最终涉及人性的自我理解和自我实现。通往本体之路,需要一番“养”的功夫,事实上,“知言养气”的重要性,也在于从知识和经验中去认识世界和完善自我,换言之,人欲立本体,以求本心的超凡脱俗,必须在这个世界上做一番圣贤功夫,一个人的人格才能完成,精神境界亦可由此得到充实,这就是孟子“知言养气”的功夫。养气的问题,在本质上体现了主体的价值理想与精神追求,这是古代思想家关注的共同话题。气之涵养,包括知、情、意、行诸多方面,养气的过程既是血气的生理存养,也是情志的心理培养,更是知性的积累与德性的提升。《孟子·尽心上》:“君子所性,仁义礼智根于心,其生色也,睟然见于面,盎于背,施于四体。四体不言而喻。”[2] 在孟子的身心观中,作为内外宇宙与身心转化的便捷渠道,养气的功夫最终落实到为人的气象、为文的风格上。无论是内在向度的精神化,还是外在向度的具象化,经由养气完成的身心修炼是意义世界转换的基础。因此,自孟子“吾善养浩然之气”发端,在古代艺术理论领域,历代

---

① 阮元校刻:《十三经注疏》,第 2751 页。

② 阮元校刻:《十三经注疏》,第 2766 页。

关于养气与为文的论述极为浩瀚，理论家对于养气与造艺之间的内外、出入、吐纳关系，大都认同。

在荀子倡导的“全粹”之学中，“养”的功夫是至为关键的环节。从“诵经”出发，《荀子·劝学》篇有极为清晰的论述。首先，荀子论述“五经”的特质及其对圣人之学的重要性，所谓“真积力久则入，学至乎没而后止也”，强调学经重在长久的体验，且验于己身，方能“学之全”，所云：“全之尽之，然后学者也。君子知夫不全不粹之不足以为美也，故诵数以贯之，思索以通之，为其人以处之，除其害者以持养之。”① 这里论及为学修养的两个阶段：首先是“诵数以贯之”“思索以通之”，这是为学修养的第一阶段，目的在于“贯”“通”各种繁多复杂的知识；“善学”之后，经由“持养”，也即“为其人以处之”“除其害者”的阶段，而达致“学之全”，这是“全粹”之学的精髓所在。这种主体的修养提升，强调今人与古人在精神视野上的合一，必须建立在身体力行、知行合一的知识积累之上，荀子肯定在“养”与身心之间有一种内在的相互发明、相互照应关系，在认识的过程中，心与物、知与理之间的沟通，需借助于“养”的功夫，这既是儒家获得“知”的全体性和“理”的特殊性的内在运思逻辑，也是主体自我发现、自我实现的必然过程。

在古人看来，养生之大，在于养德。源于三代以来的人文化成传统，自“周孔”以来的儒家道德理性预设中，人的活动总是朝向各种价值。“养”的观念，先行肯定价值，以“成人”为目的，因而有关“养”实施的手段、方式、工具等，均以实现价值理想或目标为逻辑前提。在《春秋繁露·身之养重于义》

① 王先谦撰，沈啸寰、王星贤点校：《荀子集解》，第18—19页。

篇中，董仲舒认为“天之生人”，便“生义与利”，其中，“利以养其体，义以养其心”“义者心之养也，利者体之养也”。在他看来，两者皆人生之必需，缺一不可，“心不得义不能乐，体不得利不能安”。但是，他又反复强调“义之养生人大于利”，因为“人有义者，虽贫能自乐”“无义者，虽富莫能自存”①，各种羞辱、罪恶、祸患会接踵而至，所以“义之养生人，大于利而厚于财”。经由董仲舒的推导，可以看到，儒家价值观与人基本需求和基本情绪的种种经验密切关联。“养”所培育的道德情愫，是在人生的具体情境中实现的，也就保证了在人生的实践中，自始至终都与直接经验和价值理性相联结。与之相应，儒家之谓“养”，必须在历史文化链条中确立个体安身立命的位置，而此一目标的实现，除具有自身的主体超越性外，还必须在社会实践和历史传承的脉络中，才能顺利地实现。

在社会文化脉络中

对于“养”的理解，必须在社会文化的脉络中进行。在儒家内圣外王的理想中，结合了个体与群体、一己之性与全体之情，同时，也为个人完善与社会实践的相互发用、个人价值的实现与社会政治理想的实施、个体的完善与群体的至善提供了价值尺度与价值典范。在后天的社会文化属性培养中，依据人心、社会与宇宙同源共构的逻辑，养之以礼、养之以孝、养之

① 董仲舒著，苏舆义证：《春秋繁露义证》，中华书局 1992 年版，第 263—264 页。

以信等方式，皆可以“变化气质”，在人的主体结构成分中，增加更多的社会约束与文化基因，其人格中也必然会体现更多的社会价值与人文理想，并承袭更多的民族历史传统印记。

强调“养”的多元性，是荀子思想的一大创见。在解释“礼”的起源时，荀子有“养欲”之论。从人之所欲出发，荀子强调“养”在其中的作用，《荀子·礼论》开篇明言：“礼起于何也？曰：人生而有欲，欲而不得，则不能无求；求而无度量分界，则不能不争；争则乱，乱则穷。先王恶其乱也，故制礼义以分之，以养人之欲，给人之求。使欲必不穷乎物，物必不屈于欲。两者相持而长，是礼之所起也。故礼者，养也。”① 在此基础上，荀子全面地论述了有关“养”的思想，诸如五味之“养口”、椒兰之“养鼻”、文章之“养目”、琴瑟之“养耳”、越席之“养体”，同时，还要重视贵贱、长幼、贫富之差别等级，故而“天子大路越席”之“养体”、“侧载睪芷”之“养鼻”、“前有错衡”之“养目”、“和鸾之声”之“养耳”、“龙旗九斿”之“养信”、“寝兕持虎”之“养威”、“大路之马，必倍至教顺”以“养安”，乃至“养生”“养财”“养情”等。荀子论“养”，涉及生理、物理、心理各个方面，以及礼乐政教、人伦道德所统摄的丰富内涵。他强调“礼义”与“情性”并重，并以此作为儒、墨区别之所在。

类似的论述，也见于《礼记》。《礼运》篇假孔子之口谈礼的缘起：“饮食男女，人之大欲存焉。死亡贫苦，人之大恶存焉。故欲恶者，心之大端也。人藏其心，不可测度也，美恶皆在其心，不见其色也，欲一以穷之，舍礼何以哉。”进而谈到礼

① 王先谦撰，沈啸寰、王星贤点校：《荀子集解》，第 346 页。

的作用："夫礼必本于天，动而之地，列而之事，变而从时，协于分艺，其居人也曰养，其行之以货力、辞让、饮食、冠昏、丧祭、射御、朝聘。"[1] 郑玄认为，"养"字为"义"字之误，并以《孝经》"义由人出"为证，尔后注家大都从郑说。譬如孔颖达认为上云"义之修，礼之藏"，下云圣人"陈义以种之"，又云"义者，艺之分，仁之节"，故知"养当为义"也，并引《孔子家语》为佐证。[2]

在儒家所强调的父子、君臣、长幼、夫妇和朋友的人伦关系中，有关"养礼""养威""养孝""养信"的思想，构成了身心修养的基本实践向度。每一种关系均需要履行不同的人伦准则，譬如父子之间要"亲"，君臣之间要"义"，长幼之间要"序"，夫妇之间要"别"，朋友之间要"信"，而贯穿于"亲""义""序""别""信"之中的是一种社会关系的相互关联性，也即作为普遍性原则的"忠恕"之道。因此，有关"养"的思想，构成儒家社会实践的基本脉络和框架。荀子主张以"恭敬辞让"来"养安"，"礼乐文理"来"养情"，在他看来，政治的目的，在于养民、教民，而"礼"之养民、教民的功能尤其重大，故君主不可不察，《荀子·富国》："为人主上者不美不饰之不足以一民也，不富不厚之不足以管下也。"[3] 说的就是这个意思。

见于经学上的命题，如《论语》的"九思"、《礼记》的"九容"，对于理解古人的"存养"之功是很有价值的。《论语·

---

① 阮元校刻：《十三经注疏》，第 1422、1426 页。

② 阮元校刻：《十三经注疏》，第 1426 页。

③ 王先谦撰，沈啸寰、王星贤点校：《荀子集解》，第 186 页。

季氏》："君子有九思，视思明，听思聪，色思温，貌思恭，言思忠，事思敬，疑思问，忿思难，见得思义。"[①]《礼记·玉藻》："足容重，手容恭，目容端，口容止，声容静，头容直，气容肃，立容德，色容庄。"[②] 对此，朱子的理解就很具有启发性："问：'《礼记》九容，与《论语》九思，一同本原之地，固欲存养。于容貌之间，又欲随事省察。'曰：'即此便是涵养本原。这里不是存养，更于甚处存养？'"[③] 在儒学传统中，一种真正意义的"养"，有赖于群体、个人之间的沟通与互动，绝非一种个人的自我行为，必须被置放在人与人、人与社会的关系中，通过身心交关、知行合一的践行，方能实现。因此，对儒者而言，成功的"养"，便是在风云际会中始终保持内心的平静与自由，所导向的是终极性的自我转化与提升，而这种转化与提升，也正是根植于一个广泛的人与人、人与社会的关系脉络之中。

"养"的直接对象，无论是对于传统文化遗产的接受，也即通过"学"的方式，还是借助"行"的方式，譬如修行、修炼，甚或"江山之助"式的涵养，最终指向还在于道德实践与审美境界。在《春秋繁露·玉杯》中，董仲舒解释"圣化"时，列举了"六艺"的"赡养"之功，如《诗》《书》"序其志"、《礼》《乐》"纯其美"、《易》《春秋》"明其知"，他提出"兼得其所长"，方能"大成"。[④] 不同于董仲舒道德提升式的"内养"，受业于董仲舒的司马迁，更为强调社会阅历式的"外养"，太史公行天下，周览四海名山大川，与燕赵豪俊交游，从而成就其

---

① 阮元校刻：《十三经注疏》，第 2522 页。

② 阮元校刻：《十三经注疏》，第 1485 页。

③ 黎靖德编，王星贤点校：《朱子语类》卷八十七，第 2246 页。

④ 董仲舒著，苏舆义证：《春秋繁露义证》，第 35—38 页。

“通古今之变，成一家之言”的宏愿，这种“读万卷书，行万里路”的“外养”之法，也是备受后人推崇的。自六朝以来，有关“养”的动静、内在之分，便成为古代思想文化领域关注的重要话题。在古人看来，“养”不仅是一种“知性活动”，更是一种“德性活动”，必须付诸社会实践，因此，养气、养性、养心作为重要的修养功夫，在君子成人中的社会意义也就异常重大了。对于古往今来的儒者而言，不离日用伦常的“事上磨炼”，是极为紧要的功夫，从早期的教育、教化到尔后自觉、有意识的身心修炼，伴随着这种实践功夫的深入，便会逐渐成为一种自发、无意识的行为，且在举手投足、动容周旋的日常生活中时时刻刻显露出来，最终达到孔子所谓“从心所欲不逾矩”的境界，在任何境况均能对周遭的人事、物事做出最恰当、最得体的回应，从而与所处的环境保持高度的和谐融洽。

在历史传统脉络中

对于“养”的理解，必须在历史传统的脉络中进行。“养”意味着享用和利用前人在文化传统中所赋予的意义，只有在古今共有的意义世界中，传统才得以延续，孔子“养孝”、荀子“持养”，均有此义。历史传统具有一以贯之的脉络，这是经典诠释得以进行的理论前提，也是诠释者“知人论世”“为其人以处之”“设身处地”及知音等问题产生的思想场域，历代儒家围绕“养”的价值建构，也正是基于这样一个既联系着现实世界又蕴藉着历史传统的人文理想。

在个体的社会化过程中，儒家强调“教”和“养”。所谓

“教”，立人、达人之事；所谓“养”，立己、达己之事。“教”的意涵，外在于人的实现；“养”的意涵，内在于人的修为。一是关注于个体摆脱个别性、自然性，臻于人我交融的和谐秩序；一是关注于个体内在本性的实现与完成。因此，“教”与“养”、内与外，如同一面之两体，个体由内而外的转化，必然见诸群体与世界的行为，儒家所阐明的仁、义、礼、智、信诸种德行，经由个体潜能的培养提升，从而呈现为可行可见的移风易俗的社会行为。

“养”的实现，借助于“学”的途径、“化”的方式，就主体的价值实现而言，“养”包含了“学”“化”的功夫。“学”的功夫是向外的，“化”的功夫是向内的。在解释《论语·学而篇》首句“学而时习之”时，李明辉先生认为，“学”的直接对象是古代的文化遗产，其目的是道德实践。“学”不仅是一种知性活动，同时也是一种实践活动，包含一种文化传承的关系。“学”必须不断地重复，文化传承才能持续下去，而这种重复同时也就是创造。[1] 比较而言，“化”既是一种状态，也是一个过程，包含“化”这一语素在内的范畴（如气化、物化、教化、感化、生化等）均呈现出过程性的特征。譬如易学的“乾道变化”，《横渠易说》释云：“变，言其著；化，言其渐。”[2] 在张载看来，“化”就是由微到著的积累渐变过程。究其根本，“学”“化”与“养”是相通的，“学”的过程，是“化”的过程，也是“养”的过程。在历史的、文化的、社会的脉络中，如何发挥经典诠释者的主观性，这是成人成圣、优入圣域的必修功夫，

---

① 李明辉：《儒家视野下的政治思想》，北京大学出版社 2005 年版，第 5 页。
② 张载：《张载集》，第 70 页。

也是“养”的思想中所包含的丰富内涵与复杂关联。

“知言养气”所强调的是价值主体的超越性，在对经典的诠释中，孟子提出“以意逆志”“知人论世”的解经方法。在他看来，在经典诠释者和经典文本之间，存在着一种互动相生、互为主体的关系。正是倚仗于这种主体超越性，解经者能够超越时间、空间的阻隔，即便百世之下，亦能上溯千载，遥契圣人之意。在论及“知人论世”时，孟子强调“读其书”是不够的，重要的是“知其人”“论其世”，也即文本的作者、人物以及他们所处的时代，换言之，后世对于经典的诠释，仅仅关注文本本身是不够的，必须延伸到“其人”“其世”，才能充分理解文本。当然，这种理解必定是在解经者的古今视野融合中展开的，因而所谓的“论”，虽然立足于“其人”“其世”的客观史实，但也必定融入了解经者的主观态度与思想情感，而不会是纯粹历史主义的态度。换言之，所谓的“知人论世”，用施莱尔马赫的话讲，那就是在经典诠释中，读者应该追求“设身处地”（Einleben）的理解[①]。

与此相似，荀子则提出“为其人以处之”。《劝学》篇提出的“持养”之法，要达到荀子所设定的“全而粹”的君子标准，就要“善学”。那么，如何“善学”呢？在荀子看来，需要“诵数以贯之”“思索以通之”“为其人以处之”“除其害者”。对于“为其人以处之”，历代注家颇为留意，刘台拱释云：“虽诵数思索而不体之于身，则无以居之。故必自为其人以居其道也。”郭嵩焘释云：“言设身处地，取古人所已行者为之程式，而得其所

① 洪汉鼎：《何谓诠释学》，收入洪汉鼎主编：《理解与解释》，东方出版社 2001 年版，第 15 页。

处之方也。”王先谦案曰：“刘、郭说是。”[①] 上述注家皆为确解，均点出“持养”之要害所在。所谓“诵数以贯之”“思索以通之”，是较为客观纯粹的学习阶段，这种“持养”功夫，重在向外；而“为其人以处之”“除其害者”则带入了主观设身处地的理解，以及趋利避害的价值判断，这种“持养”的功夫，重在向内。换言之，所谓的“为其人以处之”，用伽达默尔的话讲，那就是解释学的“根本理解”，必定是解释者把自身所处的“具体的诠释学境遇”与文本联系起来而产生的[②]。

当然，谈论“养”的问题，我们不可避免地要回溯到孔子。《论语》中有大量孔子回答弟子问“孝”的语录，如《论语·里仁》：“三年无改于父之道，可谓孝矣。”《为政》：“今之孝者，是谓能养。至于犬马，皆能有养。不敬，何以别乎。”[③] 在孔子看来，对“孝”的培养是一个过程，也就是一个“养”的过程，此一过程，不仅需要设身处地的理解，还需要贯注全部的情感。这种投入情感的理解，既是“养孝”的方式，也是解经者优入圣域的历程。在孔子这里，凡道德、伦理、政治与文学、审美等问题，皆一以贯之，遵循着同样的价值原则。孔子的重要性就在于，他坚信人能够成为一个充分的价值主体，在内外两个向度，通过礼之实践和仁之提升，达致尽善尽美的境地。孔子强调价值主体的自我完善与自我实现，《论语·宪问》：“古之学者为己，今之学者为人。”[④] 所谓“古”是孔子心目中的上古黄

---

① 王先谦撰，沈啸寰、王星贤点校：《荀子集解》，第19页。

② ［德］伽达默尔著，洪汉鼎译：《真理与方法——哲学诠释学的基本特征》，上海译文出版社1999年版，第396页。

③ 阮元校刻：《十三经注疏》，第2471、2462页。

④ 阮元校刻：《十三经注疏》，第2512页。

金时代，所谓“今”是“礼坏乐崩”的春秋乱世，“为己”之学是强调自我道德的内在完善，“为人”之学则是强调获得外在群体的认可。在孔子这里，人的存在，既是自然、社会的存在，更是历史、文化的存在。因此，他以托古的形式辨明了价值主体自我实现的逻辑归宿，在这种古今对照中，“养孝”的价值取向也就鲜明地呈现出来了。

养气与为文

先秦以来的养气理论影响深远，在后世形形色色的养生、养性、养精、养神乃至所有的养生术和神仙术中得到不断阐发，成为传统思想文化中极具民族特质的一个部分，也成为古典时代文艺思想的一个重要组成部分。

在价值取向上，古人的养气，崇尚浩然正气的培育。孟子善养“浩然之气”，这是一种弥漫于天地之间的精神存在，集知识、信仰、价值、情操于一体，是长期德性累积、情感约束与道义自觉而达致的一种内外交辉的天地境界。宋代苏轼评价中唐韩愈文章的超越意义，就借用“浩然之气”的精神底蕴，《潮州韩文公庙碑》云：“匹夫而为百世师，一言而为天下法。是皆有以参天地之化，关盛衰之运。其生也有自来，其逝也有所为。故申吕自岳降，傅说为列星，古今所传，不可诬也。孟子曰：‘吾善养吾浩然之气。是气也，寓于寻常之中，而塞乎天地之间。’卒然遇之，则王公失其贵，晋、楚失其富，良、平失其智，贲、育失其勇，仪、秦失其辩。是孰使之然哉？其必有不依形而立，不恃力而行，不待生而存，不随死而亡者矣。故在天为星辰，在地为河岳。幽则为鬼神，而明则复为人。此理之常，无足怪者。”又云：“自东汉以来，道丧文弊，异端并起，历唐贞观、开元之盛，辅以房、杜、姚、宋而不能救。独韩文公起布衣，谈笑而麾之，天下靡然从公，复归于正，盖三百年于此矣。文起八代之衰，而道济天下之溺，忠犯人主之怒，而勇夺三军之帅。岂非参天地，关盛衰，浩然而独存者乎!”① 东坡所谓“气”，虽然源自孟子，但与孟学视“浩然之气”为道德意义上的自我挺立不同，苏轼之气，“寓于寻常之中，而塞乎天地之间”“依形而立，不恃力而行，不待生而存，不随死而亡”，可以使“王公失其贵，晋、楚失其富，良、平失其智，贲、育失其勇，仪、秦失其辩”，不随人的意志为转移，是一种独立自主的精神存在。在东坡看来，“浩然之气”的形成是一个道德提升与境界培育的过程，生理层面的气须经由道德层面的转化，才能“塞乎天地之间”，践行于人之“四体”，此气，能够挽“道之丧”“文之弊”，从而“参天地”“关盛衰”，实现精神化、价值化的转换，成为超越层面的“精神之气”。苏轼的阐发，将孟子“浩然之气”提升到一个新的层面，影响极为深远。

古人强调正气的培养，天地之气有阴有阳、有中有正，故而音乐有正声、中声，正声得正气，中声得中气，这是三代以来天人学、律历学方面的共识。正气是古人对精神世界理想状态的一种自我设定，核心是仁、义、礼、智、信等德性质素。正与邪相对，目的在于别异。在文学艺术领域提倡正气和“载道”“温柔敦厚”诸说，本质上是典型的政教文学观的体现，如

---

① 苏轼著，孔凡礼点校：《苏轼文集》卷十七，中华书局 1986 年版，第 508—509 页。

罗根泽先生所言："文章的正气是载道纪事，诗的正气是吟咏情性之正；载道纪事与吟咏情性之正都是道学家的共同主张。"① 譬如程颐的弟子杨时（1044—1130），历来被视为"程学正宗"，就强调为文要去"邪僻之气"，养"温柔敦厚"之气，如云："为文要有温柔敦厚之气，对人主语言及章疏文字，温柔敦厚尤不可无。如子赡诗多于讥玩，殊无恻怛爱君之意，荆公在朝论事，多不循理，惟是争气而已，何以事君？君子之所养，要令暴慢邪僻之气，不设于身体。"② 朱熹的私淑弟子楼钥，偏于实学，在比较宋儒的作品后，认为均"出于正"，《答綦君更生论文书》："粹然一出于正……文人欲高一世，或挟战国策士之气，以作新之，诚可以倾骇观听，要必有太过处。呜呼！如伊川先生之《易传》，范太史之《唐鉴》，心平气和，理正词直，然后为文之正体。可以追配古作。"③

在古人的价值视野中，浩然正气犹如一个巨大的信仰支柱，成为历代人物品鉴、文艺批评的理想标杆，在文学创作中，明确高举"正气"大旗的，是宋人王柏。王氏从何基（1188—1268）之学，反对诗歌的写作技巧，认为技巧越多，正气就少。对此，《发遣三昧序》是这样论述的："文章有正气，所以载道而记事也。古人为学，本以躬行讲论义理融会贯通，文章从胸中流出，自然典实光明，是之谓正气。"④ 王柏注重道与气的关

---

① 罗根泽：《中国文学批评史》第3册，上海古籍出版社1984年版，第207页。

② 杨时：《龟山语录》，收入陶秋英编：《宋金元文论选》，人民文学出版社1999年版，第212页。

③ 楼钥：《答綦君更生论文书》，收入陶秋英编：《宋金元文论选》，第332—333页。

④ 王柏：《鲁斋集》卷四，文渊阁《四库全书》本。

系的辨析，从体用角度，强调以道为体，以气为用，道为气本。在《题碧霞山人王公文集后》中，他坚定地宣称："故气亦道也。如是之文，始有正气。气虽正也，体各不同，体虽多端，而不害其为正气足矣。盖气不正，不足以传远。学者要当以知道为先，养气为助。道苟明矣，而气不充，不过失之弱耳。道苟不明，气虽壮，亦邪气而已，虚气而已，否则客气而已，不可谓载道之文也。"[①] 王氏主持敬之道，终身以教授为业，曾主讲金华丽泽书院和台州上蔡书院，品性端庄，为人所敬仰。他认为，只有合道之气才是正气，否则即是邪气、虚气、客气，只有"道明气充"，才是"载道"之文，方为"温柔敦厚"之教的典范。与其同时代的吴子良（约 1240 年前后在世），在《文有正气素质》中也认为："文虽奇，不可损正气；文虽工，不可掩素质。"[②] 故而主正气，大抵为有宋一代理学家的共识。

在儒学正统一系的文化视野中，气正，人正，方能文正。譬如南宋陆游认为，人之邪正可见于文，《上辛给事书》云："夫心之所养，发而为言，言之所发，比而成文。人之邪正，至观其文，则尽矣决矣，不可复隐矣。"[③] 又《方德亨诗集序》云："诗岂易言哉，才得之天，而气者我之所自养……德亨晚愈不遭，而气愈全，观其诗，可知其所养也。"在他看来，只有才气而无正气、是非、德行，也不能真正为文，故云："有才矣，气不足以御之，淫于富贵，移于贫贱，得不偿失，荣不盖愧，诗由此出，而欲追古人之逸驾，讵可得哉？"[④] 又如元人陈绎曾认

① 王柏：《鲁斋集》卷十一，文渊阁《四库全书》本。

② 吴子良：《荆溪林下偶谈》卷二，文渊阁《四库全书》本。

③ 陆游：《渭南文集》卷十三，《陆游集》，中华书局 1976 年版，第 2087 页。

④ 陆游：《渭南文集》卷十四，《陆游集》，第 2104 页。

为“文章与人品同”，如《古文矜式》云：“自古大圣大贤，非有英雄气量者不能到也。英雄之气，担负天地；英雄之量，包含古今，担负天地之至重，包含古今而有余，气量如立，天下之道德成，天下之事业无不可，况区区之古文而有不高者乎？”[①]此“气”指浩然正气，此“量”指胸襟度量，“气量高则骨格高”，自古圣贤志向不同，但气量相同，包容天地，磊落光明。再譬如明清之际李渔《闲情偶寄·戒讽刺》云：“凡作传世之文者……传非文字之传，一念之正气使传也。”[②] 晚清郑诊强调读书养气，始有正气，如《论诗示诸生时代者将至》：“固宜多读书，尤贵养其气；气正斯有我，学赡乃相济。”[③] 以上有关“正气”的论述，与源于易学的“中正”“中行”“中节”“中道”（《周易·损卦》）观念，在价值追求与价值视野上也是一脉相承的。

在古人对正气的颂扬中，不乏国人耳熟能详的。譬如文天祥（1236—1283）《正气歌》云：“天地有正气，杂然赋流形，下则为河岳，上则为日星。于人曰浩然，沛乎塞苍冥。”文氏被囚于阴暗潮湿之土室，其间充满七种污秽之气，《正气歌序》：“彼气有七，吾气有一，以一敌七，吾何患焉？”[④] 由此可见，正气有巨大的力量，可以抵御各种污秽之气。在古人看来，与正气相对的，还有邪气、“鄙陋之气”“轻浮之气”，如谢榛假许彦

---

① 陈绎曾：《古文矜式》，收入王水照编：《历代文话》第2册，复旦大学出版社2007年版，第1291页。

② 李渔：《闲情偶寄》，《李渔全集》卷三，浙江古籍出版社年1991版，第6页。

③ 郑诊：《论诗示诸生时代者将至》，收入舒芜等编：《近代文论选》，人民文学出版社1959年版，第124页。

④ 文天祥：《文天祥全集》卷十四，中国书店1985年版，第375页。

周之口认为“鄙陋之气不除”[①]，则无以为诗，尔后叶燮亦认为：“其人既陋，其气必苶，安能振其辞乎?”[②] 说的大抵是相同的意思。

与正气相关的，是古人关于气节、气骨、英气、豪气的看法。魏了翁《杨少逸不欺集序》：“人之言曰：尚辞章者乏风骨，尚气节者窘辞令。某谓不然。辞虽末伎，然根于性，命于气，发于情，止于道，非无本者能之。且孔明之忠忱，元亮之静退，不以文辞自命也，若表若辞，肆笔脱口，无复雕缋之工，人谓可配训诰雅颂，此可强而能哉？唐之辞章，称韩柳元白，而柳不如韩，元不如白，则皆于大节焉观之。”[③] 鹤山以“柳不如韩，元不如白”为例，强调风骨、气节对于辞章、辞令的影响，更为根本。元代韦居安《梅磵诗话》赞华岳：“豪放不羁，诗文皆有气骨……当权臣势炎熏灼之日，皆奋不顾身，投诗抵刺，又上书攻之，气节殊可嘉尚。”[④] 清代王士祯《师友诗传录》赞杜甫：“独是工部之诗，纯以忠君爱国为气骨。故形之篇章，感时纪事，则人尊诗史之称；冠古轶今，则人有大成之号；不有拟古浮辞，而风谣俱归乐府。不有淫佚艳靡，而赠答悉本风人。”[⑤] 凡此种种，古人理想中的气节、气骨，均源自正气，是正气熏陶下君子品行的外在体现。

---

① 谢榛著，宛平校点：《四溟诗话》卷二，人民文学出版社 1961 年版，第 35 页。

② 叶燮著，霍松林校注：《原诗》外篇，人民文学出版社 1979 年版，第 52 页。

③ 魏了翁：《鹤山集》卷五十五，文渊阁《四库全书》本。

④ 韦居安：《梅磵诗话》，收入丁福保辑：《历代诗话续编》，中华书局 1983 年版，第 572 页。

⑤ 王士祯：《师友诗传录》，收入丁福保辑：《清诗话》上册，中华书局 1963 年版，第 145 页。

在精神境界上，古人的养气，以“尚中致和”为追求目标。中和是一种遍布时空、充溢于天地人的普遍和谐关系。在汉代董仲舒的《春秋繁露·循天之道》中，记载了公孙尼子的养气思想。关于公孙尼子其人其作，及其与《孟子》《礼记》等典籍之间的关联，长期以来是学界关注的热点问题。《春秋繁露·循天之道》的记载如下：“公孙之养气曰：‘里藏泰实则气不通，泰虚则气不足，热胜则气□，寒胜则气□，泰劳则气不入，泰佚则气宛至，怒则气高，喜则气散，忧则气狂，惧则气慑。凡此十者，气之害也，而皆生于不中和。故君子怒则反中而自说以和，喜则反中而收之以正，忧则反中而舒之以意，惧则反中而实之以精。’夫中和之不可不反如此。故君子道至，气则华而上。凡气从心，心，气之君也，何为而气不随也……是故道者亦引气于足，天之气常动而不滞，是故道者亦不宛气。苟不治，虽满不虚。是故君子养而和之，节而法之，去其群泰，取其众和。高台多阳，广室多阴，远天地之和也，故圣人弗为，适中而已矣。”① 公孙尼子分析了造成身内之气失常的十种因素：一类是形体上的失衡、如太实、太虚、太劳；一类是情感上的失衡，如怒、喜、忧等。在他看来，“凡此十者，气之害也，而皆生于不中和”，气之所以“高”“散”“狂”“慑”，是因为“反中”，也即偏离了中和的价值取向。因此，养气正或不正，完美或不完美，标准在于能否中和。

作为道德判断的一个极高的标准，中和所具有的主导多元、异质协调、对立消解以及事物间相应互涵、各适其位等特质，自三代以来便成为君子阶层的传统，作为一种集体无意识积淀

① 董仲舒著，苏舆义证：《春秋繁露义证》，第447—449页。

为中华民族的文化基因，广泛地体现在古人关于自然宇宙和社会人生的认识与理解中，也成为传统养气思想形成的一种主导价值理性。无论是主张养阳刚之气，或是主张养阴柔之气，在价值取向上仿佛相左右，在审美内涵上仿佛对立，但都是在天道性命贯通的大格局下提出的，两者同源共生，常常相互为济，“尚中致和”是共同的审美价值理想。就一般意义上而言，养气与为人、为文的整体关联，便是造艺者的价值实现过程。对于阴阳调和而生和气、而为文章的理想境况，《礼记·乐记》归结为“情深而文明，气盛而化神”，这种观念对于传统时代艺术创作、审美意识的发生发展产生了深刻的影响。明代宋濂在《文原》中进一步阐发为：“为文必在养气，气与天地同，苟能充之，则可配序三灵，管摄万汇……人能养气，则情深而文明，气盛而化神，当与天地同功也。”[①] 在他看来，善养气者“攻内不攻外，图大不图小”，此气与天地之气、文章之气循环往复，交相辉映，意义广大。

在方式途径上，古人的养气强调内外兼济。作为一种实践功夫，它在实现的途径上强调合内外之道，内养与外养、“内游”与“外游”结合。在儒学一系的传统中，一般认为，孟子偏于内圣的规范，荀子偏于外王的规范，互相弥补，共同发挥了孔子在道德实践上内外并重的传统。在养气问题上，两者也是各有侧重。荀子重视礼法等外在制度的建设，但对于内在的身心修养功夫也没有忽视，荀子提出的“治气养心之术”与孟子的“知言养气”并无根本的对立。孟子高扬主体性，确信气与知、情、意、行等质素的整体融合，在他看来，儒者的养气

① 宋濂：《文宪集》卷二十五，文渊阁《四库全书》本。

乃是本心由内而外的自我不断提升；荀子并不认为养气可以由内而外地自我主宰，在他看来，礼才是价值的本源，因此，养气必须施以礼的外在规范与法的外力约束。先秦诸子的养气思想，对后世影响很大。汉代以后的养气思想，强调主体的学习修养与社会人生阅历，所谓人生阅历包括了外在的社会阅历和内在的读书学识两方面，也即“外游”与“内游”。就“外游”的思想资源来看，司马迁读万卷书、行万里路的人生阅历，成为激发后世理论家想象的不竭源头，而其所禀受的江山大川之助，也成为“外游”思想的重要来源。刘勰《文心雕龙·物色》：“屈平所以能洞监风骚之情者，抑亦江山之助乎?”[1] 陆游《偶读旧稿有感》：“挥毫当得江山助，不到潇湘岂有诗?”[2] 袁枚评沈方舟诗：“沈诗音节沉雄，得明七子梗概，而新颖过之。足迹所到，足以助其豪宕之气。”[3] 在他们看来，目之所见、身之所历是创作的前提，创作主体的养气源于生活观察与体验，所谓“江山之助”，就是借助一气流行，将天地之气转化为主体之气并外显于文本之气中。苏辙是主“外游”的代表，《上枢密韩太尉书》：“太尉执事：辙生好为文，思之至深。以为文者，气之所形。然文不可以学而能，气可以养而致。孟子曰：‘我善养吾浩然之气。’今观其文章，宽厚宏博，充乎天地之间，称其气之小大。太史公行天下，周览四海名山大川，与燕、赵间豪俊交游，故其文疏荡，颇有奇气。此二子者，岂尝执笔学为如此之文哉？其气充乎其中而溢乎其貌，动乎其言而见乎其文，而不

① 刘勰著，詹锳义证：《文心雕龙义证》，第 1759 页。

② 陆游：《剑南诗稿》卷六十，《陆游集》，第 1457 页。

③ 袁枚：《随园诗话》补遗卷一，人民文学出版社 1960 年版，第 579 页。

自知也。”[①] 在这里，苏辙将孟子道德涵养式的养气与司马迁社会阅历式的养气相提并论，倍加赞赏，这大体源于其“气充—貌溢—言动—文见”的推衍运思，但两相比较，他仿佛更认同太史公“读万卷书，行万里路”的养气方法，在他看来，增广社会阅历以开阔胸襟是尤其重要的养气途径，这种观点是典型的“外游”理论。追随“外游”养气的学者，历代不乏其人，与苏澈同时代的马子才，在《子长游赠盖邦式》中评价司马迁曰：“子长平生喜游，方少年自负之时，足迹不肯一日休。非真为景物役也，将以尽天下之大观，以助吾气，然后吐而为书。今于其书观之，则其平生所尝游者皆在焉。”[②] 张孝祥《题杨梦锡客亭类稿后》：“梦锡之文，从昔不胶于俗，纵横运转如盘中丸，未始以一律拘，要其终亦不出于盘。盖其束发事远游，周览天下山川之胜，以作其气；所与交者，又皆当世知名士，文章安得不美耶？”[③] 又如清人吴雷发《说诗菅蒯》：“文要养气，诗要洗心。子由推司马子长之文有奇气，而归功于游览，是亦气之一助也。”[④] 在他们看来，借远游、交游而获得“山川之助”，乃是涵养文气的重要手段之一。

养气的核心在于提升内在修为，因此读圣贤书是主要途径之一。古人认为，畅游于前代的典籍以及先王的史迹中，便能有助于主体心性之气的培育。这种强调广泛涉猎经、史、子、

---

① 苏辙著，陈宏天、高秀芳校点：《栾城集》卷二十二，《苏辙集》，中华书局1990年版，第381页。

② 马存：《子长游赠盖邦式》，收入王霆震编：《古文集成》卷二，文渊阁《四库全书》本。

③ 张孝祥著，徐鹏校点：《于湖居士文集》卷二十八，上海古籍出版社1980年版，第281页。

④ 吴雷发：《说诗菅蒯》，收入丁福保辑：《清诗话》下册，第906页。

集对于道德境界、文章修养的意义，是典型的“内游”思想。元人郝经就是其中的代表。郝氏在《内游》《养说》等篇中，发挥孟子“善养浩然之气”的思想，强调主体精神的自我涵养提升，如《内游》：“身不离于衽席之上，而游于六合之外，生乎千古之下，而游于千古之上，岂区区于足迹之余、观览之末者所能也？持心御气，明正精一，游于内而不滞于内，应于外而不逐于外。”[①] 他认为苏辙所谓的“外游”收获甚微，因为自然之气无法转化为主体的血性气质。造艺者“浩然之气”的形成，并不依赖于“山川之助”，只有畅游于《河图》《洛书》《周诰》《商盘》《禹谟》《舜典》等典籍，以及尧、舜、禹、汤、文、武、周等史迹中，方能有助于主体心性之气的培育。对此，不少论者有相同的看法，如谢榛云：“汉人作赋，必读万卷书，以养胸次。《离骚》为主，《山海经》《舆地志》《尔雅》诸书为辅。又必精于六书，识所从来，自能作用。若扬袘、戌削、飞襳、垂髾之类，命意宏博，措辞富丽，千汇万状，出有入无，气贯一篇，意归数语，此长卿所以大过人者也。”又云：“充其学识，养其气魄，或李或杜，顺其自然而已。”[②] 袁枚引李玉洲言：“凡多读书，为诗家最要事。所以必须胸有万卷者，欲其助我神气耳。”[③] 李重华云：“诗至淳古境地，必自读破万卷后含蕴出来；若袭取之，终成浅薄家数。多读书非为搬弄家私，震川谓善读书者，养气即在其内。故胸多卷轴，蕴成真气，偶有所作，自

① 郝经著，秦雪清点校：《郝文忠公陵川文集》卷二十，山西人民出版社 2006 年版，第 296 页。

② 谢榛：《四溟诗话》卷二，第 62、45 页。

③ 袁枚：《随园诗话》补遗卷一，第 565 页。

然臭味不同。”[①] 在他看来，读书破万卷乃是养气之道，也是为文之道。总体而言，虽然养气的方式并不仅仅局限于读书，但读书一定会使文气充足，这大抵是古人的一般认识。同时，无论偏于“内游”，或是偏于“外游”，只是养成的方式不同而已，气非养而不充，这一点也是没有异议的，如管同云：“舍养气而专言为文，不可以言为文也，惟所养有浅深，则所就有高下，要之必归于此，而后为得焉。”[②] 气之养或不养，养之浅或深与文之高或下，两者之间必定有着内在的关联。

当然，除“内游”和“外游”路数外，还有另外一种情况，王渔阳《然镫记闻》：“‘为诗须要多读书，以养其气；多历名山大川，以扩其眼界；宜多亲名师益友，以充其识见。’堪问曰：‘是则然矣。但寒士僻处穷巷，无书可读，而又无缘游历名山大川，常憾不得好友之切磋。奈何？’曰：‘只是当境处莫要放过。时时着意，事事留心，则自然有进步处。’”[③] 在这里，王渔阳提到另外一种境况，寒士处“僻处穷巷”，既“无书可读”又“无缘游历名山大川”，但只要“时时着意，事事留心”，也即留心观察身边一切可提升心性修养之物事，自然也会有所进步。这种将日常生活中的任何境况均视为身心修炼的机会，亦是源自先秦以来儒学心性一系的传统。

中国古代有着丰富的养气思想资源，涉及精神追求实现的过程、方面与层次等各个方面的问题，对于我们的精神文化建设，仍然具有很强的借鉴价值。首先，养气是一个长期的、艰

---

① 李重华：《贞一斋诗说》，收入丁福保辑：《清诗话》下册，第 933—934 页。

② 管同：《与友人论文书》，收入舒芜等编：《近代文论选》，第 28 页。

③ 王渔阳口授，何世璂笔述：《然镫记闻》，收入丁福保辑：《清诗话》上册，第 120 页。

苦的实践积累过程。人欲立本体，以求本心的超凡脱俗，必须于这个世界上做足一番圣贤功夫，因此，必须心志专一、持之以恒，既不能像宋人那样“闵其苗之不长而揠之者”，也不能像弈秋学棋时不专心致志的那人一样。同时，养气的功夫，不仅是一种“知性活动”，还是一种“德性活动”，必须付诸实践。养气的直接对象，无论是接受传统文化遗产，还是借助“行”的方式，譬如修行、修炼甚或“江山之助”式的涵养，注重的是知行合一。只有伴随着时时着意、事事留心的实践功夫的深入，才会逐渐成为一种自发、无意识的行为，达到孔子“从心所欲不逾矩”的境界，在任何境况均能对周遭的人事、物事做出最恰当、最得体的回应。其次，我们今天理解养气的问题，必须放在社会文化的脉络中进行。在后天的社会文化属性培养中，依据古人人心、社会与宇宙同源共构的逻辑，养之以气、养之以礼、养之以孝、养之以信等方式，皆可以“变化气质”，在人的主体结构成分中，增加更多的社会约束和文化印记，其人格中也必然会体现更多的社会价值与人文意蕴，承袭更多的历史文化传统，从而引发人内在精神世界的根本转变。儒家内圣外王的社会理想中，“独善其身”的目的，还在于“兼济天下”，养气思想所内蕴的仁、义、礼、智、信等核心价值，经由个体潜能的培养提升，展示出自觉的人文价值的引导与塑造，最终呈现为可行可见的移风易俗的社会行为，营造出天下安宁、井然有序的和谐局面，这应该是我们对于养气所寄予的更高的价值期待。

以“养”为核心衍生的家族系列范畴、命题，多从修养论层面立论，对此，近世以来的论者往往将之与道德伦理等同起来，认为其仅仅具有单一的价值属性，从而使得今人的理解也狭隘化了。在《儒道两家思想在文学中的人格修养问题》一文中，徐复观先生认为："由修养而道德内在化，内在化为作者之心，'心'与'道德'是一体，则由道德而来的仁心与勇气，加深扩大了感发的对象与动机，能见人之所不及见，感人之所不能感，言人之所不能言……古今中外真正古典的、伟大的作品，不挂道德规范的招牌，但其中必然有某种深刻的道德意味以作其鼓动的生命力。"① 这一见解是平实公允的。"养"是一个通道，通向多元的价值本体，其中既有孟子式的养气、养性，偏于德行修养的面向，也有荀子式的养生、养体，偏于求知问学的面向。同时，除了知识追求、道德修养外，还表现在养情、养威等艺术、诗歌、礼乐之类饱含情性的创造活动里。如何在知识世界的基础上张扬意义的世界，从而达致知识理性与道德理性的完满结合，是历代知识分子自我超越的重要方面，也是"养"的最终目的所在。

---

① 徐复观：《中国文学精神》，上海书店出版社2006年版，第19页。